高鸿
——
著

大地英雄

国测一大队纪事

DADI
YINGXIONG

GUOCEYIDADUI
JISHI

西安地图出版社

图书在版编目（CIP）数据

大地英雄：国测一大队纪事/高鸿著. -- 西安：
西安地图出版社, 2024.5（2024.7 重印）
　　ISBN 978-7-5556-0957-5

　　Ⅰ.①大… Ⅱ.①高… Ⅲ.①报告文学—中国—当代
Ⅳ.① I25

中国国家版本馆 CIP 数据核字 (2024) 第 088356 号

著作人及著作方式： 高　鸿 著
出　品　人： 毛腊梅
责任编辑： 陈菊菊
责任校对： 郭　昕
书籍设计： 侣哲峰　胡昕怡

书　　名	大地英雄——国测一大队纪事
	DADI YINGXIONG GUOCEYIDADUI JISHI

出版发行	西安地图出版社
地址邮编	西安市友谊东路 334 号　710054
印　　刷	中煤地西安地图制印有限公司
规格开本	787 mm × 1092 mm　1/16
印　　张	22.375 印张
字　　数	262 千字
版　　次	2024 年 5 月第 1 版
印　　次	2024 年 7 月第 2 次印刷
书　　号	ISBN 978-7-5556-0957-5
定　　价	68.00 元

版权所有　侵权必究

《大地英雄——国测一大队纪事》编委会

总 策 划：徐开明

总 顾 问：宋超智

策 　划：李国鹏　毛腊梅

出品单位：陕西测绘地理信息局

　　　　　自然资源部第一大地测量队

　　　　　西安地图出版社

著 作 者：高　鸿

审 核 者：尚小琦　任秀波　尚　军　张　琛

　　　　　徐伟航　路冠陆　李团武

特约编辑：朱媛美

测绘队员们用脚步丈量着祖国的大江南北，以天为被，以地为席，献身测绘终不悔，甘洒热血写春秋。

① 徒步选点
② 平板测图
③ 重力测量
④ 建造测量觇标
⑤ 国家大地原点建设

① 野外生活
② 运送物资
③ 抬仪器上山
④ 观测点旁露宿

1975年，我国首次开展珠峰高程测量，测绘队员们在生命禁区奋战80多天，精确测定珠峰高程为8848.13米，这个"中国高度"迅速得到全世界认可。

①	
②	
③	④
	⑤

① 穿越冰塔林
② 研究测量方案
③ 向着世界之巅出发
④ 在珠峰脚下学习
⑤ 珠峰登顶测量成功

2005年，我国决定对珠峰开展高程复测，测绘队员们完成超过7000公里的观测路线，大规模布测了高精度控制网，最终精确测得珠峰峰顶岩石面高程8844.43米，再次彰显了中国测绘力量。

① 冲顶队员在7028营地
② 在珠峰脚下进行测量
③ 觇标竖立在珠峰之巅

2020年，国测一大队再次承担了珠峰高程测量任务。珠峰高程测量队克服大风、暴雪、高寒缺氧等极端天气影响，在历经两次冲顶、两次下撤后，第三次向峰顶发起冲击，最终登顶珠峰，测得珠穆朗玛峰新高程。2020年12月8日，国家主席习近平同尼泊尔总统班达里互致信函，共同宣布珠穆朗玛峰高程8848.86米。

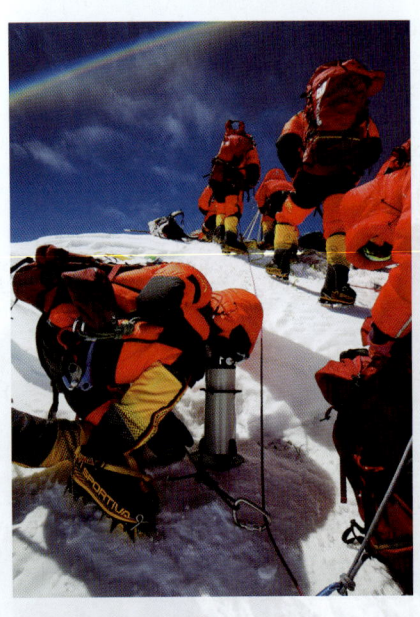

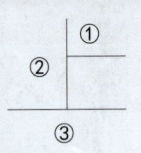

① 交会点测量
② 在珠峰峰顶进行重力测量
③ 中国高度

序一

为实现中华民族伟大复兴的中国梦再攀新高

党的二十大开启了中国式现代化的新征程，把丰富人民精神世界明确为中国式现代化的本质要求之一，彰显了精神文明和精神力量对中国式现代化建设的重要性。作为自然资源系统的宝贵精神财富之一，以自然资源部第一大地测量队（简称国测一大队）英雄事迹为代表的测绘精神集中体现了我国测绘工作者的精神风貌和价值追求，为建设人与自然和谐共生的现代化发挥了重要作用。

2015年7月1日，习近平总书记给国测一大队老队员老党员回信，指出"国测一大队以及全国测绘战线一代代测绘队员不畏困苦、不怕牺牲，用汗水乃至生命默默丈量着祖国的壮美河山，为祖国发展、人民幸福作出了突出贡献，事迹感人至深"，强调"不忘初心，方得始终。全国广大共产党员要始终在党爱党、在党为党，心系人民、情系人民，忠诚一辈子，奉献一辈子，以自己的实际行动，团结带领亿万人民为实现'两个一百年'奋斗目标、实现中华民族伟大复兴的中国梦而共同奋斗"。

国测一大队成立于1954年，是新中国的第一支国测劲旅，70年来，有一批优秀的共产党员，有一批经过战火考验、整建制转业的解放军战士，有一批爱党爱国的测绘队员，他们始终不忘"忠于党、忠于人民、无私奉献"的"初心"，坚定信念，忘我工作，在新中国建设中发挥了尖兵铁旅的先锋作用。

正是因为始终不忘初心，国测一大队几代测绘队员敢于直面自然的莫测风云，不顾生活的艰难困苦，坚守从事的测绘工作，以超强的坚忍，克服了重重困难，冲破云雾见青天；正是因为始终不忘初心，他们甘于以四海为家，视名利如浮云，在繁华都市、偏僻乡村、风雪珠峰、万古荒原、滚滚江河纵横驰骋，置生死于度外，刺破青天锷未残；正是因为始终不忘初心，他们才能在平凡的岗位上忍受寂寞、拼搏奋斗，但却拥有不平凡的人生观和价值观，在祖国前进的时代洪流中保持本色，献身测绘终不悔，甘洒热血写春秋。

测绘地理信息是国民经济和社会发展的一项重要工作，在政治、经济、国防、社会生活、生态文明建设各个领域发挥着基础性、先行性保障作用。国测一大队从建队之初，就把党和国家的重托化为每一位普通测绘队员无穷的力量源泉，他们战天斗地，忘我工作，"忠诚一辈子，奉献一辈子"，为建设繁荣富强的新中国作出了巨大贡献。

以党的事业、人民的事业为终极追求，这是国测一大队几代测绘队员不懈奋斗的理想灯塔。有了她，孤独寂寞、饥饿干渴、伤痛死亡，都置之度外，祖国至上，事业为先；有了她，就有了冲破风雨的翅膀，严寒酷暑、洪流沙暴、险山恶水，皆能忍耐攻克，百炼成钢；有了她，就有了海纳百川的胸怀，享乐安逸、荣辱名利、繁华喧嚣，似乎从来无缘，淡泊明志，豪气干云；有了她，就有了投身事业、开拓创新的动力。利益羁绊、个人得失、畏难情绪，全盘抛诸脑后、知难而进、一往无前。因为心中怀着对党、对人民的事业的强烈责任心，一代代测绘队员在社会主义建设大潮中始终保持昂扬激情，在艰苦的野外环境中始终保持高度的责任心和过硬的作风，主动牺牲小我利益，毅然做出价值权衡和理性选择。他们以自身的"失"，换取国家利益和集体利益长远的"得"，最终成就了不平凡的伟业。

以国测一大队队员为代表的测绘人同千千万万的人民群众一样，对新中国怀着无限美好的憧憬。这支队伍继承了我党我军的优良传统，"在党爱党、在党为党，心系人民、情系人民"，为完成国家任务不惜牺牲个人幸福乃至宝贵的生命，涌现出大量可歌可泣的事迹。在生与死的考验面前，国测一大队吴昭璞、宋泽盛等46名测绘队员先后献出了自己宝贵的生命，祖国的伟大版图上有他们血染的风采。为了完成国家交给的任务，再苦、再累、再重、再危险，这支英雄的队伍都能冲得上去、拿得下来，他们测珠峰下南极，在赤道非洲苦战，在千山万水奔波，在荒漠丛林拼搏，建功立业。默默无闻苦干事业，为国家建设当好开路先锋，是他们的本色；长年累月奔波在外，为描绘祖国山河舍小家顾大业，是他们的常态；以苦为乐大胆开拓，为了测绘事业不怕苦甚至不怕死，是他们的豪气；甘于奉献无怨无悔，为人民服务从不讲条件，是他们的风范。几代测绘队员用崇高的理想信念，气吞山河的胸怀气魄，美丽的青春乃至宝贵的生命，凝铸了"热爱祖国、忠诚事业、艰苦奋斗、无私奉献"的测绘精神的丰碑。他们测量出的不仅是珠峰的高度，更为国人树立起了一座精神的高度。

测绘精神跨越时空、永不过时，是激励我们不忘初心、牢记使命、继续前进的不竭精神动力。自然资源部党组书记、部长王广华指出："几十年来，广大测绘地理信息工作者用汗水、鲜血甚至生命铸就的'热爱祖国、忠诚事业、艰苦奋斗、无私奉献'的测绘精神，是推动测绘地理信息事业发展的力量源泉。"国测一大队的历史画卷是我国测绘地理信息事业的一个缩影，国测一大队的英雄事迹集中丰富地承载了测绘精神。

  作者高鸿以报告文学的形式，生动地记载了这个大地英雄群体的感人故事，以丰富的史实和生动的故事，浓墨重彩地书写了几代测绘队员在党爱党、爱国报国、勇攀高峰的奋斗历程，记录了测绘队员在高山大漠、珠峰南极、荒岛僻壤、峡谷险滩的闪光足迹，展现了测绘地理信息工作全方位服务经济社会发展的卓著功绩和精彩天地，深刻揭示了测绘精神的核心内容和文化之源。他们的故事，是勇气的赞歌，是奋斗的乐章，是对科学精神的执着追求。

  《大地英雄》值得每一位读者用心品味。它将激励年轻一代的测绘人更加励精图治、奋发有为，以忠诚和奉献报效祖国，也一定会激励广大测绘地理信息工作者牢记共产党人的初心使命，坚守共产党人的精神家园，坚定信念、矢志不渝，坚忍不拔、百折不挠。

  让我们一同走进《大地英雄》，领略国测一大队的风采，汲取他们的精神力量，为实现中华民族伟大复兴的中国梦而努力奋斗！

（宋超智　国家测绘地理信息局原副局长，现任中国测绘学会理事长）

2024年4月

序二

插满祖国大地的英雄旗帜

祖国辽阔的土地、海洋，是中华民族世代繁衍生息的地方。

准确地认识和探察我们脚下的这片广袤国土，是一种责任和非常必要的实践作为。自1954年国测一大队（自然资源部第一大地测量队）建队以来，在70年的岁月里，几代测绘人怀抱理想、责任，背着仪器设备，经历风霜雨雪，越过千难万险，踏遍了祖国的高山盆地、丘陵湖海、草原戈壁及其他角落，用实地踏勘和科学测绘手段，建立起国家测绘基准，为国家经济建设、国防建设和科学研究提供了精准翔实的测绘地理信息数据。在人们满足和欣喜于这些伟大成果的时候，我们千万不能忘记几代测绘人为此所付出的血汗和生命，为此所坚持的初心和理想，以及他们坚定不移的奉献精神和坚毅的品德意志。

令人欣慰和珍惜的是，作家高鸿在进行了大量深入的历史资料搜索、现场直面调查采访之后，以报告文学的表达形式，书写出《大地英雄》这部宏阔雄厚、激动人心的作品。对国测一大队的测绘历史、经历表现及其丰富成果，对众多测绘队员无畏殉职的行动，进行了文学质的形象塑造及真实描绘，使测绘人那些不尽为外人所知的奋斗精神和人物故事及命运，以出色的文学形式呈现，书中文字具有撼人心魄的力量。

大地测量，是一项科学性和技术性很强的实地踏勘工作。每一个大地基准点数据的获得，都需要测绘队员的实地到达。新中国几代测绘人在70多年的时间里，用双脚踏遍祖国大地，终于使我们对自己祖国的国土情形了然于胸，心中有数。那无数次出发和行走、收获的过程，也就是测绘人肩负责任、达成目标、献身事业，表现出勇敢无私精神的过程。高鸿的《大地英雄》虽然没有着力于仔细地介绍和描绘那些复杂的技术内容，但是却对测绘的多种环境氛围和测绘队员的多样表现，非常深入精细地给予了真实文学形象的再现，很好地实现了对英雄文学艺术的一次成功表达。

在《序章》里，作者用信息密集的大地测量历史和测量情景的再现，使读者对于大地测量的历史成就、重要价值有了很明晰的认识，对于进一步走近测绘者，感受并理解他们的工作意义会有很多的帮助。作者在有限的篇幅内，以简洁的历史线索和重大项目的攻克情形，迅速地让人浸入到测绘人员各种不同的工作场景中，真实地描绘了测绘队员的各种实践行为和心路历程。大幕开启，精彩的故事画面自然徐徐展开了——历史的烟云、场景的变换、跌宕的故事、动态的人物，全部斑斓于天地的舞台，让我们了解到除了在大地测量的主战场之外，国测一大队还在城市建设、灾后重建、工业安监、文物保护、桥梁建设、油田开发等许多方面从事着测绘工作。作品结构宏阔，点面有致，让历史现实、事件人物、严酷天气、高原沙海等在丰富的具象中演绎出来，很是壮烈和辉煌。

在这些测绘队员的现场表现中，我们看到了很多自然环境中的风险与生活条件下的煎熬情景，看到了辛勤的汗水付出和惨烈的献身情景。从作品中看到，在和平的社会环境中，我们的测绘队员却因风沙、高寒、冻饿、干渴等恶劣条件丧失了年轻的生命。宋泽盛、吴昭璞、钟亮其、蒋岑、王方行等，历经煎熬，不幸殉职，非常令人惋惜和伤痛。看到在进行珠穆朗玛峰和南极地区、青藏高原无人区、新疆戈壁大漠、天山主峰的测绘项目时，看到完成上海沉降监测、港珠澳大桥等工程项目时，读者止不住地为测绘队员们表现出的鏖战精神和智慧行为而兴奋。那些富有故事性的测绘经历和生动的人物形象，如同一个个电影特写镜头般，把国测一大队队员过去和现在的生活和工作情景，在各种不同的环境氛围中呈现出来，使读者对他们的敬业精神和无私勇敢行为，生出许多感怀和敬意，被他们的伟大付出深深感动。在祖国的大地上，在荒寂无声的原野上，在不为人知的角落里，测绘队员以自己坚实清晰的脚步和一项项丰硕的成果，书写着伟大的英雄业绩，标示出他们自己的人生高度。"山高人为峰，海阔大无边"，用这样的话语评价我们的测绘队员，非常地真实和贴切。

忠诚于祖国的伟大事业和勇敢的责任担当，是一种思想高度与作风方面的纯粹表现。"热爱祖国、忠诚事业、艰苦奋斗、无私奉献"被写上国测一大队的旗帜，成为测绘行业的一种精神追求。《大地英雄》是英雄的长歌交响曲，它把笔墨投向了老中青三代队员，用深情的文字演绎出他们"七测珠峰、两下南极、45次进驻内蒙古荒原、55次踏入高原无人区、55次深入沙漠腹地，足迹遍布祖国除台湾省之外的所有地方"的英雄壮举；用"吃苦一直是传家宝，奉献还是家常饭。人们都在向着幸福奔跑，你们偏向艰苦挑战。为国家苦行，为科学先行。穿山跨海，经天纬地。你们的身影，是插在大地上的猎猎风旗"的豪迈精神，诠释着他们对祖国事业的忠诚和在风险危难面前的无私无畏；他们伟岸的身影，如同旗帜般地插遍了祖国辽阔的大地。国测一大队的队员们还在北非、赤道热带雨林、南极等地区留下影踪。这样巍然屹立的英雄形象，是大地上最壮美的群雕之像。

择高而立，砥柱中流。人间的行动精神之高尚和勇敢，只有抵达高处才能够去见识和评判。国测一大队的队员们，在70年的奋斗历史上所创造出的伟大业绩和辉煌，有目共睹。他们也因此获得了许多的荣誉和表彰。2019年，中宣部、中组部等九部委联合授予国测一大队"最美奋斗者"荣誉称号；2020年当选中央电视台"感动中国年度人物"……这些成就是国测一大队的新老队员共同用自己切实的步伐走出来的，是他们用忠诚祖国事业，无私勇敢担当创造的实践结果。高鸿的报告文学《大地英雄》正是对这一切的真实注解，使原本存在于大地上的英雄行动有了生动的文学性的表现，将之艺术地呈现在了人们眼前，让读者更加容易看见、接近、感动和深思。

高鸿是富有良好文学创作素质和激情的作家，他愿意花费大量的时间精力去采访，去书写这部会受到真实事件、真实人物严谨性要求的报告文学，一定是被国测一大队队员们的伟大作为和贡献事迹深刻地触动了，只有这样才使他排除困难和干扰，用心写作。撰写一部作品，犹如攀爬跨越高山大野，需要付出极大的勇气和能力。高鸿能够在有限的篇幅内，把国测一大队如此长久和波澜壮阔的表现呈现于读者面前，将业务、环境、故事、人物行动和精神很好地交汇融合到一起，做到点线互动、繁简适度，而又使故事情节生动、人物形象丰满、主题认知表达丰盈，的确显示出了他对报告文学创作的一种高度及非凡的专业素养。相信这部作品可以一同载入国测一大队的斑斓历史，也一定会在中国现当代报告文学创作的历史篇章中挥洒下鲜明的墨毫！

（李炳银 中国报告文学学会原常务副会长，著名评论家）

2024年3月

目录

序章　/ 001

卷一·江河赤子　/ 033

第一章
雪里金刚

我向毛主席保证，一定会平安回来　/ 037

只要自己不放弃，就一定能够爬上去　/ 042

哪里最危险，就挺身而出；
哪里最困难，就奔赴哪里　/ 046

我是名共产党员，绝不能在危险面前退缩　/ 049

第二章
用汗水和生命
丈量祖国大地

死里逃生　/ 055

坚持就是胜利　/ 063

像大地一样奉献，像牦牛一样坚韧　/ 068

付出全部，人生无悔　/ 074

只有荒芜的沙漠，没有荒芜的人生　/ 081

卷二 · 七测珠峰 / 091

第三章　　　珠穆朗玛 / 093
国家记忆　　会当凌绝顶 / 097

第四章　　　人生能有几回搏 / 105
中国高度　　只有勇敢的人才能到达光辉的顶点 / 115

　　　　　　　迎难而上 / 118

　　　　　　　勇者不惧 / 119

第五章　　　为国测绘是天职，使命必达 / 128
登峰测极　　当祖国最需要的时候，就是我们冲锋陷阵的时候 / 134

　　　　　　　用生命践行使命 / 138

　　　　　　　坚守中国测绘人的精神高度 / 144

　　　　　　　续写辉煌 / 147

第六章　　　珠峰在召唤 / 156
巅峰使命　　了不起的中国制造 / 159

　　　　　　　虽然缺氧，但绝不能缺精神 / 162

　　　　　　　无惧风雪，再次攀登 / 170

　　　　　　　让青春之花在珠峰绽放 / 174

　　　　　　　登顶只是成功的第一步，我们的测量才刚刚开始 / 178

卷三·祖国至上　/ 191

第七章
群山之巅
穿越祁连 / 193
为天山量身高 / 201
唐古拉山斗风暴 / 210

第八章
为了祖国
的重托
为祖国山河定位 / 215
中尼边界测绘 / 220
生命禁区的西部测图 / 222

卷四·云程万里　/ 229

第九章
穿越寒极
填补南极测绘的空白 / 232
为南极测重力 / 238

第十章
鏖战北非
逆风飞扬 / 243
为了心中的梦想 / 247

第十一章 长风破浪	施测热带雨林　/ 255
	捍卫海外声誉　/ 258
	穿越丛林沼泽　/ 259
	祖国，我们为您争光了　/ 262

卷五·神圣使命　/ 267

第十二章 为了人民 的安全	京、津、唐、张地震水准会战　/ 269
	汶川震后监测　/ 274
	为了玉树的涅槃　/ 276
	来之即战，战之能胜　/ 280

第十三章 踏浪而歌	逆水行舟，知难而上　/ 285
	扬帆起航，劈波斩浪　/ 289
	走在人生的经纬线上　/ 291

第十四章 经天纬地	鹰击长空　/ 295
	让青春在蓝天上飞扬　/ 298
	观星测地　/ 302

第十五章	方案先行 / 305
情系港珠	争分夺秒 / 309
澳大桥	匠心独运 / 310

卷六 · 感动中国　/ 313

第十六章	殊勋茂绩，功标青史 / 315
精神力量	测绘如盐，精神不死 / 318

后记　每一位英雄，都是人间的奇迹　/ 321

附录　国测一大队简介 / 329

　　　荣誉录 / 333

序章

序章

平凡铸就伟大，英雄来自人民

你心中的中国是什么样子？是五千年悠久历史的文明，还是960多万平方公里的辽阔？是四季轮回、春红冬白的浪漫诗意，还是江天一色、汹涌澎湃的大气磅礴？

如果从空中俯瞰，辽阔的大地上雪山巍峨，湖泊静美，水碧山青，沃壤千里。400多万平方公里的海域浩瀚无垠，5.52万公里的边境线勾勒出中国版图的基本轮廓：起伏的山岭、广阔的平原、低缓的丘陵；群山环抱之中，是肥沃丰腴的盆地；云雾缭绕之间，是雄浑壮美的高原。两条巨龙如银河倒泻，从4000米高原奔腾而下，披荆斩棘，浩浩汤汤。大河滔滔，哺育了一代又一代中华儿女，孕育出灿烂的华夏文明！

以卫星视角看祖国，星辰指引方向，绿水青山铺展成大地的模样。2021年11月，航天英雄王亚平从空间站拍摄了许多张绝美的地球照片，一时间获得无数网友点赞。与以前流传在网上的照片不同，此次是从中国空间站上，在中国人自己建造的太空平台上拍摄的地球照片，因此其蕴含的意味显著不同。能够从距离地球400公里的太空拍摄到长江美景、黄河英姿，映衬出的是中国综合国力的强盛。从遥远的太空看雪山，山顶白雪皑皑，地形走势不一，高低落差感强烈。通过这些照片领略祖国的壮美山河，令人血脉偾张、心潮澎湃。

如果从地图上看中国，只见山川锦绣、河流纵横、湖光山色构成了华夏大地的血脉与骨骼。如果用测绘人的视角看中国，祖国大地便成了一个个的点，千千万万的点编织成一张网——水平控制网、高程控制网、GNSS（全球导航卫星系统）网、天文大地网、重力基本网……每一张网都由无数个基准点组成，每个点都有一组详细的数据，标示着它的精确信息和地理位置。如果将这些网连起来，便成为中国的基本模样。这些基准点是测绘人经年累月用脚步丈量出来的，他们从高原到盆地，从湿地到丘陵、平原，从珠峰之巅到东海之滨，从炎热的南海到酷寒的北疆、戈壁大漠、草原湖泊、崇山峻岭，甚至藏北无人区。别小看这些点，卫星升空、嫦娥探月、神舟飞天、磁悬浮列车、天津港码头、港珠澳大桥、杭州湾大桥，新建的工厂和新修的铁路、公路、厂矿、机场，甚至我们的日常出行都离不开它们。数字城市、数字中国、数字地球……每个点都凝聚着测绘人的辛勤与智慧，一点一线的变化背后，都是奋进中国的缩影，也是新中国70多年来的宏阔变迁，更是我们的希望和未来。

国测一大队（自然资源部第一大地测量队，原名国家测绘局第一大地测量队，简称国测一大队）成立于1954年，是我国成立最早的专业测绘队伍。建队70年来，累计建造测量觇标、标石10万多座，提供各种测量数据5000多万组。他们两下南极、七测珠峰，45次进驻内蒙古荒原、55次踏入高原无人区、55次深入沙漠腹地，足迹遍布全国除台湾省以外的所有省、自治区和直辖市，徒步行程超过6000多万公里，相当于绕地球 1500 多圈。他们先后出色地承担和参与完成了全国大地测量控制网布测、珠穆朗玛峰高程测量、南极重力测量、中国地壳运动观测网络建设、西部无人区测图、海岛礁测绘及唐山地震、汶川地震、玉树地震灾后重建测绘工作，为三峡工程、青藏铁路、西气东输、南水北调等多个重大工程提供了强有力的测绘支撑，为国家经济建设和社会发展提供了精准的测绘服务保障，创造了一个又一个测绘奇迹。70 年来，国测一大队队员历经冰雪严寒、高温酷暑、沙漠干渴、雪崩雷击、洪水野兽、山高路险等种种威胁，面临坠崖、车祸、断水、冻饿、疾病等种种风险，先后有 46 人为国家献出了宝贵的生命。几代队员前赴后继，测定了全国一半以上国土面积的大地控制点。当他们在荒原旷野和雪山峻岭之上默默竖起觇标的时候，也同时树起了自己的精神标杆和人生标杆。他们背着沉重的测绘仪器，战天斗地，执着坚守，用汗水乃至生命丈量祖国的浩阔土地，用信念和毅力绘制中国的壮美蓝图，书写了一部动人心魄的英雄史。

传与承

人类的测绘史始于古埃及。公元前 4000 年，尼罗河经常泛滥，淹没了农田。为了重新勘测定界，就需要组织测量，这是最早有组织的测绘工作。

中国在测绘方面有着悠久的历史。早在 4000 多年前大禹治水时就已开始使用简单的测量工具，始建于秦代的古代长城、运河也离不开测绘技术的支撑。从大禹开始，管子、张衡、裴秀、郦道元、贾耽、沈括、郭守敬、徐光启……中国历代科学家对测绘理论的早期贡献，奠定了中国古代测绘的基础。对于人类生产生活来说，测绘是一切工作的基础，此所谓"兵马未动，粮草先行"。公元前 8 世纪，周代就有了地图。春秋时期，地图已广泛应用于军事活动中。《管子·地图篇》强调，"凡兵主者必先审知地图"。1986 年在甘肃天水放马滩出土的战国时期的木版地图，是世界上发现最早标有军事要素的地图。1973 年在长沙马王堆汉墓出土的《驻军图》，是迄今世界上发现最早的彩色军用地图。晋初，中国地图学之父裴秀提出"制图六体"理论，是当时世界上最科学、最完善的制图理论，主编完成《禹贡地域图》，开创了中国古代地图绘制学。李约瑟称他为"中国科学制图学之父"，与古希腊著名地图学家托勒密齐名。宋代，沈括使用水平尺、罗盘进行地形测量，并创造了以木为底质表示地形的立体模型。明代，郑和七下西洋，绘制出世界上现存最早的航海图集《郑和航海图》。明代后期，西方测绘技术传入中国。不同文化的交融，独具特色的中国传统测绘在融合了西方测绘技术后，跃上了一个新台阶。在传播西方测绘技术的先驱者中，徐光启身体力行，积极推进西方测绘技术在实践中的应用。1610 年，徐光启受命修订历法。他认为修订历法必须测时刻、定方位、测子午、测北极高度等，于是要求成立采用西方测量技术的西局并制造测量仪器。此次仪器制造的规模在我国测绘史上是少见的，共制造象限大仪、纪限大仪、平悬浑仪、转盘星晷、候时钟、望远镜等 27 件。徐光启利用新制仪器，进行了大范围的天象观测，取得了一批实测数据，其中载入恒星表的有 1347 颗星，这些星都标有经纬度。徐光启先后著有《测天约说》《大测》《测量全义》《测量异同》等著作，可谓中国睁开眼睛看世界之第一人。

中国历史上规模最大的一次全国性测绘是由清代康熙皇帝亲

自主持进行的。经过10年的实际测绘，终于完成《皇舆全览图》。这是中国有史以来第一次采用经纬度法标注的一张最精确的全国地图，自清中叶至民国初年国内外出版的各种中国地图，基本上都源于此图。

民国时期，北洋政府和南京政府均制定了测绘全国军用地形图的计划，完成了约占陆地国土面积三分之一的地形图测绘。近代以来特别是民国政府进行的测绘，不仅为人民军队创建初期开展测绘工作奠定了一定的基础，提供了可供搜集利用的地图资料，而且为新中国的军事测绘建设积蓄了一批技术人才。

人民军队的测绘事业，是中国历代军事测绘历史的延续。1927年8月1日，南昌起义打响了武装反抗国民党反动派的第一枪，标志着中国共产党领导下的人民军队正式诞生。起义当日，成立了中国国民党革命委员会，下设参谋团，其职责包括勘察地形之项，并利用收集到的《南昌城市图》指挥军事行动，由此开启了人民军队测绘工作的历史。人民军队自1932年开始培训测绘人员，1933年5月，红军总司令部作战局设立地图科，测绘机构不断健全，测绘队伍不断扩大。解放战争时期，在测绘力量弱小、缺少测绘仪器和艰苦复杂的战争条件下，测绘人员创造条件开展地图资料收集、战场简易测绘、兵要地志调查、地图修测翻印、军事要图标绘等随军测绘保障，最大限度地满足作战指挥和作战行动的用图需要，为打败国内外反动派、夺取中国革命战争胜利、建立新中国作出了历史性贡献。

1949年10月1日，中华人民共和国成立，全国人民欢欣鼓舞。当第一面五星红旗冉冉升起，近代以来历经苦难斗争的中国人民，终于迎来中华民族浴火重生的曙光。"一唱雄鸡天下白"。中华人民共和国的诞生，使亿万中国人民成了国家、社会和自己命运的主人，满怀豪情踏上了实现国家富强、民族振兴、人民幸福的伟大征程。

然而，新中国的国土面积究竟有多大，疆域有多长，还没有一张精确的比例尺地图来描绘。新中国处于帝国主义的包围之中，如何保家卫国，军事家要运筹帷幄之中、决胜千里之外，地图不准，怎么行？

淮河、黄河、长江，消除水患，兴修水利，迫在眉睫，连基本的比例尺地形图都没有，怎么行？

石油、煤炭、矿藏，到哪儿找？没有地图，效率太低了，怎么行？

发展国防科技，发射导弹，人造卫星升空，没有精确的地理信息，怎么行？

旧中国留下的测绘基础十分薄弱，全国三分之一的地区在20世纪20至40年代进行过精度较低的测绘，尤其是大地测量成果零星分布在沿海及豫鄂皖赣等省局部地带，测量基准和坐标系统十分混乱，大多无法利用。

各行各业百废待兴，一切都要从头开始，经济建设和社会发展都急需测绘数据。

历史的重任落在测绘工作者的肩头。

中华人民共和国成立后，人民军队的任务以作战为主转入以现代化正规化建设、保卫国家安全为主，军事测绘也开始由革命战争时期的随军保障向大规模全国基础测绘转变。新中国成立之初，党和政府十分重视测绘事业的发展。1950年，朱德总司令视察军事测绘工作，写下了"努力建设人民的测绘事业"的题词。为适应新形势和新任务的需要，经中央军委批准，1950年5月11日，军委测绘局正式成立，统一领导全军测绘工作，组建正规测绘部队，完成边界测绘、援外测绘、国际维和、国家经济和重大工程建设、抢险救灾等一系列重大测绘保障任务，我国的测绘事业步入全面快速发展的新阶段。

国测一大队的第一代领导罗惠民回忆说："1946年6月20日，也就是批准我入党的第四天，我奉领导指示给毛主席送地图。毛主席在延安杨家坪一孔窑洞里接见了我。主席亲切地同我握手，慈祥地问我的经历，仔细地看我送去的中原地区地形图。那时，国民党正调遣大批军队围困并进攻我中原解放军，形势很严重，毛主席察看中原地区地形图，以便为中原地区解放军突围作出正确决策。而我能为我们党的主席直接提供地图，不仅深感荣幸，也令我终生难忘，特别是在我临走时，毛主席又握着我的手勉励我，希望我以后好好学习，努力工作。这些教诲，成为我后来工作的巨大动力。"

1956年，国家测绘总局成立，总参测绘局第二大地测量队和地质部第一大地测量队分别于1956年10月和1958年3月转入国家测绘总局，这就是国测一大队的前身。

国家测绘总局成立后，周恩来总理亲自点将，调总参测绘局局长陈外欧任国家测绘总局局长兼党组书记。周总理把成立国家测绘总局的意义和目的，以及尽快测出基本图的要求，当面向陈外欧做了指示。重任在肩，陈外欧对测绘工作者的思想觉悟要求很高。他给测绘工作做了一个形象的比喻，"走在龙头，位在龙尾"。他把国民经济建设看作一条龙，测绘工作是尖兵，要走在龙头。但是，尖兵毕竟不是主力，因此要甘当无名英雄，甘于奉献。

陈外欧生于1910年，湖南省茶陵县人，1931年加入中国共产党，参加了湘赣、湘鄂川黔苏区反"围剿"、长征，以及百团大战和宜川、西府陇东、扶眉等战役。1944年，陈外欧任三五九旅七一七团团长，后担任三五九旅副旅长，是王震将军南泥湾大生产时的主要干将。

陈外欧是新中国测绘事业的创始人之一。担任国家测绘总局局长之后，他要求测绘工作者发扬"自力更生、艰苦奋斗"的南泥湾精神，克服环境险恶、技术落后、人员缺少、仪器缺乏等重重困难。几十年来测绘技术从简易到系统、从手工到自动，测绘产品从粗略到精确、从模拟到数字、从单一到多样，新中国的测绘事业从无到有、从小到大，逐步走上发展壮大之路。

测绘外业工作，点多线长，高度分散。把队伍撒出去，要各自为战，没有过硬的思想作风是完不成任务的。陈外欧认为队伍的建设，首先是思想建设。他把部队思想政治工作的好传统、好方法，成功地移植到测绘工作中来。其中最突出的是，他十分强调干群一致和干部言传身教的模范作用，在不到两年的时间里，形成了一支政治素质、技术力量和仪器装备都较好的队伍。这支队伍与总参测绘局一道，从1956年至1966年，在全国范围内布设了各种大地控制网，测制了占全国总面积三分之二地区的1∶5万比例尺（部分地区1∶10万）国家基本比例尺地形图。开展如此大规模测绘，动员人数之多，施测面积之广，进展速度之快，在中国历史上是空前的。

测绘与国家发展息息相关，对国民经济和国防建设具有重要作用。

我们经常看到的地图，是由一个个经纬网构成的，如果把它划分成一个个方块，这些方块内所表示的内容就要靠人去测量，测绘队员把测量仪器架设在测量控制点上，通过测量边长、测量角度的方法，获取地面上的特征点的坐标，再通过规定的符号表示在地图上。

"测绘如盐，是做任何'大餐'必不可少的东西，任何一个行业或重大工程都离不开测绘。测绘者的身影无处不在，国家很多重大建设工程，其实都离不开国测一大队的支持，比如青藏公路、西气东输、港珠澳大桥……但谈论起这些工程，很少有人知道测绘人发挥的重要作用。所以，测绘工作者多如国测一大队的队员那样，是在背后默默无私奉献，测绘人注定是一个给人幸福的先行者，这也是测绘人的幸福。"现中国测绘学会理事长、时任国家测绘地理信息局副局长宋超智如是说。

经济建设，测绘先行。测绘工作秉承"服务大局、服务社会、服务民生"的理念，为科学管理决策、重大战略实施、重大工程建设、区域经济规划、资源调查与勘探开发、生态环境保护、防灾减灾、科学研究、文化教育、国防外交和百姓生活等提供了及时可靠的保障服务。

建队 70 年来，国测一大队肩负国家重任，先后承担和参与完成了全国大地测量控制网布测，完成了中蒙、中苏、中尼边境联测，京津唐张地震水准会战，2000 国家重力基本网布测，全国天文主点联测，国家 GPSA、B 级网、国家高程控制网，中国公路网测绘工程，中华人民共和国大地原点建设，测绘新基准建设，海岛礁测绘，第一次全国地理国情普查，第三次全国国土调查等一系列重大测绘项目。

多年来，国测一大队完成的精准测绘成果已被广泛应用到水利、国土、规划、交通、防灾减灾、自然资源管理和开发利用等多个领域。卫星上天、火箭发射、天文观测等等，都离不开测绘的技术支撑。随着科学技术的进步，现代测绘技术手段日新月异，测绘成果的表现形式极大丰富，通过三角测量、水准测量、重力测量、天文测量、卫星测量等手段获取的测绘成果和图件，遥感卫星和航天飞行器获取的地面影像，以及基础地理信息系统等数字化产品，大大拓宽了测绘的服务面，测绘技术的使用和测绘成果的应用渗透国防、工业、农业、水利、城市规划建设以及人们生产生活的方方面面。也许，大桥竣工剪彩时，我们看不到测绘人的身影；举国为"神七"成功发射呐喊欢呼时，很少有人能想到他们。只步为尺测天地，丹心一片绘社稷。这支军转民的队伍把我党我军宝贵的革命优良传统作为传家宝继承下来，踵事增华，发扬光大。

2015年7月1日，习近平总书记在给国测一大队老队员老党员的回信中写道："几十年来，国测一大队以及全国测绘战线一代代测绘队员不畏困苦、不怕牺牲，用汗水乃至生命默默丈量着祖国的壮美河山，为祖国发展、人民幸福作出了突出贡献，事迹感人至深。"总书记指出："不忘初心，方得始终。全国广大共产党员要始终在党爱党、在党为党，心系人民、情系人民，忠诚一辈子，奉献一辈子，以自己的实际行动，团结带领亿万人民为实现'两个一百年'奋斗目标、实现中华民族伟大复兴的中国梦而共同奋斗。"

在中国共产党波澜壮阔的百年征程上，初心历久弥坚；在中国共产党矢志不渝的百年奋斗路上，一代又一代中国共产党人顽强拼搏、不懈奋斗。百年奋斗中形成的红船精神、井冈山精神、长征精神、南泥湾精神等一系列伟大精神，构筑起中国共产党人的精神谱系，为中国共产党提供了丰厚的滋养，引领奋进之路，无往而不胜。以国测一大队为代表的一代代测绘人所诠释的"热爱祖国、忠诚事业、艰苦奋斗、无私奉献"的测绘精神，已成为建党百年共产党人精神财富的组成部分。为完成党和政府交给的任务，测绘工作者栉风沐雨，百折不挠，测天量地，兀兀穷年，在祖国大地上用青春和生命谱写出一部荡气回肠、气壮山河的爱国诗篇！

冰与火

气温越来越低，凉飕飕的风吹在脸上，非常舒服。大家都十分兴奋，还没来得及欣赏眼前的美景，一阵乌云翻滚，电闪雷鸣，大雨倾盆而下，几个人瞬间便被淋成了落汤鸡。宋泽盛慌忙拿出帆布把仪器包裹起来，这些仪器都是从国外进口的，价格昂贵，宋泽盛把它们看得比自己的生命还重要。他说人淋湿没事，设备进水后就不能测量了。

雨继续下，几个测量队员挤在一起，用自己的身体将设备保护起来。山里的天气就是这样，前半晌还阳光朗照，下一秒说变脸就变脸。几个人还没缓过神来，只听一阵噼里啪啦的声音，核桃大的冰雹从天而降，砸在山石上，溅起一团白雾。地上很快便覆盖了一层，白皑皑得像雪。一日之内，经历冰与火的天气，大家已经司空见惯。

这里是新疆阿勒泰，地处欧亚大陆腹地，位于准噶尔盆地的东北侧，戈壁荒漠占总面积的46%，是全球距海岸最远的戈壁。7月，上午的戈壁滩还像个大烤箱，热得人汗流浃背，无处可逃。进入阿尔泰山区之后，随着海拔越来越高，气候突变，冷得人浑身发抖。

那是1959年的7月，国测一大队在执行国家一等三角锁联测任务，组长宋泽盛带领刘明、常虎、曹林来到阿尔泰山，准备开展尖山点的大地控制测量。阿尔泰山与天山、昆仑山像三条巨龙，构成新疆的基本地形。尖山位于阿尔泰山中麓，海拔近4000米，危峰兀立，像一把巨斧劈过，感觉快要坍塌下来，咄咄逼人。山巅上，密匝匝的针叶林像扣在绝壁上的一顶巨大的黑毡帽，令人望而生畏。别说攀登，看一眼都让人胆战。然而就是在这样的悬崖峭壁之上，国测一大队的勇士们却设了一个一等大地点。对于测量队员来说，测量点就是阵地，必须拿下，没有选择的余地。

乌云携着雨幕缓缓移动，夕阳西下，整个阿尔泰山笼罩在一股神秘的气氛中。地上的冰雹有两厘米厚，寒气凛凛。一股山风吹过，常虎和刘明牙关发抖，缩成一团。宋泽盛说："太阳落山后山上会更冷，我们不如就在这里安寨扎营吧。大家分头捡一些柴火，生一堆火，把衣服烘一烘，要不晚上会被冻死在这里的。"

说干就干，大家迅速扎起帐篷，把仪器放了进去。曹林将淋了雨的帆布挂在一簇灌木丛上。突然，一阵狂风大作，帆布瞬间被旋了起来，向山下飞去。大家一阵惊呼，徒唤奈何。

几个人分头行动，在山上捡树枝。突然，宋泽盛发现一块巨大的山石上，一只黑熊蹲在那里，正虎视眈眈地盯着他们。这块山石距离他们只有十多米，顷刻间，黑熊站了起来，发出一阵咆哮声。宋泽盛他们曾在山下遇见过一个村民。这个村民年轻时在山上被黑熊咬断了一条胳膊，但好在最终侥幸活了下来，逃过一劫。常虎说遇到黑熊不能跑，你跑它就追，我们跑不赢的。曹林说那怎么办？站着等死吗？宋泽盛说我带着手电筒，动物怕光。说完拿出手电筒照过去，黑熊被强光一照，呼地站了起来，张牙舞爪，似乎要扑下来。几个人惊出一身冷汗，只听黑熊一阵嘶吼，缓缓地从另一边下去了。宋泽盛说我们赶快把火生起来吧，熊怕火。几个人回到帐篷附近，手忙脚乱地点起一堆篝火，把湿衣服脱下来在火上烤了烤，胡乱吃了点东西就钻进帐篷里了。因为怕黑熊再回来，火不能熄灭，队员们轮流休息守着篝火。半夜时分，外面传来一阵狼嚎，大家一下子都坐了起来，担惊受怕，好不容易挨到天亮……

太阳出来了，新的一天开始了。大家抖擞精神，准备征战尖山。

"怎么上去啊！"曹林望着眼前刀削斧劈般的山峰，无奈地摇摇头。

"这石头有十几层楼高，又光又滑，人的脚往哪里踩？手往哪儿抓？要上去，我看只能坐直升飞机。"曹林撇撇嘴继续说。

"没有路也要上。古人走蜀道，不是也难于上青天嘛！他们都能走，咱们测量队员也一定行。"宋泽盛边观察地形边说。其实他心里也没底，眼前的尖山实在是太陡峭了，别说背着仪器，人空手都很难攀爬上去。但上面有测量点，测量人员无论如何也得想办法上去。

由于测绘仪器比较笨重，用马根本驮不上去，只能由人来背。几个大木箱子，每个都有20多公斤，上山、下山变得异常困难。

经过一番认真观察，宋泽盛发现尖山西、南两边都是悬崖峭壁，东边是十多米高的狼牙怪石，根本无法攀登。只有北边是一块斜卧在石冠下方长十余米的龟盖形巨石，不知能否找到突破口。这时，常虎也发现了这块巨石，激动地说："你们看，我们两个人顺着这块鳌盖石爬上去，能一直爬到峰顶下，一个人再踩着另一个人的肩膀头，一手扣住那条石缝，一手抓住山崖上的树藤，顺势就能爬上去。到峰顶后从上面吊下一根绳子，下面的人就能抓住绳子上去了。"

宋泽盛听后摇了摇头："人可以按你说的办法爬上去，这么大的仪器怎么办？用绳子吊仪器准会碰到石头，万一损坏咋办？不行！"

大家都沉默了，看着眼前的尖山，寻思着解决问题的办法。最终，他们决定采取比较稳妥的办法，由力气较大的常虎背着仪器，前面由曹林开路，后面由宋泽盛和刘明保护。先把曹林送上石冠，然后放绳子将背着仪器的常虎拉上去。经过一番艰难的攀登，大家都上到了山顶。

尖峰上的石冠只有一张方桌那么大，不知道上面一米多高的标石墩是怎么建起来的。几个人喘息片刻，在腰间系上绳子，把另一头捆在标石墩上。

队员们一边观测、记录，一边计算成果、整理资料。任务完成后，疲惫不堪的测绘队员在尖山顶上背靠石墩酣然入睡，完全忘了近在咫尺黑不见底的深渊。

宋泽盛1952年参军，复转后来到测绘战线，长期在野外作业，如今已是经验丰富、技术熟练的大地测量员了。东方既白，观测了许久天文的他揉了揉干涩的眼睛，唤醒队友。太阳出来了，霞光耀目，阿尔泰山一片辉煌。远处奇峰林海，云合雾集，赏心悦目。观测任务已顺利完成，大家的心情都很愉悦，开始收拾东西，准备下山。

上山容易下山难。身体健壮的常虎依旧背着仪器，宋泽盛把绳子拴在常虎腰上，另一头捆在石墩上，并抓在手里。常虎徐徐往下走，黎明前的冰雹打得石头湿漉漉的，上面绿苔又软又滑，沉重的仪器箱压得常虎面红耳赤，直喘粗气。宋泽盛见常虎非常吃力，有些担心地喊道："你不要害怕！千万沉住气！"随即把绳子交给刘明，敏捷地迂回到常虎的下边。突然，常虎背上沉重的经纬仪撞上了峭壁，立刻重心不稳，连人带仪器向悬崖边滑去！下面的宋泽盛一个箭步冲上去，用双手抓住队友往回拉。队友和仪器保住了，宋泽盛却因身体失去平衡，跌落深达几十米的悬崖……

绝壁之下，乱石之侧，队友们找到了宋泽盛。他的面容安详，只是那留着短发的后脑勺上有一个因撞击而破裂的伤口，鲜血染红了四周的草地和石砾……

队员们在清理组长的遗物时，发现宋泽盛在山顶上写的一首诗：

测绘战士斗志昂，

豪情满怀天下闯。

铁鞋踏破山万重，

千难万险无阻挡。

宋泽盛牺牲时年仅29岁。1959年，国测一大队党委决定将宋泽盛使用过的那台经纬仪命名为"宋泽盛号"，现珍藏在中国测绘科技馆。

血与沙

仿佛有一团火在戈壁沙漠熊熊燃烧，又好像有一条喷着烈焰的毒龙，所过之处，把一切都舔舐得干干净净！被风蹂躏过的山岩裸露着，经历千万年岁月的剥蚀，露出骇人的疤痕，一个个状若魔鬼怪兽，面目狰狞，发出嘶嘶的怒吼。红褐色的砂石一望无际，将大地变成一片赤红色。到处是流沙，充满褶皱的沙丘为荒凉赋予了新的意蕴。正午的阳光直射地面，地表温度最高可达七八十摄氏度，升腾着一股滚滚热浪。天空的云彩似乎也被燃烧殆尽，它们迅速逃离，离开这片死亡之地。

那是1960年4月底的新疆南湖戈壁，国测一大队承担了国家控制网布测任务。31岁的共产党员、技术员吴昭璞，带领一个水准测量小组来到无边无垠的戈壁沙漠腹地。吴昭璞毕业于华南工学院（现华南理工大学），是大地测量队的第一批大学生，也是共和国的首批大学生。

"中华人民共和国成立后，百业待兴，急需测绘方面的人才，吴昭璞大学毕业前夕就决定支援祖国西部事业，于是便来到了古城西安。他是湖南人，喜欢抽烟，待人真诚，非常随和。刚来的时候，吴昭璞被安排住在了西安电影制片厂附近202工地的一排小平房里，与我住的地方隔了两间房子。参加工作后，吴昭璞主要从事水准测量工作。他工作认真负责，积极主动，爱岗敬业，受到大家的一致好评。"多年以后，老测绘队员郁期青回忆起吴昭璞时，动情地说。

南湖戈壁滩位于鄯善县七克台镇南部，面积约3400平方公里，白天最高温度70摄氏度，晚上最低温度零下23摄氏度，年降水量12毫米，植被面积约占万分之一，被称为生命禁区。戈壁滩昼夜温差很大，午后气温超过40摄氏度，砂石烫脚，小组携带的一箱蜡烛已融化成液体，夜里只能摸黑。遇到夜里狂风大作的时候，几个人拼命扯着帐篷坐到天明。太阳出来了，戈壁滩温度迅速上升，空气十分干燥，感觉一根火柴都能点燃。紫外线愈来愈强烈，风裹着砂砾汹涌而至，遮天蔽日，弄得人睁不开眼睛，测绘队员只能抱着仪器，把头埋在双臂间。即使这样，他们依然每天坚持完成任务，从未懈怠。

一天早晨，在到达某测量点后，吴昭璞准备给同伴们的水囊灌水。当他走到水桶跟前时，让人揪心的事发生了：盛满清水的水桶不知什么时候开始渗漏，珍贵的水悄无声息地渗入了戈壁沙地中。在沙漠戈壁没有水就意味着死亡，每个人心里都非常清楚。离这里最近的水源地在200公里外，大家一时都沉默了，不知所措。过了一会儿，吴昭璞果断地对大家说："没有水了，大家必须尽快撤离。你们两人一组，确定好路线赶紧往外撤，我留下来看守仪器和资料，你们找到水再赶回来。"队员们不愿接受这样的安排："要走大家一起走，不能把你一个人留下！"吴昭璞看着队友们坚定地说："大家一起走不行，一来这里的工作还没有结束，二是这么多的仪器、资料也带不出去。你们轻装走出戈壁，我等你们回来，咱们再一起把任务完成。"

茫茫戈壁，炎炎烈日，留守在这里意味着什么，每个人心里都十分清楚。大家一时都不说话，吴昭璞有些着急，他把仅有的水囊递给一位年轻队员，斩钉截铁地说："我是党员，也是组长。我现在命令你们立即撤离，不要再耽搁时间了！"队友们依依不舍地离开了，只留下吴昭璞一个人伫立在那里，像一尊雕像……

几天后，队员们带着水返回工作地点，远远地便开始喊吴昭璞的名字。戈壁滩除了蒸腾的热浪，杳无声息。队员们感到不妙，他们快步来到帐篷旁，眼前的一幕令所有人都惊呆了：吴昭璞静静地趴在沙子上，头朝着队员们离开的方向，半个身子已经被黄沙湮没……

"他的嘴里、鼻孔里全是黄沙，双手深深地插在沙坑里，指甲里全是血污。看得出来，在极度干渴的时刻，吴昭璞曾拼命地刨过砂石，希望在里面找到一丝水……持续高温的烘烤，使吴昭璞原本身高一米七的身躯，已干缩到不足一米三。"多年后，郁期青回想起这一幕，眼里噙着热泪。

时间在一瞬间仿佛凝固了。队员们不敢相信眼前的场景：绘图的墨水被喝干了，队员的牙膏被吃光了！一个华南工学院的高才生，一个朝气蓬勃、怀揣梦想支援祖国西部测绘事业的热血青年，一个年轻的生命，就这样被无情的戈壁吞噬了！

吴昭璞的身后，是大家辛苦多日获得的各种测绘资料，它们被整整齐齐地压在仪器下面。他沾满汗渍的衣服，严严实实地盖在测绘仪器上。他的手表，还在滴滴答答地走着。在生命的最后一刻，吴昭璞仍没忘记保护好这些被他视为比生命更重要的东西。

"那一年的新疆热得出奇，蜥蜴走在沙地上都是三条腿着地，要空一条腿轮流休息、散热。人待着不停地流汗，脸上都是盐粒，摸起来像砂纸。为了省水，洗澡、刷牙、洗脸队员们只能在梦里想想。待上一段时间,衣服上全是白花花的盐和沙子,头发结成一块黑炭,捋一下能捋下半掌沙子。天气酷热干燥,炫目的阳光像火蛇嘶嘶地吐着信子,把一切水分都吸了进去。刚出锅的馒头一会儿就能干透,咽下去像往食道里塞锯末,嘴唇、牙龈同时出血。咬过的馒头往白纸上一按,就是一枚鲜红的印章……"吴昭璞去世30多年后,新一代测绘队员再次挺进南湖戈壁,体验当年前辈们的艰难困境,张朝晖感同身受,喟然而叹。

队友们怀着悲痛的心情整理吴昭璞的遗物,发现了1.5公斤火红的毛线。吴昭璞生活简朴,除了抽一些廉价烟,很少给自己买东西。这些毛线是他为远在湖南农村老家的妻子和还没出生的孩子买的礼物。

几周前,要进戈壁了,在鄯善县城遇到集市,吴昭璞想给妻子和肚子里的孩子买点东西。在一家供销社的柜台里,吴昭璞看到一团红毛线,非常喜欢,问多少钱?售货员见他蓬头垢面,一身破烂衣裳,像个逃荒的,没好气地说:"别问了,你买不起!"

吴昭璞是个拗性子的人,他不动声色,只是问了句:"你有多少毛线,我全买了。"

吴昭璞带着红毛线进了戈壁,再也没有出来。后来,这些红毛线被队友寄回了他的老家湖南。

吴昭璞牺牲16年后,他的儿子吴永安成为了国测一大队的一员。吴昭璞当年的队友看到吴永安身上穿的那件火红色的毛衣,眼泪都忍不住掉了下来。

第一次去野外执行任务,吴永安就申请去了父亲牺牲的新疆南湖。然而在无名坟头中,他无法找到父亲的坟墓,只好买了两个大塑料桶,装满水,洒在那一片戈壁滩上。吴永安边洒水边流泪,他说:"父亲,我没有见过你，听说当年你是渴死的。今天儿子来看你，给你送水来了……"

2019年8月15日（农历七月十五日），中元节，吴永安专程从湖南老家赶到西安，祭奠自己逝去59年的父亲吴昭璞。吴永安来到渭河边，拿出父亲当年买的毛线织就的红毛衣。多年来，吴永安只能在父亲工作和生活过的渭水边祭奠自己的父亲。他带了一束白色的菊花，轻轻地放在红毛衣上，然后又拿出三支烟点燃，插在地上。吴永安说："爸爸生前最喜欢抽烟了，以烟代香，这是一样的。父亲，你多抽支烟吧。"伫立片刻，吴永安又拿出一瓶酒，绕着毛衣在地上洒了一圈，哽咽着说："爸爸，我以酒代水，希望你多喝点水，不会再渴了。"夕阳西下，一道金光洒在河面上，也洒在吴永安的脸上。他对着西方，对着太阳落下的方向跪下来，作了个揖，然后又磕了三个头，整个人笼罩在一片金色的光晕里，与霞光融为一体。吴永安说："父亲在和平年代为了祖国的测绘事业献出了自己的宝贵生命，他是平民，也是英雄，一个平凡的英雄。"

灵与肉

1963年春，国测一大队接到任务，去甘南藏族自治州的迭部、舟曲一带实施大地测量，测量队员钟亮其是技术骨干，随队前往。甘南测区是当年红军长征时经过的地方，地形十分险峻。南边神秘莫测的若尔盖草原湿地，被称为"吃人"的死亡之地，隐藏着无数的沼泽和软泥，是红军长征历程中最为艰难的一段。

80多年前，仅仅七天时间，就有16000名红军战士在这片湿地上壮烈牺牲，令人心痛不已！测区北面是驰名中外的天险腊子口，远处是白雪皑皑的大雪山。整个测区重峦叠嶂，峡谷密布，白龙江咆哮着从陡峭的绝壁间穿过，涛声震天，惊心动魄。这里地形险恶，山陡谷深，人烟稀少，而且常有零星的匪徒出没。因为交通闭塞，偏于一隅，还有一些身份不明的外地人到山中或打猎采药，或砍树伐木，运到外地出售。因地处岷县、迭部、舟曲三县的交界处，容易出现三不管的情况，致使一些坏人乘机钻空子。

复杂险峻的地理环境给测量工作带来很大困难。腊子口是一条长三四十公里的峡谷，是由舟曲、迭部进出岷县必经的咽喉之路，一些匪徒隐藏在密林深处，向过路人放冷枪，很难防范。

国测一大队的测量队员就是在这样的险恶环境中完成一项项任务。

7月12日，测量组来到舟曲县洛大乡，25岁的共产党员钟亮其接到一项秘密任务：去舟曲县城取回区队寄给小组的工资和粮票。从洛大到舟曲有一条简易公路，单程60公里。那条公路平时很少有汽车通行，实则是一条山间栈道。钟亮其日夜兼程，很快便赶到舟曲，拿到粮票和工资后，19日返回到洛大乡，和乡政府炊事员住在一个屋里。因当时测站工作尚未结束，五股梁（拉子里乡）司光站粮食快吃完了，钟亮其在乡政府给组长留下一封信，20日孤身前往拉子里乡。

临行前，炊事员认真仔细地告诉他路径。钟亮其按炊事员的指示，沿着河谷小道往前走，边走边查看地形，但见两边都是陡峭的山峰，刀劈斧凿般地耸立在那里，阴森森的，很瘆人。山谷深处是茂密的森林，不时传来猛兽的嚎叫声，令人不寒而栗。钟亮其不觉加快了脚步，走着走着，总觉得后面像是有人跟踪，猛地一回头，发现什么也没有。这时周围的野兽声也听不见了，一时万籁俱寂，静得有些异样，令人有一种不祥之感。钟亮其下意识地紧了紧腰带和鞋带，摸了摸怀揣的1000多元现金和票面共300多公斤的粮票，抱紧手提包内的公函。这些东西在当时是十分重要的，关乎十多个人的吃饭问题，更重要的是里面的公函，如果丢失，后果不堪设想。

钟亮其加快了脚步，走着走着，头上的汗顺着发际流了下来。他掏出手帕擦了擦脸，隐隐约约还是感觉后面有人在跟踪，回头看了看，除了阳光下自己的影子，什么也没有。

"胆小鬼，自己怕自己呢。"钟亮其自嘲地笑了笑，感觉一下子放松了，不由得哼起了歌曲。

"咦，你会唱我们当地的民歌？"不知什么时候，身边突然冒出来一个人，看起来老实巴交，一脸憨笑。

"不会唱，瞎哼呢。"钟亮其见对方是个"中年农民"，也没在意，冲着他笑了笑。

路上有个伴，可以边走边谈，既不会走错路，又可以免除孤寂感，他感到很高兴。"中年农民"显得十分热情，主动给钟亮其介绍当地的风土人情，言谈举止中，对测量队流露出一股崇敬之情。"中年农民"问钟亮其是哪里人，钟亮其说湖南。"中年农民"欣喜异常，大声喊道："啊，咱们是老乡呀！我的祖籍也是湖南呀！"异乡遇同乡，钟亮其感到非常兴奋，紧绷的神经瞬间松弛了下来。他们走到一座小桥边坐下休息，"中年农民"左右打量一番后，目光锁定在钟亮其腰间的手枪上。

"啊，老乡！你腰上别着的是手枪吗？能不能让老乡看看呀？""中年农民"一副未见过世面的样子，恳切地说。

"唔，枪是武器，怎么能随便看？"钟亮其下意识地摸了摸枪，拒绝了。

"我们山里人,没见过世面,都是老乡,看一眼有啥?""中年农民"眼巴巴地盯着钟亮其。

"不行。"钟亮其还是拒绝了。

"枪是铁做的,看又看不坏。老乡呀,给点面子啊?"对方还在恳求着。

钟亮其心地单纯、善良,见对方憨厚朴实,没有恶意,他犹豫片刻,便把手枪从腰间拔了出来。为了安全,他退下枪膛中的子弹,然后将珍贵的防身武器交给了新结识的"老乡"。

这时,山林深处忽然传来几声凄厉的鸟鸣,声音回荡在深山峡谷中,显得格外刺耳,阴森可怖。钟亮其感到有些蹊跷,警惕地四处观望。然而,正当他想回首的那一霎,说时迟,那时快,只觉脑后生风,一团黑影闪电般地飞向他的头部。钟亮其正欲躲开,只觉得头顶叭的一声被重物击中,头皮麻木,眼冒金花。他一个踉跄,险些跌倒,陡然明白那个老实巴交的"中年农民"原来是伪装的匪徒!

原形毕露的匪徒面目狰狞,挥动着一块石头,连连向他猛砸。这时,林中又窜出来两个匪徒,挥舞着匕首向他刺来。千钧一发之际,钟亮其奋力将身上的子弹全部扔进白龙江中,与三个歹徒展开殊死搏斗。无奈势单力薄,几个回合便处于下风,被匪徒连捅十几刀,倒在血泊中……匪徒们将钟亮其身上的现金、粮票及公函抢劫一空,并将其反捆双手,推入奔腾汹涌的白龙江中……

数日后,钟亮其的尸体被人发现,报告了乡政府。与此同时,测量队发现钟亮其失踪后,也组织人员四处寻找。半年后,三个凶手均被缉拿归案,处以极刑。钟亮其被抢劫的枪支、公函等全部被追回。

钟亮其是烈士后代,家中独子,牺牲时年仅25岁!

2000年4月,国家测绘局领导及中央媒体来西安,给一大队殉职队员授英雄称号,钟亮其之子带孩子来西安代父受功。在参观国测一大队精神展示室时,钟亮其的儿子在看到父亲的照片时突然情绪失控,扑倒在地,连连磕头,嚎啕大哭。众人急忙扶起他并进行安慰,钟亮其儿子边啜泣边说,这是他有生以来第一次看到父亲的照片,令陪同者无不流泪。随后,他向队里提出要求:给一张父亲的照片。国测一大队相关人员在档案中翻了很久,找到一张钟亮其的工作照,送给他留作纪念。

爱与殇

那一年,翟建全刚刚25岁,随着测绘小组来到了大山深处的巩乃斯河边。巩乃斯河发源于天山,是一条逆流河,一路向西,最后汇入巴尔喀什湖。这条河不是很宽,但水流湍急,流淌的都是冰山上融化的雪水,因此即便是夏日也冰凉刺骨,里面生活的都是冷水鱼。

测绘小组副组长王方行1957年大学毕业后被打成右派,随后又劳改20年,1979年被平反后来到了国测一大队工作。当时,王方行已经47岁,还未结婚。翟建全也是单身,两人虽然年龄相差20多岁,但经常在一起喝酒、聊天,成为莫逆之交。测绘点在天山深处,没有公路,只能骑马。测绘小组租了30多匹马、四匹骆驼。进山前的简单休整,是练习骑马的最好时机。王方行从小生活在上海,从未骑过马。他说小时候曾遇到一群马从身边呼啸而过,其中有一个人突然从马上摔了下来,当下就不省人事。在他看来,马是一种烈性很大的动物,特别是马那长长的嘶鸣,听起来让人非常害怕,因此自己不愿意骑。大家都劝他还是骑吧,否则无法工作。无奈之下,王方行只能硬着头皮学习骑马,动作十分笨拙,刚上马没走几步就跌了下来。这次跌跤反倒给了他勇气,在同事的帮助下,王方行终于不再畏惧,渐渐可以骑着马去山上测量了。

山路崎岖陡峭,王方行紧紧地趴在马背上,感觉颠得很厉害,不一会儿胯下便被磨破了,疼得屁股不敢往下坐。翟建全年轻,喜欢骑马,对马的习性比较了解。他说王师傅你放松点,用前脚掌把脚镫踩实,这样即使摔下来也不会被马镫拖住。马小跑时特别颠,把屁股微微抬起,身体随着马起伏的节奏上下晃动,这样就不会把臀部磨破了。如果马撒开蹄子跑起来,可以踩住脚镫站起来,使臀部和马鞍完全脱离开,但一定要抓紧铁环防止马突然停下或变向……王方行不断地点头,看似心领神会,实则马一跑起来他就开始慌了。一次出测回来,下山的时候突然听见一声长长的狼嚎,马受到惊吓开始狂奔,王方行猝不及防,从马背上被撂了下来,结果一只脚还挂在马镫上,人被甩到地上,拖了很长一段路,胳膊、腿、脊背都受伤了。

此次出测前,有人给王方行介绍了个对象,是一位善良的女子,叫小青。小青在一家纺织厂工作。双方接触了几次,小青对王方行十分满意。快50岁的人了,王方行从未谈过恋爱,两人每次见面他都显得很局促,像个情窦初开的男孩子。小青见状就笑,笑他不敢与之对视,将头偏向一边。王方行知道这次到新疆出测需要近一年时间,两人相约在一家小餐馆见面了。临别的时候,小青送给他一袋大枣,火红火红的。小青说新疆寒冷,你要多保重身体。王方行说:"你等着我,年底回来咱们就结婚吧。"小青"嗯"了一声,定定地看着他笑。

王方行不好意思地低下了头。小青趁王方行不备在他脸上亲了一下，然后笑着离开了。王方行满面通红，捂着刚才被吻过的地方，半晌没反应过来……

　　活了大半辈子，终于尝到了爱情的甜蜜，王方行对生活充满希望，工作更加努力，一丝不苟。摔过几次跤后，他对骑马已经不再害怕了，每次上山下山也能应付自如。测绘队员没有休息日，常常一干就是十天半月，甚至更长时间，除非天阴下雨。下雨的时候，队员们哪也去不了，挤在帐篷里聊天，他们天南海北什么都聊。王方行是上海人，大城市来的，许多队员没去过上海，于是便让他讲上海滩的故事。当然，他们最关心的还是他与小青的爱情故事。一个人的时候，王方行也在憧憬着。20年的劳改生活，原想这辈子已经没什么指望了。未婚妻比他小15岁，结婚后如果能有自己的小孩，那该多好啊！

　　一晃来新疆已经快半年了，测绘小组从沙漠测到草原，从戈壁测到雪山，完成了一个个水准项目。想想再有几个月就可以回家了，王方行忍不住激动，常常一个人笑出声来。翟建全发现，每次路过一些市镇，王方行都会左顾右盼，总想着给未婚妻买点什么。在乌鲁木齐的一家商店，王方行给小青买了一条披肩，帐篷里只有一个人的时候，他常常会拿出来瞅上半天。披肩是红蓝相间的，特别漂亮，小青一定喜欢。他想回去后亲自把披肩给她披上，一定很好看。

　　进山前，测绘小组派人到100多公里外的小镇上，一边采购，一边取队员们的家信。1980年，电话还不普及，测绘队员去的地方都比较偏僻，与家里联系只能靠书信。相隔几千公里，即使家里发生什么重要事情，他们知道后也是十多天甚至一个月之后了。因为测量队居无定所，信件只能寄往比较大的城镇。

信件取回来后，翟建全发现有一张王方行的包裹通知单，上面写着"巧克力"，是他的未婚妻寄来的。于是大家开始起哄，要他请客。王方行爽快地说："行，等完成任务，请大家吃巧克力。"包裹要去很远的县城邮局才能取，他决定等项目结束，离开天山的时候再去。就这样，王方行带着那张包裹通知单跟大家一起进山了。

那是 1980 年 6 月，天气已十分热，然而天山上因为常年积雪，特别寒冷。测绘队员每次作业都要蹚水过河。24 日那天，太阳就要落山了，河滩上的帐篷里升起炊烟。王方行作业归来，与大家聊了一会儿天，就到另一个露营点去了。

一个多小时后，一匹马飞驰而来，测绘小组的蒙古族翻译一下马就摔倒在地。翟建全慌忙问："怎么了？"蒙古族翻译上气不接下气地喊道："出事了，出事了！"翟建全急了，大声地问："出什么事了？咋回事啊？"

"王方行死了！"蒙古族翻译泣不成声。

"什么？"翟建全不敢相信自己的耳朵。

"死了。他真的死了……"蒙古族翻译瘫坐在地上，喃喃地说。

因为王方行骑马技术不是很好，那天分配给他的是一匹温顺的老马，缰绳牵在蒙古族翻译的手里。王方行去的露营点要过巩乃斯河，累了一天，他感觉又困又饿，过河的时候，双手抓住马鞍子，身子紧紧地伏在马背上。巩乃斯河不是很宽，但水深浪急，流速很快。夜幕渐合，河面上氤氲着一团寒气。走到河中间的时候，突然马失前蹄，一下子跪倒在河里，王方行随之一头跌进冰冷刺骨的河水中，瞬间便被冲出好远。蒙古族翻译见状，连忙打马在岸边追赶。追了有两公里，发现王方行躺在河滩上，头浸在水里，已经没了气息……

"他一下子便被河水冲走了,甚至没有来得及吭一声。"蒙古族翻译含泪说。大家赶到后,发现王方行双目紧闭,鸭绒衣被撕碎了,口鼻全是血。在一个比较完好的衣兜里发现一个眼镜盒,里面整整齐齐地压着未婚妻寄给他的包裹通知单。

多年后,翟建全回忆起那一幕,仿佛就发生在昨天。

"一个人就这么平平淡淡、无声无息地走了。那天晚上,我们谁也没有心思工作。夜空里不时传来狼的嚎叫声,大家点起了篝火,用被子卷起王方行的遗体,旁边是他的遗物,一张写着巧克力的包裹通知单放在红蓝相间的披肩上……巧克力是不能再取了,我们回去咋跟王方行的未婚妻交代呀!"翟建全说。

那天,队员们都没有回帐篷休息,守着篝火直到天亮。

"王方行这辈子真不容易,他的好日子才刚开始啊!"一位测量队员说。

"我们都是在城市里长大的,谁不愿意过幸福安逸的好日子?当测绘队员跋山涉水奋战在荒山野岭、戈壁沙漠,忍受酷暑炎热、风刀霜剑,忍受孤独寂寞、饥寒交迫——此时此刻,城市里的年轻人在干什么呢?他们或在工厂上班,或在与亲人团聚,或在与恋人一起逛商场,去夜市。霓虹灯下,三五好友聚在一起把酒聊天,享受舒适静美的生活。然而我们的测绘队员,却以这样的一种方式悄悄离去了……"三个多月后,新疆大地测量项目工作完成。翟建全回到西安,一下火车,感觉一切都那样陌生,恍若隔世……

除了宋泽盛、吴昭璞、钟亮其、王方行,还有姚云、刘义兴、岳殿春、潘选举、张荫同、杨忠华、唐昌义、王积来、吴儿岗、包全芳、李景贵、蒋岑、苏来源、杨春禄等四十多位测绘队员，都是殉职在工作岗位上。他们每个人的事迹都很传奇，都有一段催人泪下的故事。在国测一大队精神展示室，陈列着为祖国测绘事业英勇献身的英雄的照片。国测一大队每一位新入职的队员都会先到那里，学习英雄事迹，缅怀先辈。壮烈殉职的46位测绘队员中，有不少是刚从解放军测绘学院或武汉测绘学院毕业的大学生，他们牺牲的时候大多二三十岁，年富力强，风华正茂；有些是1955年、1956年参军的军人，刚从抗美援朝战场上归来，一腔热血报效祖国。他们中有的是共青团员，有的是共产党员，有的新婚燕尔，有的还没有成家……"无情未必真豪杰"。测绘人员也是血肉身，也有儿女情。由于野外测绘工作的特点，测绘队员长期夫妻两地分居，家庭无暇顾及。他们舍小家，为大家，默默奉献，无怨无悔，薪火相传，前赴后继。他们用奋斗定格青春，以生命诠释使命，为共和国的建设与发展作出不可磨灭的贡献。

中华民族是一个具有伟大奉献精神的民族。绵绵五千年，为中华民族发展和繁荣作出巨大贡献的人物层出不穷，史不绝书，中国共产党人更是把奉献精神发扬光大，推向新的高度。在革命、建设和改革的不同时期，无数奉献者以他们的奋斗实践，铸就了反映着时代特色、闪亮着耀眼光芒的延安精神、大庆精神、"两弹一星"精神等。国测一大队"热爱祖国、忠诚事业、艰苦奋斗、无私奉献"的测绘精神，正是我们这个时代奉献精神的集中体现。他们的精神，就像插在珠峰之巅的红色觇标，是自然资源战线工作者的精神高度，也是新中国建设者的精神高度。70年来，这支身上始终流淌着军人血液的英雄测绘队伍走遍神州，几代人踔厉奋发，笃行不怠，谱写了一曲感天动地、气壮山河的英雄史诗！

"一个有希望的民族不能没有英雄，一个有前途的国家不能没有先锋"。铭记英雄是对人民力量和人民作用的充分肯定，他们的事迹和精神都是激励我们前行的强大力量。

卷一・江河赤子

他们是一群
平凡的人，
平凡总是给人
感动。

第一章

雪里金刚

1959年10月，北京金秋灿灿，天高气爽，蓝天如洗。刚落成不久的人民大会堂巍峨壮丽，气势恢宏。全国工业、交通运输、基本建设、财贸方面社会主义建设先进集体和先进生产者代表大会在北京人民大会堂召开。此次会议又称"群英会"，参加者来自全国各地各条战线。

这是一次劳动者的盛会，社会各界高度重视。大家入座后发现，主席团有位缺席的成员。据了解，他就是誉满神州的"雪里金刚"——国测一大队队员王永吉。在群英会开幕前夕，这位测绘战线上的赤胆英雄为了完成一次爆破任务，被炸坏了双眼……

在群英会向党中央、毛主席汇报的日子里，王永吉正躺在北京同仁医院接受治疗。那时他刚25岁，正是锦瑟华年，血气方刚，朝气蓬勃。病床上，他的心一刻也不能平静，一入睡就开始做梦：雪山高耸入云，寒光四射；沙漠热浪滚滚，焦金流石；戈壁飞沙走石，四顾茫茫……乱石滩上，王永吉奋力地呼喊着："——打钎呀，开炮呀……同志们，一炮就是一炮的任务呀，大家加油了！"突然，一声轰隆巨响，王永吉在一瞬间什么也看不见了……

"我的眼睛,我的眼睛怎么了呀?!"王永吉从睡梦中惊醒,忘记自己的眼睛已失去光明,使劲地睁呀睁,拼命地用手揉着。眼前一片漆黑,什么也看不到。他大声地呼喊护士:"现在是什么时间?我怎么看不见灯光?看不见太阳?"护士说:"现在是白天,您的眼睛受伤了,我们正在给您做治疗呢。"

"我的眼睛不要紧吧,能回小组工作吧?那边的测量项目还没完成呢!"王永吉显得非常激动。

"能!你能回到小组去的。"护士一遍遍地耐心回答。

1934年,王永吉出生在江苏一个贫苦农民的家。小时候,他目睹日本铁蹄肆意践踏,滥杀无辜。抗战胜利后,新四军撤出了苏区,国民党在他家乡东海一带进行了疯狂的大屠杀。父亲因为是农会干部,被拖进牢里打得死去活来;大伯因为是新四军家属,被国民党残忍杀害……王永吉发誓长大后要拿起枪杆子,消灭反动势力。有人问他长大后做什么工作,王永吉立刻回答:"当兵——穿军装,扛大枪,保卫祖国,保卫家乡!"

1955年,国家征集第一批义务兵,王永吉幸运地被挑选上了。然而他万万没有想到,部队领导分配他当测量兵,没有上前线打仗的机会。这大大出乎他的意料,王永吉怎么也想不通,感觉非常苦恼,脑子一时转不过弯来。队长见他在闹情绪,说:"我问问你,扛枪杆子为了什么?"王永吉答:"保卫祖国安全嘛。"队长又问:"祖国安全了以后,又要干什么?"王永吉说:"搞建设呀!"队长笑了,说:"热爱祖国,光是保卫她还不行,还要让她美丽富强起来。测绘工作者是经济建设的排头兵,没有测绘,工厂、矿山、城市、乡村的建设以至航空航天的监控，都没有办法科学地开展，所以，千万不要把这项工作看得太简单，它要经历一般人不能经历的艰险，付出一般人不能有的机智和劳动，才能光荣地完成任务。"王永吉觉得队长说得很有道理，思想上的疙瘩也解开了。第二年春天，军队上的测量人员集体转业，王永吉也随之被编入了国家测绘总局。

我向毛主席保证，一定会平安回来

1956年4月，一支几十个人的测量队伍前往四川大明山建造测量觇标，王永吉便是其中一员。

完成这项任务预计往返需要14天。从出发地到大明山有100多公里路程，第一天比较顺利，卡车拉着队员和物资，黄昏时分到达大明山下的一个护林所。队员们在那里稍做休整，准备第二天登山。这座雪山海拔4000多米，地势险峻，当年除了红军长征时翻越过，还没有人上去过。山上森林茂密，根本没有路。队员们既要背仪器还要搬材料，不是钻老林就是爬山崖。山下桃花盛开，随着海拔越来越高，植被渐渐变成针叶林，最后变成草甸，有的地方还覆盖着皑皑白雪。太阳快要落山的时候竟下起了大雪，越发增加了行进的困难。空气渐渐稀薄，大家开始感到呼吸有些困难了，体力差的人，开始头昏呕吐，鼻孔冒血。一些人开始裹足不前，抱怨这就不是人走的路，怎么能爬上去？王永吉说："当年红军长征从这里经过，上面有国民党飞机狂轰滥炸，后面有追兵穷追不舍——红军在那样艰难的困境中都能突围，我们为什么就不能登上山顶呢？"

这是一处光秃秃的山岇，距离目的地需要翻越无数座这样的荒山。

远处白雪皑皑，寒气逼人。雪时断时续，天很快便黑了下来，晚上睡在哪里，是个问题。搭帐篷，山陡无法搭；睡雪地，一夜大雪会把人冻死。大家一筹莫展，王永吉发现不远处有一块大岩石斜立着，有一间屋子大，下面一块空地比较平坦，也没有雪。于是大家一起动手，把绳子绑在搬来的石头上，搭起了帐篷。一切收拾就绪，他们开始做饭。

一连几天都是如此，队员们在雪山上艰难地搬运着造标的圆木，行动十分缓慢。他们走啊走，走了七天，才到达半山腰，所带的够吃14天的粮食，已经吃去了大半。在这荒无人烟的地方，粮食不够怎么办？总不能都饿着肚子干活吧？

有人开始打退堂鼓了。因为如果被困在大山里，冰天雪地，饥寒交迫，人是坚持不了多久的。有的队员说不如先撤退，等七八月这里雪化了再上来造标。

"哪怕饿两天，也比下山强！红军当年吃皮带、树皮和草根，我们现在还吃的是大米！"王永吉说。

"说得倒好听，没粮还不饿死、冻死在山上，赶快下撤吧！"一个队员说。

形势很严峻。出发前，测量队虽然做了充分的准备，但万万没有想到山上的情况如此复杂——大雪封路，七天了还没爬上山。按此进度，等到山上时粮食就吃完了，他们还要在那里挖坑造标，返回时还需好几天，这么多人没有东西吃，怎么办？

组长也姓王，30来岁，之前从未遇到这种情况。他用求助的目光望着副组长王永吉。

"我们不能回去！"王永吉看着组长，目光坚定地说。

"粮食快吃完了，这么多人都困在山上，怎么办？"王组长说。

"这样吧,你们先往上走,我回去给咱运粮。你们带着东西走得慢,我看了一下,咱们现在的粮食还够吃六天,六天我肯定能把粮食运到山上。"王永吉说。

"不行。我们是一个团队,这么多人走在一起,都一路险象环生,怎能让你一个人下山呢?太危险了!"组长摇摇头。

"没事,我能行。一路上我注意观察地形了,一个人不带东西,顶多两三天就下去了。"王永吉果断地说。

"要不,你带个向导一起下山吧。山上到处是雪,迷路了怎么办?"组长还是不放心。

"我向毛主席保证,一定会平安回来的。"王永吉说完向王组长敬了个礼,一脸轻松的笑容。

组长被王永吉的真挚感动了,思忖再三,决定让他和一位向导一起下山。

王永吉和向导说走就走。天色向晚,冷风飕飕地吹着。组长让他们吃完饭再走,王永吉说时间就是生命,拿了一块饼子边走边啃。组长让他们再带上一些粮食吃,王永吉不要,他说到山下就有吃的了,粮食留给山上的队员吃。

向导也是个年轻人,他说这座山特别险峻,山上气候变化多端,曾经有山民挖药材上来后就再没回去,自己也是第一次走这么远。两人一路奔跑,几次跌倒在雪地上,爬起来再走。有一段路特别陡峭,两人互相搀扶着一点点往下挪。这时天已经黑了,四周除了茫茫白雪,什么也看不见。因为他们没带睡袋和帐篷,向导说:"我们必须在午夜前离开雪地,要不晚上会被冻死的。"这时,一条两米多宽的小溪堵在他们面前,形成一个小瀑布。王永吉奋起一跃,谁知落地时脚底一滑，跌进水中，一下子被冲出好远。向导见状慌了手脚，前方不远处就是一个断崖，摔下去后果不堪设想！王永吉在水里挣扎着，尽量不使自己身体失去平衡，好在最终被一棵枯树挡住，下面便是一个几十米高的瀑布，发出哗啦啦的巨大声响……

王永吉的衣服湿透了。向导说："我们生堆火烤烤吧！"王永吉抹了一把脸上的水，牙关抖动，坚定地摇了摇头，坚持往下走。

半夜时分，他们终于来到了原始森林，这里很容易迷路。向导仰起头观察星星判别方向，找了半天没找到北斗，于是摸了摸岩石，坚定地往前走。王永吉感到有些奇怪，向导说，在密林中，岩石南面较干，北面较湿且有青苔，根据这点判断我们就知道方向了。两人跑了一夜，浑身是汗，也不觉得冷了。一路上他们不知跌了多少跤，手脚都磨烂了，天快亮的时候来到了一处山洞旁。向导说："我们在这里休息一会儿吧，走了一半路了。"

休息了一会儿，走出山洞，王永吉打了个寒战。昨晚弄湿的衣服被冷风一吹，浑身发抖。这时，肚子也不合时宜地叫了起来。向导说："组长让你带两个饼，你不带。"王永吉故作镇静地说："没事，下山后我们就有吃的了——美美地咥一顿！"

两个人继续往山下走，向导在前边开路，王永吉后面紧跟。滑倒了就爬起来，渴极了就喝几口泉水。他们的心中只有一个信念，就是在最短时间内把粮食运上山。

越往下走，森林植被越茂密，各种藤类缠绕，山石上铺满苔藓，又湿又滑，一不留神便会摔倒，行走十分困难。中午时分，向导一屁股坐在地上，说实在走不动了，又累又饿。王永吉给他鼓劲，讲红军爬雪山过草地的故事。当地民众对红军都特别崇拜，向导一听红军的故事就来劲。小伙子趴在小溪里咕噜咕噜喝了一肚子水，洗了把脸，两个年轻人又飞奔起来。

太阳快要西沉的时候，他们终于来到了护林所。护林所的人见两人满身泥巴，手上全是血，以为是两个逃荒的遇到什么不测。王永吉说明情况，护林所的同志把他俩扶进屋里，生起火给他们取暖。当他们抖落开裤脚，才发现每个人的袜筒里都躺着七八条吸饱鲜血的大蚂蟥，腿上全是血污！而这些，王永吉一路上丝毫没有感觉，直到此时，他才感到腿上一阵阵难忍的疼痛。得知他们奔波了整整一天一夜，没有吃饭，护林所的同志非常感动，赶快闷了一锅米饭。吃完饭后，衣服也干得差不多了，年轻的向导困得眼睛也睁不开了，倒头就睡。王永吉揉了揉发涩的眼睛，对向导说："你歇下吧，我今晚得赶到区政府！"护林所的同志劝他休息一晚："这里离区上还有25公里，山路又滑，明天再走吧！"王永吉说："不行，山上的同志等着粮呢！"他找了根棍子，打着手电向山下奔去。

鸡叫三遍的时候，王永吉跌跌撞撞地来到区政府。政府人员还没上班，他靠在墙上迷瞪了一会儿天就亮了。王永吉来到小河边洗了把脸，打起精神。他把山上情况给区长做了汇报。区长火速买粮，并派民工送上山去。

那天下午，王永吉就带着民工又上山了。他们昼夜兼行，第四天上午便来到了山顶，这时候大家正在喝稀汤呢。组长说："你们来得太及时了。再迟两天，大家就顶不住了。"

有了粮食，大家都振奋起来，工程进度明显加快了。

只要自己不放弃，就一定能够爬上去

运来的粮食解了燃眉之急，然而新的问题又出现了。

因为海拔 4000 多米，白天寒风刺骨，夜里大雪纷飞。狂风吹动厚厚的积雪，把刚刚建好的标吹倒了，人被埋在雪窝里，半天出不来。有时山上突然又出现晴空丽日，雪上强烈的反光刺得人眼睛无法睁开。夜里，大雪挟裹着冰雹铺天盖地而来，帐篷被掀开了，狂风卷着铺盖向山下滚去，锅碗瓢盆都不见了。许多人出现高原反应，头晕目眩，手和嘴唇冻得发紫。民工们费尽力气把木头扛上山，常常在雪地里迷路，半天找不到目的地……由于气候条件十分恶劣，部分民工和队员接连病倒了。

一种消极情绪在民工中扩散，有的人要回家，有的人干脆躺在洞里不动弹了。

二十世纪五六十年代，造标工作全靠木材作原料，木材运不上来，就等于前功尽弃，一切都是徒劳。眼下民工有的病了，有的闹着要下山，不干了。王永吉想：他们走了，谁来运材料？任务怎么能完成呢？他觉得这是个大问题，于是对组长说："让我带些药去看看吧！"组长同意了。从工作地点到民工住处，得走两个钟头的山路，到处积雪覆盖，崎岖险峻。组长派了个同志让他们一起去，王永吉拒绝了，他说："一个人能办到的事，何必两人？山上正缺人呢！"说完便背着药箱，一个人向山下走。

大雪纷飞，一层层地压下来，深深的脚窝很快便被盖住了。被雪覆盖后看似平缓的地方实则乱石林立，险象环生，一不留神便会摔个大跟头，脸也被树枝划破，鲜血直流。天快黑的时候，王永吉进入一

片林区，里面阴森森的，不时传来猛兽的嘶吼声，令人毛骨悚然。他从森林里走出来，又走进去，反复几次后，发现自己迷路了！

天越来越黑，森林里黑漆漆一片，什么也看不见。王永吉急得浑身冒汗，大声地吼了起来，给自己壮胆。声音在林中穿梭，感觉有些悲凉。怎么办？如果晚上走不出这片林地，会被狼或者豹子吃掉的。喊了一会儿，王永吉感觉十分疲惫，于是靠在一棵大树下想休息一会儿，判别一下方向。稍做平静，他凭着一股直觉走出了森林，来到一片被雪覆盖的开阔地。前面是一个山岇，他想爬上去查看一下地形，谁知刚一抬脚，"轰隆"一声掉进一个雪窨里……

王永吉在一瞬间蒙了，脑袋里一片空白。他想完了，这下完了！一番惊慌失措后，他镇静了下来。打开手电筒，发现这个雪窨最少有五六米深，窨壁光滑，底下全是冰。如果无法逃出去，自己就会被活活冻死在这里。完了，药送不下去，连命也搭上了！他想自己牺牲也就罢了，那些民工没有药治疗，会放弃工程下山而去，那样的话埋石建标的任务就无法完成了。

月光如水，冷冰冰地笼罩着山野。雪窨里寒气逼人，王永吉的牙关开始抖动，浑身不停地颤抖。不行，无论如何得想办法逃出去。洞不大，有一米多宽，他尝试着用双手撑着爬上去，无奈洞壁太滑了，脚根本蹬不住，挣扎了一会儿便汗流浃背，筋疲力尽，只好蹲在那里使劲地喘息。王永吉记得当天好像是农历十五，月亮又大又圆，氤氲着一团薄雾。他拿出随身携带的匕首，想在冰崖上挖些坑，然后攀爬上去。王永吉使劲地在冰面上砍着，一边发出阵阵吼叫声，给自己打气。他想，只要自己不放弃，就一定能够爬上去。挖了几个坑后，王永吉试了试，发现还可以。这时，他突然发现洞口有一双绿莹莹的眼睛正在盯着他！

不好，是豹子！王永吉吃了一惊，一屁股又跌进雪洞里。

怎么办？豹子在洞口徘徊了一会儿，索性卧在那里不走了。看样子它饿极了，应该好几天没吃东西了。在这荒山野岭，豹子好不容易发现了猎物，怎会轻易放弃。

从洞口逃出去看来是不行了，守在下面会被活活冻死，怎么办？王永吉一遍遍地问自己，拿起匕首在下面胡乱地戳着。突然，一块冰掉了下去，下面透出一丝微弱的光来。王永吉又使劲地戳了几下，发现这个雪洞下面是空的，底下好像与外面连接着。他侧着身子溜了下去，发现下面果然是一个十多米长的山洞，洞口积了厚厚一层雪。王永吉打开手电筒，发现地上有一堆骨头，仔细看，竟然是人的骷髅！他突然想起一位民工曾讲述过的故事：有一年，一个到雪山上挖药材的人迷了路，冻死在山洞里……难道他说的就是这个山洞吗？那么，眼下这堆白骨，是否就是那位上山挖药材的山民的遗骨呢？

冷风卷着雪片不断地从洞口扑进来，王永吉蜷缩成一团。不一会儿，被汗水浸湿的衣服变得冰凉，裤子、鞋子也冻得硬邦邦，一直冰到骨头里，浑身失去了知觉。他走出洞口，想捡一些树枝生一堆火，等天亮再走。谁知刚到洞口就被风逼了回来。月光下，外面白茫茫一片，什么也没有。山洞里冰凉渗骨，除了几块形状不同的石头，别无他物。王永吉搬了几块石头，把那堆骨骸围住，然后掬了一些雪放在上面，算是给逝者搭了个墓。这时，一股强烈的困意袭来，他提醒自己不能睡，睡着就醒不来了。他在洞里使劲地跳，拼命地活动四肢，累了就蹲一蹲，实在不行就抓一把雪抹在自己脸上，强迫自己保持清醒。就这样，凭借坚强的意志和毅力，王永吉与风雪战斗了整整一夜。

第二天拂晓，天刚蒙蒙亮，王永吉便冲出山洞，向着太阳升起的方向一路奔跑。一大早，正在准备吃饭的民工发现帐篷旁躺着一个人，身上背着一只药箱。大家把冻得像石头一样的王永吉抬了进去，发现他的脸冻肿了，四肢僵硬，无法动弹。工友们先帮他卸去冰甲，发现衣服和身体、鞋子和脚都冻结在了一起，几个人小心地弄了半天才将鞋子脱了下来。他们又抱来几床被子把王永吉紧紧裹住，给他嘴里灌了一点儿热水。这时，王永吉突然醒来了，看着眼前的工友们围着自己，知道药送到了，脸上流下两行热泪。工友们查看他的身体，发现王永吉的两条腿已经变成了紫青色，严重冻伤。他本能地想动一下，发现自己的腿已不听使唤了。王永吉的心猛地一震，仿佛周身血液都凝固了。在雪山上，因为冻坏而锯掉双腿的不乏其人，没想到这种厄运竟然会降临在自己身上。两条腿没了就成了残废，再也不能跟着工友们在一起埋石造标，为祖国的测绘事业贡献力量了。自己还很年轻，正是青春年华啊！这样想着的时候，眼泪又下来了。工友们安慰王永吉说腿不要紧，暖和一会儿就好了。王永吉艰难地抬起手擦了擦泪，故作轻松地说："大家都不要守着我了，赶快去工作吧，我会好起来的。"

王永吉带来的药品被送到民工手里。民工们听说王永吉为给他们送药所遭遇的劫难后，都被深深地感动了，有病没病的人，一个个都爬了起来。那天下午，他们便扛着木材上山了。

工友们上工以后，帐篷里只剩下王永吉一人，他感到浑身有些燥热，把身上的被子一层层揭开，扶着窝棚的立柱想站起来试试。他紧咬着牙，用足力气，果然立了起来，而且两条腿还能动。一股热流瞬间涌遍全身，王永吉在屋里跳了起来。太好了，原来只是一些皮外伤，我还能继续搞测量工作啊！一瞬间，浑身不知哪来的力量，他感到热血沸腾，于是连忙穿好衣服，将火生起来，开始淘米做饭。中午时分，当大家从山顶上下来时，王永吉已经为他们做好了一锅香喷喷的米饭。

午饭后，王永吉不顾队友的反对，又返回山上去了。

王永吉的事迹被传为佳话，大家都称他是"雪里金刚"。《人民日报》等权威媒体大篇幅报道了王永吉在此次测量任务中的感人事迹，"雪里金刚"的美名很快便传播开去，成为国测一大队的一面猎猎风旗。

哪里最危险，就挺身而出；哪里最困难，就奔赴哪里

1958年3月，王永吉被评为西安市、陕西省先进生产者陕西省青年社会主义建设积极分子。4月上旬，他在上海出席第二次全国青年社会主义建设积极分子代表大会。那时候，工作小组已经出发前往新疆，王永吉感到非常不安，几次要求首长让他赶快回到队伍中去。

4月22日，上海会议刚结束，王永吉便回到西安，和其他同事一起乘坐长途汽车前往新疆。一路颠簸，风尘仆仆。

进入新疆以后，卡车突然发生故障熄火，车子抛锚在荒无人烟的戈壁滩上。好在司机有在部队开车的经历，临危不乱，要大家留在车上坚守，他带领一名同志出去找老乡寻找饮用水和晚饭，想办法找修理人员来修车。

王永吉自告奋勇与司机一同前往。两人深一脚浅一脚地不知走了多远，终于找到一户维吾尔族老乡。老乡热情招呼他们，吃馕喝水后，说前面有一支修路工程队，可以找他们帮忙。工程队听说是大地测量队求助，二话不说便帮他们修好了车，一行人继续前进。

刚进戈壁滩时，大家都很兴奋，因为许多测量队员第一次来新疆，没见过沙漠。大家高声唱着革命歌曲，显得特别激动。随着车子不断前进，几天时间所见除了戈壁就是沙漠，一路风沙弥漫，渐渐地大家都没了兴致，有的队员甚至有些垂头丧气，心里直打退堂鼓。一夜颠簸，第二天一大早，太阳出来了，朵朵白云在空中飘荡，干净得让人心醉。远处，博格达峰皑皑积雪清晰可见。

历时半个月，他们终于到达乌鲁木齐。王永吉随着队伍又坐了两天汽车，来到北疆阿勒泰的一处戈壁滩。乘坐长途汽车后非常疲劳，但大家都没有休息，立即投入工作中去。经过十多天的努力，王永吉所在的小组刚完成了第一个点的测量任务，紧接着便要去几千米高的大山上。那里不但终年积雪，而且还常常下雪，木材运不上去，水源又非常远，小组面临着一次严峻的考验。如果集中全部力量去完成雪山上的点，势必延长时间，影响整个项目的完成计划；如果分开来干，人力不足，工作无法启动。当时正逢农忙，雇不到工人，组长因此愁眉苦脸，十分焦急。没有正规公路，车子只能在戈壁滩上行驶，道路坑坑洼洼，坐在车上的人有时颠得从座位上弹起头撞车顶，再砸回座位。几天下来，大家的骨头都要散架了。队员们只能边走边测，埋石、建标，然后奔向下一个点。

连日来，大家一直在戈壁滩上工作，一眼望去茫茫无际。王永吉说："人定胜天！我们斗志昂扬，一定能够战胜大戈壁。"组长说："小王精神可嘉，值得表扬。然而作为一个自然人来说，在辽阔的戈壁面前不值一提。戈壁存在了几千万年甚至更久，我们从来不是去挑战戈壁，真正挑战的是我们自己，是我们自己在面对肉体、精神极限的时候，会如何作为。从时间维度看，戈壁中一个不起眼的石子的寿命可能都比人类文明久远无数倍，我们还是要对自然、对天地心存敬畏呢！"王永吉听完，若有所思地点了点头。

测量队来到山下，额尔齐斯河哗哗流淌，河水干净透亮，清澈见底。连日来，大家一直在戈壁滩工作，看到河水就想跳进去。组长说这里不能游泳，因为河水是山上的雪融化的，刺骨寒冷。大家只好选了一处比较平坦的地方洗了把脸，恋恋不舍地离开了。

进山后，王永吉主动请缨，要求把最艰苦的雪山造标任务交给他，让小组主力去完成其他点的测绘工作。这种英雄气概感动了所有人，大家纷纷要求与王永吉一道上雪山。最后，组长决定让王永吉与刘洪杰两人承担上雪山的任务。

王永吉与刘洪杰在冰天雪地中攀登了许多悬崖峭壁，经过四天奋战，才把材料运上山顶。山上下着雪，一会儿又下起了冰雹。风卷着冰粒铺天盖地打来。这样的天气不能搞混凝土，工作无法进行。两人原计划晚上下到山腰的一处低洼地，那里可以扎帐篷。王永吉上山后发现地形十分复杂，如果连夜返下去，明天肯定爬不上来。为了赶任务，两人决定在山顶过夜，等雪停了再开始工作。他们找到一个山洞钻进去，两个年轻人紧紧地靠在一起，相互取暖。第二天一大早，他们发现雪把洞口几乎堵上了，但太阳明晃晃的，可以干活了。两个人一鼓作气把标建起来，顺利地完成了任务。

王永吉先后在新疆干了五年，从罗布泊到火焰山，从博尔塔拉到帕米尔高原，他总是挑最重的活干，哪里最危险，他就挺身而出；哪里最困难，他就奔赴哪里，时时刻刻以一个共青团员的标准严格要求自己，出色地完成了上级交给的各项任务。在吐鲁番的火焰山作业时，山的坡度有60度，又陡又滑，气温高达45摄氏度，堆在山下的材料运不上去。王永吉挺身带头，背着50多公斤重的标石、木材往山上爬。由于山势太陡，他的身体几乎是贴着山坡一点点地往上挪动，汗水如雨水般滚落，把眼睛蜇得睁不开，王永吉咬紧牙关，硬是将材料送到了山上。在他的带动下，队员们个个精神振奋，火焰山项目很快便完成了。

1959年3月，王永吉光荣地加入了中国共产党，并荣获"全国五一劳动奖章"。

我是名共产党员，绝不能在危险面前退缩

1959年6月，正是炎热的夏天，国测一大队的勇士们来到了新疆奇台一带漫无边际的大沙漠上，这里是人烟稀少、水草缺乏，被称为"四百里旱海"的中蒙边境地区。在烈日炙烤下的沙漠中，人不但容易脱水，而且还不易辨别方向，王永吉承担了这一地区的木材与水的供应工作。

6月的北疆骄阳似火，沙漠腹地高温45摄氏度以上，炽烈的风裹着砂砾卷了过来，像一团火焰，能把人脸灼伤。王永吉拉着骆驼在沙漠里艰难行走，强烈的阳光刺得他睁不开眼睛，鞋里的沙子把脚磨破了，血肉与鞋粘在一起，一走就疼。王永吉忍着饥渴，每天冒着烈日在沙漠里行走几十公里，保证了全组工作的顺利进行。

第8点、第9点和第10点是区队布置给队员们的最后三个造标任务。为了提高效率，组长让刚运完材料的王永吉负责这个项目，自己到区队接受新任务去了。屋漏偏逢连阴雨，他们偏偏在第9点碰上了食盐层。坚硬的食盐层用铁镐砸下去，震得人虎口发麻，胳膊酸痛，也只能掉一点儿碎末。看来要想用铁镐挖下一米多深的坑是非常困难了。无奈，王永吉只好派黄振丰去区队找设备，小组内只留下他与两名临时雇工。雇工这些天跟着他们转战戈壁沙漠，疲于奔命，怨声载道。雇工说："你们天天搬家，再搬几次，人都要走光了！"王永吉说："我们的工作属性就是这样，即使留下一个人，也要完成任务！"他边说边干，两个雇工也不好意思闲着，中午也放弃了休息。

正午时分，太阳在头顶不断地喷射火焰，一股热浪在大地上熊熊燃烧。王永吉已经两个多月没理发了，汗水将头发黏成了毡片，冲开脸上的盐末，一滴滴地往下掉，黑衣上的汗迹像白色地图一片连着一片，那双结实的手也磨出了血泡，但他仍在拼命地挖着。他想争取在组长回来之前，完成9、10两点的工作。

英雄有志，事无不成。等黄振丰回到第9点时，只有那耸立在沙丘上的标架在欢迎他了。第二天，黄振丰赶到第10点，发现造标任务又快完成了，连夸王永吉了不起！

第10点在沙尔湖。这块区域是连草也不长的戈壁石山。石山非常坚硬，铁镐挖下去溅起一团火花，根本挖不动。王永吉想：要是有炸药该多好啊！然而他们没有炸药，只有完成任务的决心。见大家还在观望，王永吉又开始带头抡起了铁镐，挥动钢钎，开足马力埋石造标。

工程进度很慢，大家手上的虎口都震裂了，鲜血直流。炎热的天气把那里变成了个大烤箱，队员们干一会儿就气喘不上来了。组长将这个情况反映到区队，希望能够得到支持。

几天后，区队送来了炸药。

"同志们，有炸药了！咱们要大干一场呀！"王永吉兴奋地把这个好消息告诉小组的每一个人。有了炸药，石山就要开花了，任务就能提前完成了！

天气依然十分燥热，不给人一丝喘息的机会。锤钉叮叮当当响着，队员们头上的汗珠不断地流淌着，实在忍不住了，才会喝上一口水。在这里，水是从百多里以外运来的，比金子还珍贵。队员们每喝一口，都得掂量它的分量。炮声隆隆，工程进度明显加快。太阳西沉的时候，该收工了。王永吉对大家说："同志们，我们再开一炮吧，一炮就是一炮的任务呀！"

开炮，对于他们来讲都还是新手。王永吉虽然放过几次炮，但对炸药的性能和开炮的技术都还没有摸透。从当天下午已放的两炮来看还算顺利，可他总是有些不放心。王永吉想：爆炸是危险的，这是任何一个有正常思维能力的人都知道的，但我是个共产党员，绝不能在危险面前退缩，也不能把这任务随便交给其他同志——因为他们也没有经验呀！因此，每次放炮前，王永吉一定要将其他队员赶下去，亲自点火。他想即使发生意外，也只损伤一躯，不要让别人也跟着受到伤害。

那天黄昏，王永吉准备再放一炮就收工。石眼用黄色炸药灌得紧紧的，雷管、导火线也已准备停当。忽然，王永吉发现雷管装得靠上了些，这会减弱爆破威力，影响标坑质量。为了把标坑炸深炸大些，王永吉决定把雷管再往下落。他小心翼翼地把雷管拿出来，开始掏炸药。药装得很实，手指抠不出，急得他满头大汗。同志们中午只吃了点干粮，肚子饿着，水也喝完了，嗓子都在冒烟，得快点回去了。再说劳累了一天，也该快点回去休息，明天还有新的任务呢。王永吉知道黄色炸药不见火是不会爆炸的，他顺手拿起石头轻轻地敲打钉子盖，想让里面的炸药快点倒出来，不料钉子碰在石头上，溅出了一点儿火星，只听轰的一声巨响，火光一闪，王永吉眼前一片漆黑，倒在了半山上……

王永吉被抬走了，昏迷了一晚上。第二天醒来后，他感到脸上特别疼,眼睛怎么也睁不开,大声地喊着:"我眼睛怎么了?为什么睁不开呀!"大家说你受伤了,眼睛被包扎起来了,当然看不见东西。

"队长,我的眼睛不能瞎,我们组的任务还没有完成呢!"王永吉说。

"小王,好好休息吧,我们一定会帮助你重见光明的。"区队长安慰道。

王永吉受伤后,测绘局领导高度重视,派专车将他送到北京最好的眼科医院——同仁医院,几个最好的眼科医生组成了医疗小组,决心让王永吉重见光明。

在治病中,王永吉念念不忘小组的工作,他身在北京,心在测区。病情稍好后,王永吉便总结了这次事故的原因和教训,他建议今后爆炸时可不用雷管,改用拉绳,这样做既省材料又安全。他说自己很想和小组的同志一道去迎接1960年开门红,但这仅仅是个愿望,不能马上变成行动。治疗期间,王永吉经常给国测一大队党委写信,汇报自己的思想情况,了解队里的工作进展。由于视力模糊,看不清楚,每封信他都是用手指压着信纸,一行一行摸着写的。他向党委一再请求,不要给他寄东西来。在此期间,国家测绘总局的领导曾多次去医院看望他,并多次询问:"你有什么希望和要求,都可以提出来,组织上会认真考虑,尽量满足。"王永吉总是推辞说:"我是农民的儿子,今天党给了我这么大的荣誉和关怀,我已经很满足了,没有什么要求。"后来王永吉终于提出一个小小的要求:"给我个小收音机吧,我现在眼睛看不清,有了它可以多了解一些国家大事。"于是一个精致崭新、小巧玲珑的收音机很快送到了王永吉手中。王永吉手捧着收音机,感动得热泪盈眶,他说:"我今后要更加热爱测绘事业。即使我失去双眼,我的双手还要为祖国工作，我的心脏还要为党的事业跳动！"

在北京同仁医院，尽管有众多知名眼科专家为王永吉精心诊治，但他终因伤势太重还是成了残疾人：左眼失明，安了一颗假眼珠；右眼视力仅有 0.3，勉强可以看清较大的字。出院后，王永吉回到西安，他虽然很想工作，但视力不行，后又在西安第四军医大学做了白内障手术，右眼视力提高到 0.6，可以读书看报了。

第二章

用汗水和生命丈量祖国大地

死里逃生

5月初的甘孜群山仍被积雪笼罩,但在海拔3000米以下的阳坡,雪快要融化完了。这里地处横断山脉,云集了贡嘎、仙乃日、雅拉、嘎金、卡瓦等众多神山,金沙江、雅砻江、大渡河等从群山间穿过,奔腾汹涌,一泻千里。葱茏的山谷,清澈的河流,开满野花的草甸,触手可及的云层……对旅行者来说,川西像一只没有被驯化的野兽,草原是它的皮毛,湖海是它的血液,雪山是它不屈的骨骼。这里的雪山都带着几分粗犷与豪迈,冰川陡峭、高耸入云,只一眼便难以忘怀。然而他们既不是来旅游的,也不是来登山的。

这是1961年的川西高原,国测一大队邵世坤等五名测量队员奉命观测甘孜一等三角基线网。他们需要在甘孜地区寻找海拔5200米一线的点位,安营扎寨后找了两天仍未找到。按常规,该点是基线网的扩大点,且是天文点与三角点合二为一的仪器墩,设在制高点上,登高用望远镜瞭望很容易发现，可是一行人苦苦寻找了两天，杳无踪影。第三天，五个人的测站只留一人，四个人分头继续找。

　　天蒙蒙亮，邵世坤吃完饭后拿了半张饼、一块咸菜和几个蒜瓣就出发了。他爬了几座山梁，中午时分终于发现了点位——原来选点员画错了一条沟，这一错误虽然只有七八公里的偏差，但在白雪茫茫的群山之中寻找如同大海捞针，把人折腾坏了。终于找到点了，邵世坤非常高兴，急急忙忙往回赶。他想，如果顺着原路走，翻两个山梁，绕一个大圈子，走的是"弓背"，天黑前可到达营地；如果走"弓弦"，直线距离最多3公里，但须下一个大坡，然后再爬上一个同样高度的大坡，再往下就到营地了。然而这个大坡十分陡峭，大概有60度，而且被大雪覆盖。邵世坤是一个喜欢挑战的人，他想如此好的天然滑雪场，不去太可惜了。他怀里揣的半张饼一直没舍得吃，怕遇到特殊情况，晚上回不去的时候垫个底。现在放心了，最多四个小时就能到营地了。肚子早就开始叫了，他拿出饼、咸菜和蒜瓣，狼吞虎咽地吃了起来。对于一个20多岁的年轻人来说，吞进去这半张饼实际上只是个半饱，他又抓了几把雪填进肚里，顿觉精神大振，一高兴就半躺下来，把两条腿伸直，两手向后一撑，如离弦之箭飞速下滑，身后掀起一股雪沙飞烟，大有腾云驾雾之感。他还没过足瘾呢，转眼间感觉已到沟底。邵世坤拍拍身上的雪想站起来行走，可刚一抬腿身体便往下陷，七蹬八蹬地想往上爬，雪就埋到了胸口。

　　完了，乐极生悲——他陷进雪窝了！

　　邵世坤定神一看，原来周围有三块巨石，他正陷在这三块呈三角形布设的巨石中间。以巨石作为推算依据，雪深至少有三米，在山上看不清楚，只是个小黑点而已。他开始有点紧张，冷静了一下，觉得不能再胡踢腾了，如果再胡乱踢腾，雪埋到脖子必死无疑！

不想死，就得想办法自救。

邵世坤冷静了片刻，开始实施自救方案。往上爬肯定不行，往下爬积雪更深更糟糕，只有向沿坡的垂直方向挪动才有希望。他开始用双手向西边铲雪，并捧起一把把雪往外扔。然而，每扔一把，溜下来的雪比扔出去的还多，直到溜到一定程度雪产生了坡度，才很少再往身边溜了。

努力终于有了结果，邵世坤更加来劲了，用双手铲出了一个约45度的斜坡，膝关节露了出来。他又慢慢地将身体转了180度，躺在这个45度的斜坡上，几经努力，双腿总算拔出来了，雪旋即便把腿坑溜满了，与此同时，他整个人已经虚飘飘地浮在雪面上了。他再也不敢站起来了，因为站起来肯定还会陷下去，只有躺下来增大受力面且均匀施压才不至于下陷。他开始左右翻动，往左翻，雪就往他右边脊背下滑；往右翻，雪又顺左脊背下溜……这样翻滚一阵后，身体开始逐步上升，雪的面积不断扩大。最后雪终于不再溜了。就这样，邵世坤费力地折腾了两个多小时，才较为稳实地躺在雪面上。他长吁了一口气，心中一阵窃喜，可仅仅十几秒，突然感到一股强烈的困意袭来，眼皮干涩沉重，意识开始模糊。由于几个小时的拼命挣扎，人的体力已经透支，感到极度困倦，加之阳光暖洋洋的，把睡神引来了。他警告自己千万不能睡，睡着了就意味着死亡。他强睁着眼睛，死死支撑着上下眼皮不让它合上，与睡神苦苦地纠缠着。他开始不停地打盹，刚一合眼，潜意识就强迫自己睁眼，强迫自己坚持。每次睁开眼他都觉得神经咯噔一下，不由得冒一头冷汗。内心有一个声音在呼喊着：邵世坤，你不能睡，千万不能睡。时间一分一秒过去，太阳变得越来越大，瓦蓝色的天空一丝云彩也没有，阳光像一双温柔的手掌摩挲着他的脸，痒痒的，身下的积雪也变得暖和起来，像极了冬日里东北的大土炕，躺上去一觉能睡到天亮。他感觉越来越控制不住自己了：算了，先睡上一觉再说吧。这时，他突然想起曾经有一名测量队员在新疆巴音布鲁克大草原的姜太勒米堤一等三角点测量时，山脚下有一条小河，水不是很大，然而那天因为天山上的雪受到太阳暴晒，大量雪融水使小河水猛涨，那名队员到山下普查点位不通视的工作，宿营的帐篷就搭在离他不到八米远的河对面，但水深湍急，无法过去。到了晚间，他在小河旁睡着了，这一睡竟再没有醒来……

我不会被冻死在这里吧？

死！一个严肃而残酷的现实摆在邵世坤面前，他不自主地想了许多问题。

1935年9月，邵世坤生于辽宁大连，长在吉林省临江县，属邵家闯关东的第三代。

邵世坤在日伪统治下的童年是悲惨的。爷爷当年路过家门口日本鬼子看守的铁路，端着三八大盖的小鬼子叫他爷爷站住，上来就恶狠狠地抽了他爷爷两个耳光，邵世坤目睹了这一幕。他的家在吉林省临江县吴家营村的北门口，那窄轨小铁路是日本人为砍伐、霸占长白山森林修建的。大约从1938年起，到1945年抗战结束，日本人几乎每天自长白山原始森林发12列满载木料的小火车，12列火车每天都跑两趟，把我们国家的森林资源都掠夺走了。

1951年7月，16岁的邵世坤进入中国人民解放军测绘学院天文大地测量专业学习，1954年4月毕业，在中国人民解放军总参谋部测绘局大地实习队当了一名见习员。组建大地实习队的主要目的就是向援华的苏联红军总参谋部远东大地测量队（简称苏测队）学习。苏测队整体来到中国当教员，是我国和苏联政府签订的援华项目之一，被列入我国第一个五年计划。报到后，邵世坤被分配到郑州区队，学习一等三角测量野外观测业务。

在郑州，邵世坤跟着苏联专家边学业务边学俄语，进步很快，专家让他当记簿员。观测开始了，参谋长切尔钦克坐在一边看着他记簿。切尔钦克观测时，故意把读数拉长，度、分、秒几乎一连串喊出来。这一长串的发音，没点硬功夫是真的记不下来呀！一个单角两个观测方向，要读44个读数。邵世坤一开始挺紧张，脑门冒汗了。参谋长看出来了，就说你随便一点，不要紧张嘛！他那和蔼可亲的态度使邵世坤放松下来，情绪随之稳定，记簿效率也就上去了。切尔钦克读完44个数，邵世坤就计算出来了。他边记参谋长边看，连连夸赞：赫老勺（好的意思），赫老勺，奥勤赫老勺（很好很好）！那是一段难忘的学习经历，时隔多年后，他还会常常想起。

来甘孜测量之前，邵世坤已先后在西藏、新疆等地开展大地测量，经历多次风险，凭借钢铁般的意志，每次都能化险为夷，顺利完成工作任务。然而这一次形势非常严峻，他感觉自己真的不能坚持下去了……

死，只要闭上双目，就会被死神带走，走得很轻松。这时他突然想到两个问题：一是自己还很年轻，党培养一个大地测量员很不容易，自己还没报效祖国，没有完成甘孜一等三角基线网的测量任务，不能就这样死去；二是他还没有结婚，还没有感受人生的幸福……那一年，邵世坤已经26岁了。由于测绘队员工资较低，长年在野外工作，他们的单衣露着肉皮，棉衣露着棉絮，几年下来，没有一件不烂的衣服。因为那时的衣服全是棉布的，没有一丝耐磨的纤维材质，纯棉布衣服不经穿，尤其是穿在强体力劳动者的身上，没穿多久衣裤就磨烂了。测绘队员走在街上，远看像要饭的，近看像逃难的——这是他们真实的写照。因此，一般姑娘都会敬而远之，许多测绘队员快30岁了还找不到对象。邵世坤兄妹五个，父母没有收入，家庭十分困难。他是家里老大，每月几十元工资大半寄给家里，自己只留一部分生活费，哪有闲钱搞对象？曾经有人给他介绍过一个护士，两人谈了一段时间已经订婚，1958年准备结婚。护士来单位找他，邵世坤忙于工作，把人家搁在冷房子大半天，没时间见面，姑娘认为他是个榆木疙瘩，不懂得爱情，一气之下离开了。

不能死！就这样死在雪窝子里也太窝囊了！无奈邵世坤的意识已经开始有些模糊，太阳在头顶上变幻着，一会儿变成两个，一会儿变成三个。天地在旋转着，他感觉身体轻飘飘的，像要浮起来。生死存亡关头的最后一刹，他猛地用力，把舌头咬破，一股殷红的鲜血顺着嘴角流了下来，滴在雪面上……

这一招果然见效，疼痛转移了瞌睡，邵世坤在一瞬间感觉清醒了许多。他开始新一轮的自救，乘着还有体力，必须在太阳落山之前爬出这片魔鬼区域，要不夜里即使不睡觉，也会被活活冻死的。

邵世坤开始翻滚身体，慢慢向前挪动。身体必须保持平衡，不能太用力，要不就会再次滑下去。他小心翼翼，全神贯注，一点一点地往前移动，经过四个多小时的折腾，终于挪出了那片死亡之地。回望身后的雪窝，不过是个横向两米多、纵向三米多的大坑，却让他苦苦挣扎了四个多小时！好在凭借超人的意志和毅力，他终于挣脱死神的羁绊，爬出来了！

邵世坤长吁了一口气，想站起来，无奈两条腿已失去知觉，感觉已经不属于自己。他双手用力撑在一块石头上想站起来，试了几次都没有成功，双腿已经背叛了大脑，不听指挥了。刚松了口气，庆幸自己死里逃生，如果站不起来的话，还是死路一条！

怎么办？持续几个小时的折腾，身体早已透支了。几个小时前吃的那半块饼早已消化得烟消云散，胃里激荡着一股冰凉的酸水，鼓动着想冲出来。邵世坤抓了一把雪塞进嘴里，聊表对肚子的安慰。这时，他突然特别想吃一碗热气腾腾的臊子面……不能坐以待毙，必须展开自救。冷静下来后，邵世坤开始捶打双腿，做简单的伸展运动。太阳已经开始下山，夜幕降临后，温度会骤然下降到零下20多摄氏度。这时，刚才被汗水打湿的衣服开始变硬，感觉快要结冰了。死神再一次狞笑着站在了他的面前，虎视眈眈。他想自己就是爬，也要爬回去。这样想着的时候，邵世坤蜷缩起身子往坡下滚了起来，边滚边拍打双腿。前面是一块巨石，眼看就要撞上，他猛地一用力，没想到忽地一下子竟站了起来！啊，两条腿重新回归身体，听从指挥了！这时人已到坡底了，他踉踉跄跄地走了起来，身子左倒右晃，几次跌倒，大口地喘息着，肚子空得难受，爬坡的时候，身上没有一点力气，只能手脚并用……

月亮出来了，笼罩着这一片山野。四周静极了，整个世界仿佛只剩下自己粗重的喘息声。这时，一股困意再次袭来，好想就地躺下，睡一会儿再走。

月到中天的时候，已经爬过第二个大坡，距坡下的营地不远了，邵世坤感觉自己一步也走不动了，他趴在地上，本能驱使自己往前挪动。潜意识里，他知道自己距离营地越来越近了。一个声音在提醒着：坚持，再坚持一会儿吧，坚持就是胜利！脸被划破了，手上也在流血，衣服破烂不堪，实在太困了，就抓起雪在脸上搓一搓，或者吞几口，精神为之一振。随着海拔越来越低，雪都融化了，植被越来越茂密，能听见动物的嘶鸣声。邵世坤大口地喘息着，双腿机械地向前挪动着，爬几步便喘息一会儿，他感觉自己真的坚持不下去了，头晕目眩，月光也变得黑乎乎的……终于，他看到营地的帐篷了。月光下，帐篷里透着烛光，感觉如此亲切，如此温暖！爬到离帐篷近十米的地方，鼓足全身力气大喊了一声："祝良佐！"

月光下，队友祝良佐从帐篷出来了，邵世坤随即便昏了过去。

邵世坤没有如期归来，队友们四处寻找，没有找到，只好回到营地焦急地等待。祝良佐把邵世坤背到帐篷里，给他烧了一碗姜汤，灌了下去……

多年后，邵世坤回忆起这段经历，写了一篇《测绘人生感悟》：

我不是徐霞客，也不是地理学家，更不是登山探险者。工作性质决定我成为一个爬山者，一辈子与大山结缘，亲密接触，徜徉于祖国的锦绣山河，感受良多。当我掉进雪窝，生命即将走入黄泉之时，我与死神进行了生与死的较量，最终我胜利了。这使我懂得，人生的路虽然坎坷，只要有信心、毅力和勇气，有钢铁般的意志，就没有迈不过的坎，没有走不过的路。

我爬过数不清的山巅，登高望远，无限秀丽的风光使我陶醉，使我心胸开阔，展开双臂拥抱大地，迎面扑来的是气吞山河战胜困难的能量。测绘的高贵和优雅在于它的前期性、基础性和公益性，其服务范围涉及与地理信息有关的国民经济和社会发展的各个领域和各个行业。只要你搞建设做工程，哪怕飞船上天，蛟龙潜海，都离不开测绘。岁月如歌，光阴似箭，我走过的路，像一张经纬线编织的网，遍及祖国各地。为祖国测绘，为祖国奋斗，贡献毕生的力量，我无怨无悔。

人最珍贵的品质，是做好事不为求名利。祖国是我的母亲，孩儿为母亲干活，天经地义。人生若能被人所需要，能够为祖国和人民付出一点力量，我觉得才是真正的幸福。

人生愈艰辛，回忆也愈多，生命便愈感到充实。我喜欢唐代诗人钱樟明的《水调歌头·咏竹》："有节骨乃坚，无心品自端。几经狂风骤雨，宁折不易弯。依旧四季翠绿，不与群芳争艳，扬首望青天，默默无闻处，萧瑟多昂然。勇破身，乐捐躯，毫无怨。"已经耄耋之年的我，心依然像天山雪莲那般纯净，没有被世俗的繁杂所污染。我仍然要像一个天真活泼、背着书包上学的孩子，走完我人生的最后一段里程。

坚持就是胜利

徐崇利与他的测量员队友被困在一块大石头上三天三夜，四周是一片汪洋般的洪水。

几天前经过的时候，这里还是一条条小溪，溪水淙淙，低洼处泛着涟漪。徐崇利想，这样的小溪里会有鱼吗？好久未吃鱼了，想想都觉得有些馋呢。

这里是隆格尔无人区，茫茫荒滩上寸草不生，看不到任何活着的生物，感觉像来到火星上。车子被一团灰尘包裹，在凹凸不平的戈壁上颠簸前进。走了半天，终于看见大片低矮的灰白色野生沙棘。卡车载着物资，也载着他们。出发的时候，他们给中队发消息，如果顺利，三四天就回来了，不顺利的话很难说。若是五六天还不能回去，希望中队能去寻找他们。

徐崇利生于1955年9月，在一大队先后从事水准、三角、GNSS等测量工作。他的师傅是邵世坤、梁保根等。

"邵师傅是军人出身，对我们要求十分严格。每次出测，我们都是按军队的作风执行命令，项目未完成之前，测量队员没有任何理由选择离开，否则便会被视为逃兵，进行纪律处罚。"徐崇利说。

1983年，徐崇利去山东菏泽搞三角测量的时候，妻子已怀孕几个月了。9月，妻子因为难产疼痛难忍，折腾了两天，最后在医院做了剖宫产手术。产后妻子伤口感染，情况十分危重，命悬一线，家里发来电报让徐崇利赶快回去。当时任务重，徐崇利是作业组长，不能离开。后来直到11月，他才回到西安。徐崇利回去后，孩子已经三个月了。妻子见他回来，泪流满面，徐崇利也感到非常内疚，想要抱一下娃娃，孩子哭着不让他抱，他的眼泪也流下来了。

"这个遗憾一生无法弥补，总觉得亏欠妻子，在她生命垂危的时候不能陪在身边……我们的感情一直都非常好，平日里靠书信来往。长年在野外测量，抵万金的家书，曾经是我的精神支柱。妻子住院的那段时间，我们在外面也十分辛苦，每天早出晚归，在野外搭帐篷，或者住老百姓的猪圈、羊圈、牛圈。有一次夜里被牛尿浇了一脸，还有一次外面大雨倾盆，水漫进牛圈，大家只好连夜卷起铺盖，靠着墙先是坐、后是站，挨了一夜，浑身冷得发抖。好不容易等到天亮，雨停了，带着仪器又出发了。后来根据妻子的陈述，她就是那天晚上难产的，疼痛难耐，整整哭了一夜。收到电报后，我心情沉重，每天都在煎熬中度过，经常彻夜难眠。半个月后，收到家里的来信，说母子平安，心里才松了一口气。那段时间，工作之余就想象孩子的模样，像我？像她？不得而知。每天测完回到住处，都希望能收到家里的来信，心想要是能有一张孩子的照片就好了。在那样艰苦的条件下，每个人都想尽快把工作干完，早早回家与亲人团聚，因此我们每天都在赶进度，赶任务，保证按时按量完成任务。"回首往事，徐崇利感慨地说。

隆格尔乡位于西藏西南部仲巴县境内，平均海拔5200米，周围是连绵的雪山，中间分布着几个大大小小的高原湖泊。这里的雪山大多在海拔6000米以上，常年积雪覆盖，是生命禁区。

解放牌车上的木壳录音机播放着《英雄赞歌》《红星照我去战斗》等歌曲，传递着一种旷达和悠远的深情。测区周围是连绵起伏的褐色大山，雄伟、厚重、荒芜、剽悍，傲视苍天。没有花，没有草，更找不到一棵树，有的是迎面扑来的干涩、猛烈的风沙和刺痛皮肤的烈日。汽车喘着粗气在蜿蜒崎岖的山路上缓缓前行，到达埋石的地方需要翻过两座海拔约5400米的大山。中午时分，行车到5200米时，徐崇利和队友们感到特别疲惫、寒冷和头疼，在车上昏昏欲睡。不知过了多久，组长摇醒他，告诉他快到埋石点了。队员们下车后便开始投入工作，徐崇利刚走几步便感觉胸闷气喘，头也开始眩晕。在组长的提示下，他们尽量放缓脚步，走之字形路线。一个多小时后，终于爬到了埋石点，歇息了几分钟后开始挖土。高原上的天气瞬息万变，刚上去时还晴空万里，两小时后不知从哪集结来一团乌云，把测区遮得严严实实，紧接着便是电闪雷鸣，大雨像从天而降的一幕雨帘，很快变成冰雹，劈头盖脸砸了下来。下午2点多，天晴了，队员们赶快抓紧时间干活。夜幕降临时，他们终于完成了任务。徐崇利拖着疲惫不堪的身子钻进帐篷，只听得外面狂风大作，帐篷被刮得啪啪作响，感觉随时都会被风撕裂。队员们吃了一点儿东西，很快便进入了梦乡。

接下来的几天都比较顺利，徐崇利和队友们完成了所有点位的埋石工作，乘着卡车往回返。下午途经大石头区域的时候，发现原来的几条小溪变成了一条大河。司机探了一下水位，发现不是很深，说："我们得赶快过去，要不会被困在这里的。"卡车行至河中间的时候，突然一股洪水汹涌而至，河水瞬间涨了起来，很快便没过车头，驾驶舱开始进水。汽车在河水的冲击下剧烈摇晃，像一叶小舟在水面上随波逐流，感觉随时都有可能覆没。组长见情势不妙，让大家赶快逃命。这时卡车被一块巨石拦住，车里物资都被水淹了。队员们奋不顾身地把仪器转移到巨石上面，大家衣服全湿透了，抱着仪器坐在石头上瑟瑟发抖，期盼着洪水尽快退去。

"那是1979年的7月，我们在隆格尔无人区埋石返回的途中，被洪水困在了那块大石头上。周边水流湍急，越涨越高。卡车几乎被水埋没了，仅剩车厢上的顶棚。如果再涨下去，那块石头也会被淹没，我们就会被卷入洪水中，后果不堪设想。大家心急如焚，眼巴巴地看着洪水，希望水势尽快下去。夜幕降临了，水流似乎小了一些，但并没有降下去多少。湿衣服裹在身上，特别冷，大家紧紧地挤在一起，抱团取暖。由于恐惧，我们都不敢睡，心想如果半夜水下去了，就连夜逃离这里。谁知到了第二天，水还是那么大，令人一阵阵眩晕。高原的太阳威武无比，紫外线直射，我们脸上开始大块地脱皮，嘴唇干裂，鼻孔出血。车上吃的东西都泡在水里了，大家又冷又饿。两个队员下到车上把帐篷捞出来撑开，太阳出来晒了一会儿，大家便钻进帐篷里。那时候没有电话，与外界无法联系，只能苦苦地守在大石头上漫无目的地等待救援。就那样，我们在那里等了三天三夜，水终于下去了，这时中队寻找我们的车也来了，大家都饿得奄奄一息，样子狼狈不堪。"

徐崇利说。

1991年,国务院表彰国测一大队时,正是一大队最困难的时期,单位财务出现几十万元的赤字,资不抵债,举步维艰。队员出测借不到钱,只能自己垫着,单位甚至开始向个人借钱,大队处于一个非常尴尬的低谷。面对艰难的情况,一大队的队员们并没有气馁,只要有项目,大家千方百计也要把任务完成。特别是老一辈测绘队员,不计名利,以身作则,吃苦在前,带了一个好头。大家齐心协力,风雨同舟,终于度过了那段艰难的时期。

"老一辈测绘队员身上有许多闪光点,是我们一大队宝贵的精神财富。记得刚参加工作的时候,师傅说测绘队员一定要有强烈的责任心和事业心,兢兢业业,一丝不苟,爱岗敬业,精益求精,这就是我们现在说的工匠精神。师傅要求每次测量数据都做到严丝合缝,认真计数,手簿即使错了也绝对不能改,否则就是犯罪行为。老一辈测绘队员优秀的品质深深地影响了我们,是每一代队员学习的榜样。"

徐崇利担任中队长后,负责过许多水准测量项目。2001年6月11日夜间至12日凌晨,国测一大队一中队历时六个小时,顺利完成了穿越黄浦江隧道往返近5公里的一等水准测量任务。隧道里车流量大,噪声重,并有沉闷感,每读一组数都得扯着嗓子喊,记簿员才能听清。徐崇利跑前跑后地组织安排,为标尺打手电照明。由于隧道里面不通风,废气污染严重,大家感觉头昏恶心,一些队员衣衫湿透,不停地咳嗽。到了后半夜,劳累了一天的队员强忍着困倦,打起精神坚持着,最终在凌晨5点时完成闭合。

像大地一样奉献，像牦牛一样坚韧

牦牛是高寒地区的特有动物，它啃食低矮的野草，提供浓郁的乳汁，充当雪域的船舶。牦牛耐寒、耐劳，善走雪山沼泽、陡坡险路，能游渡江河激流，有"高原之舟"之称。牦牛可以忍受极端恶劣的气候条件，无论严寒酷暑、风雨雷电，依靠自己的生存本能在地球上最为艰苦的地方顽强地生存着，成为藏文化中一种图腾。

采访已经退休的测绘队员任光的时候，我加了他的微信，发现微信号为"牦牛"。任光的徒弟任秀波说："每次出测，师傅都抢着背仪器，带头干重活，特别能负重。目前在国测一大队，没有一个人上雪山比他走得快。他像牦牛一样坚韧不拔，非常顽强，因此大家给他起了个外号叫'牦牛'。任师傅忍辱负重，顾全大局，甘做无名英雄，是我们年轻一代测绘队员学习的榜样。"

任光生于1956年11月，1975年与徐崇利、苏凤岐等一起招工到国测一大队，在测绘局干了一辈子，与施仲强、何志堂等人是队友。参加工作后，任光经过四个月业务培训学习，被分配到三中队从事重力测量工作。

1976年4月初，任光第一次出测，跟随组长茅秀生去青藏高原参加了青海天文、水准、重力测量项目，测区范围主要涵盖西宁—温泉兵站—花石峡—野牛沟—清水河—榆树一线。整个测区处于青海省海南州、果洛藏族自治州及榆树州辖区内，平均海拔在4000米，最高点位达到5300米。这里空气稀薄，气候恶劣，时风、时雨、时而大雪纷飞，只能看到车前四五米的距离。刚才还是晴天，一片乌云飘来，不一会儿地面便覆盖上厚厚的一层白雪。高原气候变化无常，经常遇到冰雹，蚕豆大小的冰雹呼啸而来，噼里啪啦地打在汽车引擎盖上，回弹有一米多高，砸到地面上的冰疙瘩像水面上溅起的涟漪翩翩起舞，形成一道别样的风景。有时正在测量，小冰雹从天而降，劈头盖脸而下，头上针扎似的疼痛。由于气候恶劣，空气稀薄，高原反应强烈，队员们时常头疼欲裂，口干唇裂，活动幅度稍微大一些就会感到胸闷气短。雨过天晴，太阳重新君临世界，强烈的紫外线又灼得队员皮肤火辣辣的，一年能蜕几层皮。他们这个组的任务主要分布在温泉兵站周边一带，整个测区布设的最高重力点在海拔5300米，山的比高达1100米左右，因此，中队派了参加过第一次珠峰测量、具有丰富登山经验的中队干部梁保根指导工作。

"刚参加工作的时候，梁保根是我的师傅。师傅要求特别严厉。出测的时候，师傅让我拿着地形图坐在吉普车的副驾驶座位上带路。走一段路师傅就问，走到哪里了？我拿着地形图，根据在单位培训所学的地形图识图知识，结合实地道路两边山地起伏变化及走势，判断出当时我们所在地形图上的位置。说对了师傅给予鼓励，说错了师傅就及时指出，并很耐心地教我如何判读。师傅的判读能力非常强，他通过这样的方式锻炼年轻人的识图、判读能力。经过师傅们一年的言传身教，重力测量中队的年轻队员每个人都成了判读高手。师傅工作态度严谨，给年轻人留下了深刻的印象。温泉兵站海拔5000多米，几个月来，由于经常睡在潮湿的草地上，梁保根师傅的痔疮犯了，特别严重，疼得他坐卧不宁，非常痛苦。痔核破裂流脓，不能坐车，他只能趴在那里，撅着屁股指挥工作。我们心疼得让他在驻地休息，师傅不同意，每天坚持跟我们一起测量，为年轻人树立了一个精神标杆。"任光说。

1983年，任光带了一个小组，在阿尔金山实施1°×1°均匀重力测量。从青海茫崖镇到新疆且末县吐拉牧场这一线有二三百公里，属于无人区。中队部为能及时了解小组的工作进度和遇到的问题，包括小组人员的人身安全，规定小组每个礼拜回茫崖镇中队部报告一次工作进展情况。小组进入测区后，由于地形复杂，没什么路，即使有以前打猎者留下的车辙，路况也很差。许多地方被河流冲毁，需要自己不断地找路、修路。无人区到处都是沼泽地及软戈壁，加之作业季节正值雨季，车子经常陷在沼泽或河道里。因为作业环境十分恶劣，任光怎么也不放心让一个小车带人出去向中队汇报工作，他认为小组人员的安全是第一位的，于是决定暂不出去汇报。就这样，他们和中队部联系断了三个多月。中队部没有他们的消息，十分着急，派了一个管业务的中队干部带一辆解放30大卡车（带前后加力的车）进到无人区去寻找测量小组，结果车进去没多远就陷到沼泽地里了。

任光带领的测量小组进入测区后先搭建帐篷，然后以这个驻地为中心，辐射周边的几个点进行测量。有一次要爬一座很高的雪山，上面一会儿风，一会儿雨，队员们衣服湿了干，干了湿。到半山腰时遇到暴风雪，风雪吹得人很难站稳，前面一米范围内都看不见，只能顺着积雪往上爬。任光的鞋里灌满了雪，脚泡在雪水里，上到山顶后鞋怎么也脱不下来，与脚冻在一起。脚冻得没有知觉，走动时感觉不是脚在动，像是根棍子在移动，直挺挺不能打弯。一身的冷汗被寒风一吹，冷得队员浑身发抖。水壶早就结冰了，队员们渴了就吃一把雪。鸡蛋也冻成了冰蛋，硬得啃不动。每走一步感觉脚下像在地震，脑袋嗡嗡作响。

三角交会测量受天气影响很大，有时云把其他山上的三角点遮住了，只好在山头点位上等待云消雾散。山越高点位越容易被云雾遮挡，所以等上几个小时是常有的事。有一次,点上的重力测量完成后,由于云太多,把其他山头上的三角点覆盖,无法进行经纬仪三角交会测量,任光只好等云散去,他让另一名队员背着一台重力仪先回驻地,可等他们测完下山回到帐篷驻地后,也没见到该队员。任光担心这个队员会遇到狼群发生意外,心里很是不安。大家顾不上一天的劳累,赶紧分头去找。他们把能想到的路线都找遍了,还是不见人影。任光心急如焚,急忙爬到一个高一点的山头上用望远镜四处瞭望,最后发现很远处的河边有个小黑点在缓慢地向驻地相反的方向移动。任光赶快通知司机师傅去追,追到时天色已经渐渐暗淡下来。这名队员累得精疲力尽,坐在那里正大口地喘息,看见车便流泪了。原来本该顺山的左边下山,结果他顺着山的右边下去了。到山下后找不到帐篷,十分着急,于是就顺着河边往迁站来的方向走去。如果夜里还找不到营地,山里有野兽,又没有帐篷,即便冻不死也会被野兽吃掉,十分危险。

1992年,任光负责青藏高原地壳运动监测与分析——重力剖面测量(主要是用高精度的LCR型重力仪沿着国家一等水准线路逐点进行重力测量)项目,测点由青海格尔木经西藏拉萨到珠峰大本营重力基本控制点。到达西藏后,妻子单位的领导打来电话,说妻子病了,十分严重,让他赶快回去。任光给单位打电话,说明爱人病重,想回西安照顾妻子。单位当时十分为难,因为这项任务一直都是他在负责,一旦离开,工作就会受到很大影响。为了工作不受影响,任光向单位提出了一个请求,希望单位能派一个人去医院看望一下爱人,并给她做做工作,讲讲工作的重要性。就这样,他服从单位的安排,继续把工作完成。

"第二天,我给爱人单位领导打电话,说这边项目任务重、时间紧,走不开。那个领导看不惯了,质问我只顾忙自己的事情,还管不管家人的死活？他说你再不回来，说不定就见不到她了！我爱人当时消化系统严重紊乱，胃痉挛，吃不成喝不成，人瘦得不成样子，无法坚持了。我在西藏不能回去，只好打电话让一个朋友过去看了看她，安慰妻子说自己很快就会回去。这边坚持到把项目干完，几个月后才回到西安，妻子病得已经失形了，几乎认不出来。两人相对无言，唯有清泪长流……"任光说到这里顿了顿，眼睛有些湿润。他说那些年因为进藏太多，经常在冰水里推车，一次不小心掉进大车后轮刨出的一个大坑里，冰冷的雪水击得人倒吸一口冷气，冻得缩成一团，瑟瑟发抖。自己现在落下关节炎、类风湿等疾病，天一阴腿就开始疼痛。多年进藏缺氧，牙齿也掉光了。

"几十年来，我工作尽职尽责，兢兢业业，问心无愧，然而对家人却充满愧疚之情。记得1985年在山东菏泽地区从事二等三角网改造测量项目接近尾声的时候，突然接到同学打来的电话，说我妻子被车撞了，胸前的几根肋骨都断了，躺在医院里。我当时正在发烧，坚守在工作岗位。接到电话后我心急如焚。当时中队工作已基本结束，中队领导也接到大队电话，知道我也在生病，于是让我赶快回去到医院检查一下，再看看妻子。回到家后，发现妻子躺在床上，胸上打着石膏，说话上气不接下气，啥也干不成。她很坚强，强颜欢笑地说，没什么，会好起来的，别担心。听到这席安慰的话，我的眼泪簌簌地下来了，心里不是滋味。我爱人叫张慧枝，搞文艺的，在西安电影制片厂工作。她看起来比较柔弱，实际特别坚强，几十年来挑起家里的重担，对我的工作特别支持，我们的感情一直都特别好……"讲到妻子的时候，任光有些哽咽，眼里泛着泪花。

1998年，国测一大队受命执行中国地壳运动监测网络布测任务。

任光当时担任四中队副中队长，主要承担西藏地区的重力联测任务。藏北地区人烟稀少，交通十分困难，很多测段平均海拔 5000 多米，道路横穿河流较多，路况极差。有一次，他们在联测改则县至尼玛县的一段进行测量，早上出去过一条河流时，河水很小，河面只有十几米宽。测完回来的时候已是晚上 10 点多了，在车灯照射下，小河一片汪洋，波涛翻滚，一眼看不到边，估计最少有四五十米宽！水流很急，汽车灯照不到对岸的路，白天消融的雪水覆盖了路面，眼前白茫茫一片，在车灯的照耀下泛着白色的冰花，分不清哪里是河，哪里是路了。为了摸清路况，赶快过河，任光脱掉长裤和鞋袜，跳进刺骨的河水里去探路。脚一踩，下面的冰层咔嚓咔嚓直响，感觉有好几层。越往前走冰绒越深，慢慢没过膝盖，最深处到达大腿根，刺骨的河水像针扎似的令人难以忍受。任光站在冰绒中指挥小车把大灯打开，从浅水区过河，要求司机到中间时踩油门，慢慢冲过去，绝不能熄火。当小车行驶接近最深处的时候动力已经不行了，差点熄火。好在贠作振老师傅开车经验丰富，赶紧快速闪动油门，最后总算转危为安，冲上了岸。

"过河后我的腿已失去知觉，不会走路了，移动双腿时感觉腿像两根木棍，脑袋震得嗡嗡响。坐到车上过了一会儿有了知觉，感觉有无数个钢针在扎，疼痛难忍。借助车内顶灯微弱的灯光，我发现自己的双腿，被锋利的冰凌划出密密麻麻的血口子，血淋淋的脚上也全是红血点，令人难以忍受。"回想起当年在冰绒里指挥车辆的情景，任光仍显得有些激动，目光炯炯有神，透着一股坚毅。

采访任光的时候，西安地图出版社编辑陈菊菊陪同。结束后，她收到一条微信语音，是任光妻子张慧枝发来的。张慧枝说："你任叔叔这个人是个不善于言表的人，就知道埋头苦干。他是个好男人，对家庭、对孩子、对别人都是全心全意的那种，爱心浓浓。我跟他生活了大半辈子，感觉很幸福。他单位忙，经常加班，没有节假日，晚上还加班写一些东西。他休息在家的时候，会帮我干一些活，很勤快。我这个人呢，因为在文艺单位嘛，每天忙着拍电影，年轻时养成不爱干活的习惯，所以很多地方依赖他。然而自从结婚以后，他长年在外忙测量，一去大半年，我没办法了，只好独立起来。这么多年我也锻炼出来了，明白了许多人生的道理：作为夫妻，一定要懂得相互体谅，相互理解，相互珍惜。他是个对单位和家人责任感都很强的人。嫁给他，我无怨无悔。"

付出全部，人生无悔

1975 年 6 月的一天清晨，陕西测绘局大院外锣鼓喧天，好不热闹。刚上初二的施仲强翻身从床下跳下来，穿上衣服就往外跑。外面车水马龙，跟过大年似的，二三十辆汽车排成了长龙，测绘局的职工、家属跟在后面，准备去火车站迎接测量珠穆朗玛峰归来的英雄。

那一年施仲强 15 岁，他也爬上了去欢迎的大卡车。火车站外铺着红地毯，施仲强挤在人群中，想看看测量珠峰的都是哪些人。不知谁喊了一声："英雄出来了！"人群一阵欢腾。施仲强看见那几位测绘队员戴着大红花雄赳赳气昂昂地出来了，他感到特别钦佩。走在最前面的是邵世坤和梁保根，他们都是一大队的老员工，曾多次进藏测量。

这一幕在施仲强的脑海中留下深深的烙印，他幻想自己有一天也能成为测量队员，成为测量珠峰的大英雄。施仲强没有想到，参加工作之后，梁保根正是自己的师傅。

施仲强1960年生于山东莱州，父亲施喜增是测绘局职工、第一代测绘人。1981年，施仲强从陕西测绘技工学校毕业后，分配到国测一大队重力中队，1982年开始出外业，师父梁保根手把手教他重力测量。每测一个点，梁保根都亲自带着他跑位，把多年总结的经验毫无保留地传授给他。真正成为一名测绘队员后，施仲强发现测绘工作并不都像测珠峰那样惊天动地，而是平凡枯燥，日复一日年复一年，一个站点一个站点地测量，非常辛苦。

1982年4月，施仲强随一大队重力组去新疆测量，走了15天到库尔勒。重力组共六台大车六台小车，分成六个小组进行作业。到达叶城后，需要到山上去测量，山势陡峭，车上不去，只能雇当地牧民的牦牛、骆驼或马搬运东西。他们的任务分布在16个点，集中在喀喇昆仑山、阿尔金山地区，中间是塔克拉玛干沙漠，十分干燥。每天天还没亮，队员们便背着仪器开始爬山，因为快到山顶的时候骆驼或牦牛都上不去，仪器和物资只能靠人背。施仲强走了一天，浑身是汗，脚上磨出了血泡，用锥子捅破后全是血水，疼得龇牙咧嘴。队员们抓紧时间测量完毕，发现水都喝完了，他们吃了点干馒头后又接着往下一个测点走。由于脚上打起了血泡，袜子上都是血，施仲强一瘸一拐跟不上大家，只能拄着仪器杆一点点移动。师傅喊："强强快走！"施仲强心里腾起一股怨气，心想：我都成这样了，能走动吗？然而时间不等人，因为下一个点测完后，晚上必须下山，要不会被冻死在山上。他咬了咬牙，心想豁出去了，一时也顾不上疼痛，跟着师傅往前走。山上测完后，他们准备下山，前面是一个断崖，无法行走。向导说他也没来过这个地方，大家一时不知所措，茫然四顾。两个向导都是猎人，有丰富的登山经验，扒着石缝慢慢往下溜，让队员们也跟着往下溜。

师傅见别无选择，背着仪器跟在向导后面。施仲强看着悬崖浑身发抖，效仿师傅把袜子脱掉，脚趾抠着石缝慢慢往下挪，膝盖不由自主地咯噔响，像跳舞似的抖个不停。师傅说："强强抓紧了，别害怕！"施仲强感觉一阵眩晕，这时师傅已经下到一块比较平缓的地方，他放下仪器，抓住施仲强的脚慢慢地往下移。下山后天已经黑了，因回不到营地，大家只好就地找了一些干草干柴生了一堆火。

4月的大山里寒气袭人，因为没有帐篷，大家背靠背相互取暖，就那样坐了一夜，等到天微微亮时，赶快出发往营地跑。由于上山的时候水已经喝完了，大家都特别渴，这时看到两个石头之间有一汪水，师傅喊了一声："强强快来喝水！"自己趴下去一口气喝了个饱。施仲强渴得嗓子冒烟，趴下一看，发现水里全是红色的小虫子，强忍着没有喝。到营地后，他发现自己的脚与袜子都粘在一起了，用温水泡了半天才脱下来。

这里许多地方都是软戈壁，车走不成，只能骑马。骑马走一天，晚上到达目的地，许多队员的屁股都磨破了，血顺着大腿流了下来。他们到达的地方是一个人民公社，组长找到公社书记沟通了一番，表达在那里进行测量的需要。书记让队员骑骆驼，说马不安全，过河的时候容易马失前蹄，弄不好就把人掉进水里，会死人的。

"那是我第一次去野外测量，去了才发现测绘队员是如此辛苦。然而师傅他们都很淡定，似乎这一切都是小菜一碟。我的父亲虽然也是测绘队员，他在外面受再大的苦，回到家里从来不说，因此我们也不知道，还以为父亲长年在外可以游山玩水，免费欣赏祖国的大好河山。我们兄弟三个，二哥在测绘局的航测队。我又瘦又小，在家时母亲最疼我，长那么大从未受过什么罪，谁知出来测量是这种情况。那天，我顺着河边边走边想，这种情况我妈知道了会心疼死的！不知不觉便流泪了。后来又想，师傅们在外测量几十年，都没有叫苦叫累，我是男子汉，怎能如此娇气呢？到雪山后，骆驼上不去了，只能雇牦牛。山里的牧民非常热情，邀请我们到帐篷里席地而坐，拿出青稞酒、牦牛肉、酸奶、奶皮、酥油茶款待我们，要是不吃他们就生气了，说瞧不起他们。我们离开的时候，给他们留一些大米、土豆、粉条等东西，牧民们非常高兴。去西藏和新疆测量，当地的老百姓都很淳朴，热情好客。记得有一年的3月22日，我们在新疆和静县生产建设兵团一个牧场测量，当地的柯尔克孜族牧民让我们不要在外面搭帐篷，直接住到学校里。我们雇的骆驼员邀请我们去家里，过他们当地的年。柯尔克孜族的诺鲁孜节相当于我们二十四节气的春分这一天，是作为新年来庆祝的，与汉族的春节很相似。节日期间，人们要吃丰盛的饭菜，进行祝福与消灾仪式，还要唱古老的歌曲，预示着一年五谷丰收。到了蒙古包里，我们被奉为上宾，牧民说：'尊敬的客人，你们不用动手，只要张嘴就行。'然后撕下香喷喷的羊肉让我们吃，捧起热腾腾的酥油茶让我们喝。大家吃饱喝足后，刚走出来，另一家牧民守在门口，伸出手说：'请进！'我们说：'刚吃过了，谢谢。'牧民说：'那不行，去了他家不去我家，瞧不起我吗？'于是只好进去，又是一番盛情款待，也是不让动手，直接撕下最好最嫩的肉塞进我们的嘴里，拿出最好的奶皮奶酪，还有大碗的马奶子酒让我们喝。柯尔克孜族的食品花样很多，特别是过节的时候，更是特别丰盛。后来，我们进城时买了一些水果糖给孩子们吃，把剩下的蔬菜、水果和大米送给他们，牧民们十分高兴。酒足饭饱之后，我们被邀请一起跳舞，接着他们又邀请我们一起赛马，感觉特别刺激。骑马很有窍门，要学会驯马，要不一下子便会被马摔下来的。热闹了一天，由于任务紧迫，第二天天刚蒙蒙亮，我们便出发了。"施仲强讲得声情并茂，不时站起来比画着，配合形体动作，绘声绘色，很有感染力。

这次测量需要爬 4000 米以上的山。队员们来到山上，风雪弥漫，感觉头疼欲裂。海拔超过 5000 米后，到处都是厚厚的积雪，当地牧民向导坚决不走了，说会发生雪崩的。每人工钱由 5 元加到 10 元，他们也不干，组长只好给他们做工作："我们干的是革命工作，非常重要，回去后我一定给公社书记说，你们每个人都会得到表扬的。"牧民们听后，这才愿意继续跟队员们走。后来，牦牛也上不去了，队员们只好自己背着东西往上爬。风越来越大，卷着雪粒打在人的脸上，眼睛都睁不开。施仲强他们组距离测点还有 200 多米，中间隔着一条深深的峡谷，无法跨越。然而，如果一个小组完不成任务，一大队就完不成任务，陕西局也就完不成任务，因此无论如何都要爬上去，把这个点测完。风太大了，队员们匍匐在地，趴在一条山脊的石头上慢慢往上移动，半天后终于爬上山顶，在上面抓紧时间，用了十几分钟测完，抓了把雪润润嗓子，赶快往下撤。队员李光林患有雪盲症，眼睛红得看不清路，仍在坚持。队员们刚到下面，牦牛呼的一下蹿开了，身后轰隆隆一阵巨响，只见刚才下来的山谷发生了雪崩——幸亏大家撤得及时，要不就都没命了！下到 4000 米的山腰时，一阵乌云翻滚，大雨倾盆而下，大家无处躲藏，只好使劲地拽着牦牛，任凭雨水淋湿。雨越来越大，山下平缓的地方积水较深，队员们骑着牦牛背着仪器，感觉屁股都泡在水里了。施仲强抬起屁股抱紧仪器，结果垫在下面的雨衣被水冲走了。河水暴涨，队员们过不去，虽然河对面就是帐篷营地，留守的队员把饭都做好了，就是无法过去。干了一天活，大家早就饿了，却只能站在河边，看着哗啦啦的河水徒唤奈何！

夜幕降临了，队员们只好来到一处山崖下背靠背坐着，等待洪水下去。施仲强听说那天三组的一个队员强行渡河，结果被河水冲出去几公里，被救上来后做了人工呼吸，才保住一条命。天亮时，河水终于下去了，队员们骑着牦牛赶快蹚了过去。

"讲一件刻骨铭心的事儿。1985年5月，我刚25岁，从新疆叶城沿着新藏公路往阿里测重力。从新疆进入西藏，海拔都在4000米以上，周边是白茫茫的雪山，沿途不是戈壁就是草甸，到处都是坟堆，十分荒凉。每到一个兵站吃的都是挂面，就一把干韭菜下面。兵站附近有许多湖泊，里面生长着大量的冷水鱼。我们和士兵捞了一些鱼，几个月都没吃过新鲜的鱼，大家都很馋，放开肚子吃了一次。第二天每辆车上三个人，准时出发。当地都是搓板路，大卡车驶过便尘土飞扬，周边什么也看不见。走了一会儿，我突然开始晕车——之前从来没晕过。晕车的滋味很难受，忍不住想吐。过了一会儿，肚子开始疼起来，疼得难以忍受。到了一个叫'死人沟'的地方，那里海拔高达5100多米，常年狂风肆虐、冰天雪地。我又吐又恶心，让车停下休息了一会儿，还是十分难受，肚子里翻江倒海，感觉肠子造反了，疼得满头大汗，面无血色，大家以为我是高原反应。我的病情越来越严重，衣服被汗水浸湿，浑身发抖，开始痉挛、抽搐，整个人都快要虚脱了。很快我的脚指头开始麻木了，感觉有一条线顺着膝盖往上蹿，心想这条线如果上到心脏部位，人就不行了！那时候，我还没有结婚，担心自己昏迷后一睡不起，我给队友说：'如果我死了，麻烦把我拉到叶城火化，不要让我父母来，他们承受不了那样的打击，让我哥哥来就行，把我的骨灰带回老家，我不想埋在这里……'队友说：'强强，你一定要坚持住，我们快到兵站了,那里有救援设备,吸点氧就好了。'我只觉头晕目眩,恶心胸闷,冷汗直流。突然,我感觉那一股气呼地到了头顶,哗啦一下,全身的汗毛孔似乎都打开了,四肢嗖地一下,顿时汗如雨下……到了兵站,医生问我:'吃了什么?'我说:'吃了鱼。'医生环顾四周,问其他队员吃了没有,大家点点头。医生说:'你除了吃鱼,还有啥?'我说:'还有鱼子,他们都没吃。'医生说:'这里的鱼子有毒哟,不能吃!幸亏你的汗毛孔打开了,毒都排出来了,要不真会把命丢在这里的!'说完要给我扎针输液,可一扎血就往外冒,于是把我拉到三十里营的野战医院住了几天,病情才缓了过来。我想自己之所以能捡了一条命回来,得益于身体素质好,人年轻。后来去别的地方测量,轻易不敢乱吃东西了。"

　　长年在外测量,一去就是大半年,与家人聚少离多,这是每个测绘队员都面临的实际问题。1988年4月,施仲强接到队里的通知,要去四川、云南、西藏等地执行测量任务。当时妻子已经怀孕7个多月了,再有两个月就要生产。妻子说:"你一走大半年,我父母都不在西安,生孩子怎么办?谁来照顾啊!"当时施仲强的母亲已经病逝,他说:"有我哥我妹呢。"妻子说:"你跟领导说一下嘛,情况特殊,让单位照顾一下吧。"施仲强轻轻地摇了摇头,说:"这次任务十分重要,我是党员,又是组长,不能临阵脱逃啊!"妻子的眼里泛着泪花,施仲强安慰她说:"没事的,我会安排人来照顾你的。"后来,妻子生产大出血,十分危险。

　　"等到完成任务回到家里,儿子都已经七个月大了,胖乎乎的,非常可爱。儿子叫施晓航,非常优秀,从小喜欢学习,后来考上了一所空军航空大学,毕业后成为试飞局的一名试飞员。儿子参加工作后,我先后给他写了四封信。第一封信是进行革命传统教育,要求儿子必须严格遵守部队纪律，听从指挥，服从安排；第二封信是安全方面的教育，要求儿子在平日训练中一定要兢兢业业，一丝不苟，不疏忽任何一个细节，安全警钟长鸣，防患于未然；第三封信是关于如何与战友相处，要懂得尊重别人；第四封信是关于坚持学习，苦练技术本领。有一次，晓航正在试飞，飞机发动机突然出现故障，他本来可以跳伞逃生，但儿子在空中及时处理了故障，保住了飞机，荣立三等功。"谈到儿子，施仲强的脸上抑制不住兴奋的表情。他的身上，从头到脚都是儿子在部队时穿过的衣服。

只有荒芜的沙漠，没有荒芜的人生

2021年7月1日，为庆祝中国共产党成立100周年，陕西测绘地理信息局举办了"党在我心中——陕西测绘故事分享会"。老中青三代测绘人分享了一个个动人的故事，真挚的情感、朴实的话语，令聆听者深受感动。

张勋南也参加了分享会，他讲述了父亲张朝晖年轻时在新疆南湖戈壁遇险的故事。张勋南说，父亲每次说及此事，对同事救命恩情的感激都溢于言表。

张朝晖生于1963年5月，毕业于陕西测绘技工学校，1983年9月参加工作。在查看国测一大队素材资料时，我发现张朝晖写过大量通讯报道。他还喜欢摄影，行走时背个照相机，走哪拍哪。他是个热心肠的人，无论哪里有活动让他去捧场，都在所不辞。

"摄影是我的业余爱好，此外，我还喜欢写东西，上技校开始坚持每天记日记，至今已有40多年时间。我外公喜欢写日记，外公说好记性不如烂笔头，再淡的墨水也胜过最强的记忆。我师傅薛璋几十年如一日记日记，坚持不懈，从未中断。即使他那年在甘肃酒泉煤气中毒，在医院躺了几天，后来根据回忆都把日记补上了。"张朝晖快人快语，语言组织能力特别好，讲话很有感染力。

"薛璋是你师傅啊！很了不起呀，我刚去无锡采访过他。薛老根据自己的日记整理了十多本回忆录，对我的采访有很大帮助。"我有些惊讶地说。

"除了薛璋，邵世坤、郁期青、张志林等老测绘队员都当过我的师傅或中队长，我在他们的身上学到不少测绘知识，懂得许多做人的道理。他们德高望重，谦光自抑，诲人不倦，对我的影响很大。"张朝晖十分骄傲地说。

1986年4月至7月，张朝晖和队友们在刘家峡水库测量，雇了当地一艘船，出测时船靠不了岸，船老大把跳板搭在泥滩上，他们挽起裤腿扛着仪器爬到岸上去测量。那个船前面是平的，遇到风浪后在水面上下跳跃，颠得很。水库两边有许多从山上下来的小河支流，人过不去，但必须去测。师傅赵景昂当时41岁，对张朝晖说："你在这里等着，我想办法。"说着便脱光跳进水里，水流急湍，师傅很快便被冲了回来。队员们把皮带都解下来，系在一起，成为一根很长的保险绳。赵景昂下水后，一只手拽着皮带，一只手将自己的衣服举在头顶，年轻队员们在这头拽着。那条河并不宽，大概有四五米，但水流很急。赵景昂被河水冲得东倒西歪，几次漂到水面上，衣服也弄湿了。他几乎是连走带游过去的。师傅过去后，让队员们在原地等他，大家等了很长时间，原来他去一个村子雇了三个村民，扛着两架连接在一起的木头梯子回来了。师傅带着三个村民跳进湍急的河里，把梯子扛在自己肩膀上，队员们背着仪器、扛着脚架慢慢从梯子上爬了过去。河水哗哗地流着，冲得水里的人站立不稳，赵景昂当时就站在最中间，把自己当成一个桥墩……

"这就是我们的传承！我们的师傅甘为人梯，临危不惧，给年轻一代队员树立了优秀的榜样。回到营地后，赵景昂用木炭烤土豆，特别香。可能是当时太饿了，我后来再也没有吃过那么香的土豆。帐篷前面就是黄河，每天舀河水做饭，沉淀半天水还是浑的。有时，河面上还能看到一些漂浮的动物尸体，已经腐烂，想想都觉得很恶心。"张朝晖说到这里难掩激动之情。

1990年5月，张朝晖27岁，带领一个测量小组到新疆哈密南湖戈壁测量。南湖戈壁位于哈密和鄯善之间，由于常年干旱少雨，飞沙走石，被称为"死亡戈壁"，当年吴昭璞就是在那里牺牲的。

张朝晖带了11个队员，那里有一个1∶5万地形图修测的项目。修测即修补测量，所测地区过去有地形图，因为时间长久，需要重新再测一次。他们把仪器设备，还有两顶帐篷及设备科提前配备的生活必需品（主要是行军床、被褥、灶具箱、锅碗瓢盆等）装上唯一一辆解放牌卡车就出发了，卡车很高，轮子也特别大，比较宽，前后驱动，适合在戈壁滩上行走。即使这样，车子还是陷在软戈壁里了。软戈壁上面是石头，下面是沙子，车子越加力轮子陷得越深，队员们只好下来用铁锹挖，然后拽着绞盘上的钢丝绳把车拉出来。

进入戈壁后，放眼望去，目光所及之处都是茫茫荒滩，怪石嶙峋，除了裸露的石头就是砂砾，看不见一点儿绿色。这里没有水，没有草木，没有生灵，死气沉沉。南湖戈壁又叫"百里风区"，一年四季总是刮大风。它的北边是天山，天山上的冷气流下沉，戈壁滩上的热空气升腾，空气对流后形成大风。测量队进去的时候，发现一辆黑色的闷罐子货车被风刮倒在铁路边上。一路上，随处可见被称为沙漠之舟的骆驼尸骸。队员到达测区后刚搭好帐篷，大风就来了。

"那个风刮得太大了，帐篷上下跳动，外面飞沙走石，暗无天日。帐篷里头全是沙尘，我们只好坐在自己的床上，不一会儿，鼻子、嘴里全是尘土。风太大，无法起火做饭，队员们走了一天，饥肠辘辘，于是就坐在那里啃冷馒头，然后再喝点凉水。"张朝晖说。

大风一刮就是两天，帐篷难以承受持续的风力，感觉快要飞起来了。张朝晖让队员把装水的大铁桶和汽油桶滚到迎风一面，压住帐篷的下面。飞沙走石把汽油桶墨绿色的油漆都给打掉了，油桶跟电镀似的，闪闪发亮。帐篷是用绿色帆布搭建的，中间一根柱子，旁边有四个窗户，最外面有一个帆布门，里面可以住12个人。风越刮越大，帆布难以承受，被撕破了。撕破的口子变成好多个布条，猎猎飞舞。风灌进来后，帐篷里与外面没多大区别。一个锅盖被吹出去好远，一名队员追了几百米才追到，锅盖捡回来已经变形了。

在戈壁滩上行走，人感觉一直都口干舌燥。出去测量的时候，张朝晖一般会背两壶水，节省着喝。一喝水就浑身冒汗，身上的汗哗哗流淌，衣服湿透后一会儿就被太阳蒸干了。第一壶水很快便喝完了，第二壶得节约着喝，实在太渴了抿上一口。因为在那样的环境下，水就代表生命。没有水，人坚持不了多长时间。刘建喝水十分节省，有一天，大家水壶里的水都干了，只有他那个水壶里还剩一些。刘建见张朝晖口干舌燥的样子，自己抿一口，然后把水壶递给他。那水都是热的，因为整天背在身上，被晒的时间长了。见刘建舍不得喝，张朝晖也舍不得喝。他俩同龄，都是1963年的。刘建执意要让张朝晖喝。

夕阳西下，太阳斜射在戈壁滩上，氤氲着一团朦胧的光雾。刘建喝完后把水壶递给张朝晖，嘴唇到壶之间拉出一条亮晶晶的丝，在阳光下熠熠生辉。张朝晖接过来后也不嫌弃，用满是沙尘的手把壶嘴擦了擦，仰起脖子抿了一下，又递给下一个人。下一个队员也是这么递下去，水壶最后回到刘建手里，水基本上没喝。大家都不好意思喝啊！那时候，他们已经收测了，在那样的环境下，他们谁也不嫌弃谁，亲如一家人。刘建穿了一双板鞋，塑料底的，在戈壁滩砂砾上走着走着就烫得不行，老是不停地换脚。后来他换了一双翻毛皮鞋，情况好多了。然而翻毛皮鞋热得脚受不了，一天下来像在水里泡了好长时间，皱巴巴地变成白色了。帐篷里又闷又热，像个大烤箱，人在里面不停地流汗，队员们一回到帐篷就脱了衣服，这样才觉得舒服一些。出工时泡的一杯热茶，晚上收工回来，那个水还是热的。厨师中午做饭，手伸进面袋子，里面都是烫的。朱峰带的巧克力，最后都变成了巧克力酱。每天出测时，大家都穿着工作服，戴着帽子，脖子上围着毛巾。因为紫外线太强了，裸露在外面的皮肤很快便会脱皮。戈壁滩是生命的禁区，几天见不到活着的生物。有时偶尔发现一条蜥蜴跷着腿跑过，大家愣在那里看半天。有一次，周华粹看见灶具箱里有一只苍蝇，想拍死它，刘建急忙阻止，说："我们在这个沙漠里能够遇到活着的生物，太不容易了。"刘建拿来一杯红糖水，在案板上滴了两滴，那只苍蝇马上飞过去贪婪地吸吮。进入沙漠腹地，水太稀缺了，队员们尽管每天都节省着，后来还是感觉水越来越不够用了。张朝晖对大家说："我们不要洗脸了，也不要刷牙了，所有的水只用来饮用和做饭。"当时给他们送水的师傅叫郑立雄，开着东风卡车，车厢下面放了四个很粗的木橼。从外面进来有80余公里，要走两天时间。车子一不小心便陷进软戈壁里了，陷进去后，他们便把那几根木橼抽出来垫到车轮子下面，然后想办法把车拖出来，结果刚走一段又陷下去了。就这样，本来一天就可以送来的水，往往需要几天时间才能到达。那时候又没有手机（有手机也没信号），大家带着收音机进去，戈壁滩上什么信号都收不到。每天收测后，11个队员待在帐篷里你看看我，我看看你。大家在一起一个多月了，把该说的话都说完了，每个人把能讲的故事也都讲完了，那时候特别希望突然来一个陌生人，哪怕把自己臭骂一顿，大家都要感谢他。整个测量过程中，除了他们11个人，就是持续不断的烈日和风沙。队员们不洗脸，不刷牙，坚守在那里。

"衣服脏得要命，我还穿个白衬衫，最后衬衣领子跟火柴盒侧面儿一样，黑得发亮！头发很长，又没法洗头，抠一抠头皮，指甲里头全是黑垢。袜子脱下后跟靴子似的能站住，臭气熏天。我们的衣服上白一块黑一块，汗渍泛起白色的盐末，变成硬邦邦的壳子了。后来我们出去后，这些衣服全都扔掉了，因为没法洗，也没人要了。即使那样，队员们每天都乐呵呵的，看着任务不停地进展，大家都很高兴。"

那一年，测量队在南湖戈壁的工期是50天，到了第42天的时候，张朝晖生病了无法爬上汽车。过了一会儿，他发现自己胳膊也抬不起来了，感觉像瘫痪了似的，情况十分严重。当时，他的脑子还是很清醒的，跟大家说："今天出不了工了，你们再加把力，咱把这活干完，一块儿走出去啊。"晚上，队员们回来后都围在张朝晖床边，问："朝晖，咋样了？"张朝晖浑身酸痛，感觉一点儿力气也没有，也不想吃饭。中队长张全德说："不行就把你送出去吧。"张朝晖说："这里离哈密那么远，把我送出去，车当天回不来，你们就得在这里头窝工了。"张全德说："那不行啊，你的命要紧。"张朝晖说："再坚持坚持吧，等你们把活干完了,咱们一起出去。"大家见他病得十分严重,决定先送他出去。

"张全德牢牢地抱着我,周华粹端来宝贵的小半盆清水给我擦脸——那是我们喝的水啊!我的眼泪忍不住就下来了。因为40多天没有发工资了,大家把身上的钱都掏出来,你五元,他七元,最后大概凑了72块钱,交给张全德。张全德将我抱上了车,朱峰不放心,要求一起送我去医院,驾驶室座位不够,他就只能在车厢上待着。"张朝晖说。

汽车出发了,驾驶室坐三个人:司机、张全德和张朝晖。因为指南针失灵,定不了方向,司机付宗祥只能靠天上的北斗星来导航。他们知道往北走就能到达公路,就一直朝北开。开着开着迷路了,进入了死胡同。付宗祥只好将车倒回来,再找另外一条路朝外开。就那样开了一夜,张朝晖一直处于半昏迷状态。张全德抱着奄奄一息的队友,大声地喊着他的名字:"张朝晖你不能死!张朝晖你可不能死啊!"过一会儿给他喂一口水,过一会儿给他喂一口水……戈壁滩地形错综复杂,很容易迷失方向。付宗祥开了一天车,回到营地没来得及吃饭就出来了。午夜时分,付宗祥实在饿得受不了了,就拿了个螺丝刀顶着自己的胃,一个手握着方向盘继续开。开着开着,一股强烈的睡意袭来,付宗祥不停地打呵欠,又不能停车休息,因为要争分夺秒救人,为了提神他就开始吼秦腔:

祖籍陕西韩城县,
杏花村中有家园……

深更半夜，空旷的戈壁滩上，沙哑而粗犷的歌声传得很远。

"车子在无边的黑暗中一路颠簸，车厢里的朱峰过一会儿把头探到车窗边上，问：'张朝晖怎么样？一定要挺住！'我迷迷糊糊睁开眼，发现他在车厢里冷得瑟瑟发抖。戈壁滩白天高温几十摄氏度，夜里零下好几摄氏度。他身上穿着一件蓝色的鸭绒背心，我记忆犹新。实在冷得不行了，朱峰就开始抽烟，一支烟不行，他把五六支香烟同时含在嘴里，火光把他脸都照红了。张全德说：'你这是干吗呢？'朱峰哆嗦着说：'我多抽几支烟，看看能不能增加点热量啊……'"张朝晖叙述的过程中数度哽咽，眼里噙着泪花。

汽车拉着张朝晖在戈壁滩整整走了一夜。第二天黎明时分，他们终于来到了哈密市人民医院。医院门当时还没有开，付宗祥发现铁大门没有锁，于是直接便冲了进去。张全德抱着张朝晖便往急诊室跑，让医生赶快抢救。医生说："这种现象我们见得多了，是缺钾引起的，幸亏你们送来及时，如果再晚上一两个小时，这100多斤的小伙子就撂到沙漠里了。我们这地方有个土哈油田，一些石油工人在戈壁沙漠里也经常出现同样的情况。不要害怕，只要输入氯化钾马上就会好转。"果然，随着液体缓缓流进张朝晖的血管，张朝晖很快就满血复活，手脚可以慢慢移动了。大家长吁了一口气，一颗悬着的心终于放了下来。

张朝晖痊愈后回到西安，时任大队长刘永诺亲自去火车站接他。后来听说与他们一起进南湖戈壁找煤的几个人都失踪了，动用直升机找了几天，最后运回几具像木乃伊一样的尸体……

从新疆回来后，张朝晖在心里暗暗发誓：再也不去新疆了！因为他喜欢写新闻报道，单位领导照顾他，让他在办公室当秘书，结果后来他还是多次去了新疆。中队长张全德有一次带队去天山测量，队员王卫社迷路了，张全德心急如焚，骑了一匹骡子进山去找，路过哈萨克族牧民的帐篷时遇到一条牧羊犬狂吠，骡子受惊后一阵狂奔，张全德猝不及防被甩了下来，一只脚被马镫死死地卡着，人在山路上被拖行上千米。山路上都是鹅卵石，骡子拖着张全德在石头滩上翻滚、摔打，张全德顿时遍体鳞伤，头和内脏都受了伤，路面上血迹斑斑、惨不忍睹。最后还是那家牧民赶过来把骡子给拽住，才救了张全德的一条命。

测绘队员长年在外作业，许多队员30多岁了还找不到对象。结婚了一年也见不上几面。队员李俊杰过年时回到家，看见妻子穿着厚厚的羽绒服，端详了半天："我从来没见你穿裙子的模样。"妻子把裙子拿出来，一件件穿给丈夫看。

当时，在测绘界流传着一首打油诗：

有女不嫁测绘郎，

一年四季守空房；

有朝一日回家转，

带回一堆脏衣裳。

"我30岁才结婚，前面人家给我介绍了20多个对象，不是女孩看不上，就是家里不愿意。有个女孩了解我的情况后说：'你长年在野外，影子都见不上，咱们不合适。'当时通信不方便，主要靠写信。晚上，队员们趴在帐篷里打着手电筒写信。因为我文笔不错，队友就让我帮忙写情书，写完后他们再抄一遍。有的老队员把地址写反了，刚寄出去的信又原路返回来了，令人哭笑不得。队员们一出来就是几个月，天天盼来信，邮车来了大家一拥而上，收到信的人欢呼雀跃，几天心情都是愉悦的。干了一辈子测绘，有过几次历险，出过三回车祸，都是有惊无险；受过几次伤，最后都平安归来。人生无怨无悔，我感到十分欣慰。"张朝晖说到这里，一扫刚才的悲壮之情，眼睛里闪着熠熠的光芒。

卷二・七测珠峰

没有一座高山
不可逾越。

第三章

国家记忆

珠穆朗玛

地球是人类赖以生存的家园，在这颗蔚蓝色的星球上，南极和北极常年冰雪覆盖，异常寒冷。青藏高原号称世界屋脊，地处喜马拉雅山之巅的珠穆朗玛峰是地球最高的地方，因此也被称为"世界第三极"。据地质学家研究，大约在 2.8 亿年前，青藏高原是一片辽阔的海洋。这片海域横贯欧亚大陆的南部地区，被称为"古地中海"或"特提斯海"，温暖的气候，为海洋动、植物发育繁盛提供了良好的条件。由于地球板块运动，大约 2.4 亿年前，印度板块以较快的速度向北移动、挤压，其北部发生了强烈的褶皱断裂和抬升，促使青藏高原不断隆起，海水逐渐退去。大约 8000 万年前，印度板块继续向北漂移，引起强烈的构造运动，青藏高原的地貌格局基本形成。地质学上把这段高原崛起的构造运动称为"喜马拉雅运动"。地质学家在第四次珠峰综合科考时，采集了珠峰地区拉伸变形的岩石样品，经分析测算，发现珠峰在 1300

万年以前，海拔曾超过 12000 米。高度到达顶峰的珠峰由于自身重量太大等多种原因，开始发生断裂，在地壳运动之后逐渐平衡，最终于 10000 年前形成现在这个高度。作为世界第三极，千百年来很少有人惊扰，珠峰犹如圣洁明净的女神，悠游自在地耸立在喜马拉雅深处，成为美丽而神秘的地方。

有一首藏族民歌这样唱道：

高高的珠穆朗玛，你是万山之王，雄鹰只能从你脚下绕行，苍鹰飞过折断了翅膀。

高高的珠穆朗玛，你像巍峨的城堡耸立云端，只有勇敢的人们，才能登上你的峰巅。

"珠穆朗玛"之名，最早见于清乾隆年间绘制的《乾隆十三排图》，这幅地图是依据成图于 1721 年的《皇舆全览图》绘制的，其中"珠穆朗玛"被写作"朱母郎马阿林"（音译）。1771 年《乾隆内府舆图》以"珠穆朗玛"一名替代了"朱姆朗马"，遂沿袭至今。藏语"珠穆"是"女神"之意，"朗玛"是第三的意思，因珠峰附近还有四座山峰，珠峰位于第三，"珠穆朗玛峰"意为"女神第三"。

我国测量珠峰的行为最早可以回溯到 18 世纪。

1714 年，清政府委派时任理藩院主事喇嘛胜住、楚儿泌藏布、兰本占巴对西藏地区进行勘测，绘制《皇舆全览图》西藏分图。当时的藏区自然环境十分恶劣，许多地方根本没有路，无法行走。他们翻山越岭，克服各种困难到达珠峰脚下，对它的位置和高度进行初步测量，并在《皇舆全览图》上明确标注了位置，定名为"朱母郎马阿林"。

这是人类第一次测量珠峰，具有划时代的重要意义。

1958 年，著名地理学家林超在《珠穆朗玛峰的发现与命名》的论文中指出："最先发现珠穆朗玛峰的，是居住在西藏南部的藏族同胞，他们给予这个峰以名称。但是把这个山峰，用科学的方法记录在地图上的，则是 1715 年至 1717 年到西藏地区测量的我国测绘队员胜住、楚儿泌藏布和兰本占巴。"

1949 年，我国草测的珠峰地区地形图标记了珠峰的位置和地形。

1952 年，中国政府正式恢复"珠穆朗玛峰"的名称。

1953 年 5 月 29 日，人类第一次攀上珠峰——新西兰人埃德蒙·希拉里和夏尔巴人丹增·诺尔盖从南坡成功登顶，但始终无人能从中国境内的北坡登上世界之巅。

1960 年 5 月 25 日，中国登山队的王富洲、贡布、屈银华第一次从北坡登顶成功。

在漫长的岁月里，珠峰静静地坐落在那里，像一位智者，见证时光流转，高岸深谷，沧海桑田。每一位攀登者来到这里，都会静静地匍匐在她的脚下，聆听大地的声音，感受雪域的脉动，洗涤心灵，净化灵魂。

如今，全世界已有 4000 多人成功攀登珠峰，但也有近 300 人长眠在珠峰攀登或下撤途中，将自己和圣山永远地融为一体……

中华人民共和国成立不久，中央人民政府就提出"精确测量珠峰高度，绘制珠峰地区地形图"，并将其列入新中国最具科学价值和国际意义的"填空"项目之一。毛泽东、周恩来等党和国家领导人对测绘珠峰十分关心。

中华人民共和国成立后，国家百废待兴，从全国各地选拔出一批优秀青年，秘密组建中国第一支高山探险队。

1957年11月，苏联向中国提出组织苏中爬山队共同攀登珠峰。双方会谈后，于1958年夏天制定了攀登珠峰的三年行动计划：1958年侦察，1959年试登，1960年登顶。苏方负责登山队员的培训及高山装备、高山食品供应，中方负责全部人员、物资运输及较低海拔的物资装备。

1959年9月，中方开始多次邀请苏方来北京继续商谈合登珠峰一事，苏方以各种借口为由反复推脱。1959年10月20日，时任国家体委主任贺龙元帅把体委副主任黄中、登山队队长史占春等人请到办公室共同商议。贺龙元帅说："苏联不干，我们自己干！任何人也休想卡我们的脖子。中国人民就是要争这口气，你们一定要登上去，为国争光。"

当时，中国正处于三年严重经济困难时期，但国家体委致函国家计委、外贸部申请70万美元外汇后，还是很快得到了刘少奇主席和周恩来总理的批准。

1960年春的一天，尼泊尔首相柯伊拉腊访华，同毛主席讨论一个两国关系中的长期悬案——珠穆朗玛峰的归属问题。在此之前，尼泊尔方面一直认为珠穆朗玛峰完全归属尼方所有。面对错综复杂的国际环境，毛泽东主席在会谈时提出将珠峰的主峰一分为二，南坡归尼泊尔，北坡归中国。双方友好竞争，一起攀登珠峰，看看谁能先成功登顶珠峰峰顶，实地宣示主权。柯伊拉腊经过一番思考后，同意了这个提议。

如此背景之下，使得攀登珠峰的队员们明白，自己肩负的是一项庄严的国家使命。

1960年初，登山队队长史占春带着翻译赴瑞士采购了高山帐篷、鸭绒夹层登山服、鸭绒睡袋、高强拉力的尼龙绳、氧气装备及便携式报话机等装备。他们在商店采购时，竟无意中得到了一个重要信息：印度正准备在1960年从南坡攀登珠峰！史占春听后感到责任重大，任务更加艰巨。他暗下决心，我们一定要抢在他们的前面！当时，中印关系颇为友好，史占春通过中国驻印使馆很快确认了这一消息。

中国、印度一北一南同时攀登珠峰，无疑是一场特殊的竞赛。

1960年5月25日4点20分，满天繁星与珠峰的雪光交相辉映，三位中国登山运动员终于登上了神秘的珠穆朗玛峰！

1960年5月28日，《人民日报》头版头条将中国成功登顶珠峰的喜讯传遍了全国。不久，拉萨、北京等地纷纷举行了盛大的庆祝活动。中国登山队创造的奇迹传遍了世界。此举不仅震惊全球，更为中尼边界谈判注入信心。

1961年，《中尼边界条约》签署，两国历史上遗留的边界问题得到解决。

会当凌绝顶

由于地球是一个不规则的椭球体，地表的高山大川凹凸不平，因此，如果想要测量出一座山的高程（海拔），除了建立大地控制网，还需要以一个海拔为零的海平面作为起算点。而在陆地上，这个海拔为零的海平面就叫作大地水准面。自1956年在青岛黄海验潮站建立平均海水面的高程系统后，测绘人员便开始以此平均值为基准，由北向南、自东向西设站测量，推算高程。队员们以青岛黄海验潮站的海水平面高度为水准原点,从这里出发,他们靠着双脚移动,一步一步把水准面推进到珠峰脚下。为了准确建立测量站,他们每隔几十米就要设一个站点,每个站点要进行两次测量。这条路,他们步行了12000公里,几乎走出了一个长征的距离。

珠峰地区是人类挑战生命极限的极地,是真正的生命禁区。因此,欲测量其准确高度,必须有一定规模的测量队伍进入纵深地区进行观测,否则无法得到科学而令人信服的结论。

1966年、1968年、1975年、1992年、1998年、2005年、2020年,为精确测量珠峰高程,国测一大队几代测绘队员大规模进入珠峰地区。他们凭着惊人的气魄,坚韧不拔的意志,在生命禁区勇斗风雪,挑战自我,在高寒缺氧、极端艰苦的条件下连续奋战,勇攀地球之巅,跨越科学高峰,谱写出一曲气壮山河、感天动地的英雄史诗。

1965年底,中国科学院西藏科学考察队成立。国测一大队在这个队伍中担任了重要的测量珠峰任务。

1966年,国测一大队派出郁期青、姜祖英、陈永胜、吴泉源等队员参加西藏科考队第五专题组(测绘专题组)。科考队规模很大,涉及5个专题、30多个学科。第五专题组的任务是精确测量珠峰高程和测绘珠峰北坡1∶2.5万地形图。

"中华人民共和国成立初期,我国在珠峰地区沿用的都是外国人的成果,作为一名测量队员,心中很不是滋味,决心从我们这一代人开始,打胜这场翻身仗、志气仗、科学仗!记得当时任务刚下达不久,传闻就接踵而至。有人说进西藏又冷又缺氧,喊爹又叫娘,也有的说去珠峰是玩命,就是不死也要脱掉几层皮,说得怪玄乎,挺骇人的。

我当时想，自己递交过入党申请书，组织上百里挑一选中了我，是信任和器重，更是考验，就是再苦再险，哪怕撂下这100多斤，也要去闯一闯。决心下定，原来的一丝隐忧一扫而光。"回首当年出发前的情景，已经年逾八旬的郁期青感慨万千。

当时，国家测绘总局局长陈外欧将军亲临西安，给队员们作思想动员，要求他们学习红军精神，以王杰同志为榜样，一不怕苦，二不怕死，精心做好各项准备工作，特别是身体准备。测量队员每天凌晨起床后长跑5公里，接着做健身操、练爬绳、引体向上、做俯卧撑。他们下午打两个小时篮球或背上沙袋爬楼梯，如此天天坚持，风雨无阻。队员们在"练时多流汗，战时少流血"的思想指导下，自觉加大训练难度。以俯卧撑为例，开头要求双掌着地练20下，后来增加到50下，再后来由手掌支撑改成三指支撑来锻炼拇指、食指、中指的功力，以保证日后攀登陡岩时稳操胜券。功夫不负有心人，通过两个月的强化训练，队员们的体质明显增强。

1966年3月，随着队员们将大地控制网一步步铺设到珠峰脚下，国测一大队一个八人的小分队从西安出发，向珠峰进军。出发前，郁期青把自己随身带的一个旧箱子（里面装了他的一些小物件及衣服）放在朋友家里，并交代朋友说，万一我没回来，就把它转交给我的家人，权当留个念想吧。

小分队从西安向西藏出发前，在国旗下庄严宣誓："一定要不惜一切代价，完成测量任务。"3月的西藏天气依然十分寒冷，到处白茫茫一片。到达绒布寺大本营后，队员们仅仅休息了一天，就开始了准备工作。

珠峰大本营在海拔5200米的绒布河谷，这里远离外界的繁华和喧嚣，宛如一片无人区，只有静静的雪山和白云相伴。太阳出来了，一朵朵白云缠绕山间，衬托出珠峰诱人的身姿，金字塔形状的白雪皇冠在阳光下熠熠生辉，映衬着透亮湛蓝的天色，整个世界显得庄严肃穆，干净透彻。山下是灰蒙蒙的戈壁和沙砾，几顶黄色的帐篷显得格外醒目。雄鹰从蓝天上展翅飞过，俯瞰着这一片雪域。在这圣洁的世界里，除了寒风呼啸掠过，没有任何嘈杂，时间仿佛驻留在了这里。天空碧净如洗，蓝得令人窒息、眩晕。

郁期青当时担任西藏科考队第五专题组副组长，该小组的主要任务是在北起定日，南至珠峰山麓100多公里长的测区内建立严密的大地控制基础网，为精确测定珠峰高程服务。这些测区海拔基本上都在6000米以上，有三个点海拔超过6500米，之前从未有人登上过。测量工作要赶在5月底前测完，因为到了6月，珠峰地区将进入雨季，无法工作了。

为了赶时间，郁期青他们半夜便突击上山。雪光反射下的天空灰蒙蒙的，几个测量队员背着25公斤重的背包开始登山。背包里分装着仪器、脚架、电池、钢材，还有帐篷、被褥、食品、汽油炉、汽油等必需品。随着海拔不断增加，氧气越来越稀薄，队员们呼吸越来越困难，他们每走几步都会停下来趴在冰镐上猛喘几口气，不一会儿便筋疲力尽，浑身冷汗。山谷中时有滚石飞下，险象环生。珠峰的风很大，瞬间可达10级以上，人被吹得左右摇晃，眼睛也睁不开。英雄的测量队员排除万难，终于成功完成了测量任务。

测绘队员经过天文、重力、水准、物理测距、折光试验等各项测量工作，计算获得了珠峰峰顶的雪面高程。这是珠峰第一次有了中国测量的高度，但由于这次测量没有登顶，峰顶未设觇标，高程没有对外公布。

新中国的测绘事业和珠峰的测量工作在蹒跚中起步，中国人终于有机会在世界测绘史上留下浓墨重彩的一笔。

1968年2月27日，国测一大队院内红旗招展，张贴着"热烈欢送出征珠峰战友"的标语。11点30分，两辆卡车自鲁家村出发，前往西安机场。

"到西安机场后，见到机场候机室设施的华贵，犹如刘姥姥走进大观园，对我们这些长年在戈壁沙漠住惯帐篷的人来说一切都是新鲜和陌生的。"老测绘队员薛璋说。薛璋生于1935年12月5日，江苏无锡人，1954年毕业于南京地质学校（现东南大学），1958年调至国家测绘总局第八大地测量队，曾参与多项国家重大测绘工程，1968年、1975年两次参加珠峰高程测定，1977年与邵世坤、张志林等人参加托木尔峰高程测量，参与完成了中华人民共和国大地原点的位置选定、标高确定及网形选定等国家项目。

参加珠峰测量的队员们乘坐的是一架装货的伊尔14飞机，下午2点20分起飞。由于机舱的密封性不好，发动机的轰鸣声震耳欲聋。飞机在秦岭上空飞行，气流不稳，机身颠得厉害，好几个队员头晕目眩且伴有呕吐。飞机在云雾中穿行，乘务员告诉队员现在飞行高度是8600米，这个高度比珠穆朗玛峰还低。进入青藏高原后，薛璋从舷窗往下看，迷茫的云海之上，露出一个个银色的雪峰，金红色的太阳刚刚露出云海，霞光万道，分外妖娆。

到达拉萨后，薛璋与郁期青、俞俊元等测绘队员每天早上都要去大操场跑步。在西安时，薛璋一口气能从单位跑到小寨，再到大雁塔以南，然后再跑回来，往返10公里用时1小时，然而在拉萨跑200米都气喘吁吁。为了完成任务，大家必须坚持锻炼，尽快适应高原环境。

拉萨的夜晚非常宁静，黄昏后街上便很少有人了。薛璋与队友俞俊元此次的主要任务是登上珠峰地区6120米的高点进行一星期的大气垂直折光试验。

3月31日，测绘队员沿着一条汽车轧成的简易道路前进，行车5小时后到达绒布寺。大本营设在珠峰北侧20公里的绒布寺，海拔5000多米。那里空气中的含氧量很低，只有平地的60%左右，被医学界称为"生命的禁区"。人在这里即使躺着不动，心脏负荷也相当于在内地干重体力活时的心脏负荷。队员们普遍出现高原反应，睡不好、吃不下、心慌、憋气。强烈的紫外线被冰雪反射，大家脸上不断脱皮，脱一层换一层，嘴唇也起了泡。

队员们在大本营休息了五天，这是一个必要的适应时间。4月5日上午，勤务组通知测绘队员随后几天是好天气，可以实施大气垂直折光试验。队员们要登上6120米的B点，进行三角和天文测量。

4月6日清晨7点钟，珠峰地区还在苍茫的朝雾中，测量队员们从绒布寺出发，去完成来珠峰后的第一项任务，也是主要的任务。薛璋过去爬过的山峰没有超过5500米，这次要去突破6000米，他决心很大，信心十足。他们走一段停一停，再爬一段，休息一下，不慌不忙地向上攀登。爬了七八个小时，薛璋感觉肚子空空，吃了一颗红枣、两片牛肉干，感觉还是很饿。水喝完了，薛璋和队友顺手抓了块冰便啃起来。海拔越来越高，空气越来越稀薄，呼吸越来越急促，然而他们的脑海里从未闪现后退的念头。终于，在傍晚7点30分爬到点上——不到1000米的落差，他们整整爬了十二个半小时！在6120米B点上，许多队员头疼，吃不下饭，甚至呕吐。4月8日，珠峰地区大气垂直折光试验项目正式开始。这是一个共同协作工程，下面的人在大本营施放探空气球，探空气球上装有检定过的国产59型高空探空仪。

开始的四天很顺利，然而到了4月10日上午，突然狂风大作，暴风中还夹带着雪粒，顷刻间就把帐篷吹倒了。队员们立即收起各种仪器，在已吹倒的帐篷四周压上石块，薛璋同俞俊元就像钻进被子一样钻在帐篷里，等待狂风尽快停止。然而大风并没有停止的迹象，越刮越猛，风卷着雪团漫天飞舞，一时遮天蔽日，什么也看不见了。在那样的情况下，饭吃不成了，只好啃压缩饼干。队员们坚持到第二天下午，看天气还没有好转的迹象，薛璋与俞俊元商量先下山，把山上的设备捆绑好，用石头压住。由于大风肆虐，一夜未眠，加上一天没有吃饭，薛璋感觉自己的身体疲乏极了。下到绒布寺时，他又渴又饿，于是喝了些冰冷的河水，感觉五脏六腑都是凉的。回到绒布寺大本营时，已是傍晚6点多了。晚上，勤务组开会决定：因为已有三天多的观测资料，他们在6120米B点的试验完成了。待天气好转，再将一些必要技术处理好，当即便可撤营。

这次珠峰折光试验分两个地区，一个是已经完成的海拔5820~6120米的高山区，另一个是选在定日西边的高山草甸区。4月26日早上，大雪纷飞，周围一片银白，这在珠峰地区是常见的天气，科考及测绘队员不受影响，装车赶往定日。在定日，他们试验观测了四天的大气垂直折光试验，又在与珠峰相距77公里的平顶山对珠峰顶进行观测，5月11日顺利完成任务，回到日喀则休整了几天，然后去拉萨经成都回到西安。

1966—1968年，中国科学院西藏科学考察队以"喜马拉雅山的隆起及其对自然界与人类活动的影响"为中心课题，对西起吉隆、东至亚东、南自中尼边境国界、北及藏南分水岭，总面积约 5×10^4 平方公里的珠穆朗玛峰地区，进行了地质、地理、气象、测绘和高山生物等方面的综合科学考察。薛璋在此次珠峰大气折光试验中取得了宝贵的实验数据，据此，他在《测绘通报》上发表了三篇论文，为珠峰高程测量打下良好的基础。2002年，陈俊勇院士在国际上发表《关于珠峰地区垂直折光》的论文时，将薛璋的名字也署在其后。

第四章

中国高度

人生能有几回搏

1975年，中国政府批准在1966年、1968年测量的基础上，对珠峰再次进行测量。经国务院批准，在中国登山队攀登珠峰之际组建测量分队，精确测定珠峰高程、绘制珠峰地形图。

20世纪70年代前，珠峰的高程数据、地理资料一直被国外垄断，这一改变历史的重任，落在了国测一大队第一代测绘人的肩上。由郁期青、邵世坤、梁保根、张志林、薛璋、陆福仁、吴泉源、杨春和八名优秀测绘队员组成了珠峰测量分队，另外还有解放军测绘系统、国家测绘总局系统参加的珠峰测量分队，编成十个测量小组，在国家登山队的配合下，于1975年3月初进入珠峰地区，进一步加强和提升控制网的精度，目标是将高3.51米的红色金属测量觇标竖立在珠峰峰顶上。

2022年6月11日，在时任国测一大队办公室主任任秀波的陪同下，笔者前往江苏无锡，采访了已经退休多年的郁期青。

郁期青生于1939年9月，无锡市郊山北乡北庄村人。那里距离高桥不远，是《十五贯》故事的发祥地。郁期青5岁的时候，父亲便因胃病在40多岁时就去世了。父亲去世后，家里的经济一落千丈，大姐、二姐已经出嫁，年仅12岁的三姐去上海织袜厂当童工，由于工厂环境非常恶劣，导致一只眼睛失明。1953年，郁期青考上创建于1950年10月1日的南京地质学校，该学校是地质矿产部所属全国重点中等专业学校。学校前身是中国人民解放军华东军区测绘学校，是在华东军区暨第三野战军司令部测量大队的基础上建立起来的。国家对这所学校高度重视，培养出许多对经济建设作出突出贡献的人才。

1956年4月，郁期青从南京地质学校毕业后，积极响应国家支援大西北的号召，被分配到国测一大队从事大地测量工作。那年他还不到17岁，收到通知前往青海柴达木盆地，参与国家的第一个五年计划，投身西部。与他同去青海的还有200多名同学，大家乘火车从南京出发，30多个小时后抵达西安。他们先在国家测绘总局集中报到，随后便转大卡车前往青海。出发前，单位给他们每人发了一床被褥、一块行李包布、一个碗以及一床蚊帐。每辆大卡车可坐32人，他们都坐在自己的行李上。到达青海格尔木之后，周围了无人迹，一眼望去全是戈壁滩。因为从小在太湖之滨长大，无锡平均海拔还不到10米，因此郁期青第一次到高原地区就出现胸闷、呼吸困难的情况。水源地在帐篷300米之外，有时端个洗脸水回来就开始气喘吁吁，上气不接下气，头疼欲裂，感觉很难受。经过一段时间的煎熬，慢慢地他们便适应了，后来即使在海拔5000米也如履平地，每天工作十多个小时，没有出现高原反应。

"为何我们要参与西部大开发？由于当年西北地区的地图以及测

绘资料基本没有，而当时提出的'一五'计划，发展国民经济和国防建设均需要地图。因此，我们被派到青海开展测绘工作。抵达青海后，我们与总参谋测绘部队进行分工，测绘工作分为大地测量与地形测量，当时我所在二分队的三角观测组，负责大地测量工作，住帐篷、吃地灶、牵骆驼，构成我们生活的日常。每天天不亮，我们就起来将帐篷收拾好，背着重达17.5公斤的仪器，牵着骆驼，在天黑之前赶到下一个测量点。开展测量工作，我们主要靠两条腿，有时候从一个点到另一个点，一跨就是50公里。那时，测量仪器必须自己背，骆驼只负责帮我们运帐篷、粮食、饮用水和行李。青海的蚊子个头大，被咬后就起一个大包，又痒又疼，所以我们都戴着面罩，像养蜂人一样操作仪器。在青海时，我们大地测量组主要负责平面控制，需要测定每一个控制点的精准坐标。如果大地测量不精准的话，将可能导致全国的地图不能拼凑到一起。"谈起当年刚参加工作时的情景，郁期青记忆犹新。

1964年，郁期青与小学同学蒋英娣结婚了。蒋英娣毕业于江苏省宜兴农业学校，毕业时正好赶上"大跃进"，国家没有分配，回到乡里在钱桥农业中学当了三年老师，后来农业中学解散，回乡务农，在农村整整待了17年，含辛茹苦照顾老人，把几个孩子拉扯大。

1975年3月，郁期青与邵世坤、薛璋等八名队员一同参与珠峰测量。出发前，队员们需要做好三方面的准备工作：一是思想方面，要发扬红军长征精神，一不怕苦二不怕死；二是业务能力要强；三是身体素质方面，每个队员都接受了一段时间的专业体能训练。所选八名队员都曾多次进藏，有珠峰地区的测量经验。这一次的任务集登山、测绘、科考于一体。他们穿着羊绒衣，戴上羊绒手套，高山靴绑上冰爪，采取结组前进的方式，严格按照登山带队教练的步子进行攀爬。结组前进就是用一根绳子连着每一位队员，每隔20米一个人，每人胸前用挂钩挂着绳子，登山教练在最前面，跟着登山教练的步子登山。他们使用的测绘仪器与前两次珠峰测绘仪器并无太大差异，仍采用瑞士威特经纬仪。

3月24日，突发了一场暴风雪，位于6500米处天文测量点的队员准备下撤。风雪交加，能见度很低，他们用了整整三个多小时才返回营地……

1975年5月27日，远在江苏农村的蒋英娣突然在广播上听到："中国登山测量队成功登上珠穆朗玛峰！"她激动得大喊了一声："儿子，你爸他们的测量队登上珠峰了，那可是世界上最高的山峰，你爸他们是英雄啊！"

儿子兴奋地说："爸爸成功了，应该就快回来了吧？"

女儿说："我要见爸爸，我好长时间都没见到爸爸了！"

儿子说："爸爸估计正在回来的路上呢！"

蒋英娣说："是呀，你爸回来了，咱们到西安去看他！"

蒋英娣想，既然工作已经结束了，丈夫应该先给家里报个平安，然后就回到西安了。正常情况下，他的信最多半个月就能收到一封。

然而这一次，蒋英娣和孩子们左等右等，一个多月过去了，杳无音信。

蒋英娣的心情开始沉重起来，她想：莫不是丈夫出事了？

又等了一个月，还是没有音信。

孩子们也开始变得烦躁起来。

儿子说:"爸爸的信是不是被人弄丢了?"

蒋英娣说:"我去公社邮局查过了,没有来。"

女儿说:"会不会是爸爸把我们忘了呢?"

蒋英娣说:"不要瞎说,爸爸怎么会把咱们忘了啊!"

两个月来丈夫生死未卜,蒋英娣每天都在煎熬中度过,开始想一些不好的事情。那时候又没有电话,她焦急万分。白天在地里劳动,社员们说说笑笑,她笑不出来,不知怎么突然就晕倒了。

这样的事情发生过几次。

晚上,蒋英娣躺在床上辗转反侧,一个人静静地流泪。一天,她恰好看到《陕西日报》有一篇报道:《我省七名珠峰登山测绘队员胜利归来》,里面没有提到郁期青的名字,只提到一个队员因病还在治疗,蒋英娣断定是丈夫了。

蒋英娣对婆婆说:"妈,我要去西安,我想了解一下真实情况。"

婆婆说:"再等等吧,说不定明天信就来了呢。"

终于,在8月的时候,蒋英娣收到了丈夫从北京寄来的一封信。郁期青在信上说:"我生了一场病,现在已经恢复得差不多了,你不要来看我,因为医院所在地特别偏僻,你找不到。再说院规很严,不让外面的人来探视……"那些字歪歪扭扭,不像是郁期青的手迹,仔细看却又是。

蒋英娣知道丈夫病得一定很严重,有事瞒着她。几个月的煎熬,她度日如年,好不容易有了音信,蒋英娣想:你越是不让我来,我砸锅卖铁也要去北京看你!

蒋英娣收到郁期青的信后,向生产队长请了假,在县城坐了长途汽车一路颠簸来到西安，然后又坐火车走了一天一夜，来到北京。

郁期青得知妻子到北京后，向医院请了两天假，住在一个招待所里。蒋英娣已经有大半年没有见到丈夫了，见他已经瘦得失了形，怔在那里，不敢相认。郁期青上前抱住妻子，蒋英娣搂着他就开始号啕大哭……

原来郁期青在测珠峰的时候生病了，差点把命丢在那里。

在招待所，蒋英娣平复好自己的心情，看着丈夫心疼地问："当时是什么情况？为啥几个月都不给我写信呢？"

郁期青深吸了一口气，看见妻子憔悴的样子，心里也不是滋味。他给蒋英娣倒了一杯水，然后慢慢说道："当时的情况比较特殊，我们在珠峰北坡测量的同时，日本人也在尼泊尔那边的南坡开始测量。他们的仪器都很先进，我们在这方面也做了充分的准备，无论从天文、重力、高程等技术方面，一定要全方位超过他们。我们设置的控制点不少位于悬崖峭壁上，每个点需要反复测量。6450米的三角点是全测区最高的一个三角点，我们需要爬过近百米的冰坡去测量。在那里坚持了四天，四上四下，完成最高三角点的观测任务。3月的珠峰气温最低可达零下40摄氏度，到处冰山林立，东绒布、西绒布、中绒布三大冰川延伸到每一个山谷，冰川里面还有一个个大冰塔，加上那时珠峰气候严寒、缺氧，还有肆虐的山风，导致有的队员鼻青脸肿，恶心呕吐，有的队员呼吸困难，头疼欲裂。"

"为啥不用氧气呢？"蒋英娣说。

"登山测量队对用氧方面的要求极其严格，只允许8000米以上可间歇性使用氧气，像我们测绘队员是没有资格用氧的。一旦累得喘不上来气，只能趴在冰上猛吸几口气，平缓一下，再继续往前走，所以我们有个说法叫'走一步，喘三下'。3月24日，我们突遇了一场暴风雪，位于6500米处的天文测量点队员撤回营地时，发现少了一名成员——成都军区四十二测绘大队的陆子失踪了！"郁期青说。

"啊！后来找到了吗？"那种情况下，一个人失踪就意味着死亡，蒋英娣的心都快悬起来了。

"得知消息后，我和吴斌决定上山去寻找陆子。大雪弥漫，眼睛一会儿就被雪给迷住了，看不见路。一小时后，我和吴斌走到快6000米时，发现有一个人躺在雪地里，走近一看就是陆子，他的胡子、眉毛已经结下厚厚的冰霜，看上去奄奄一息，非常危险。如果继续停留，陆子会有生命危险。我和吴斌两人硬是将陆子架着撤回营地。"郁期青喝了一口水，接着说道。

"真危险啊！幸亏你们及时去找呢。"蒋英娣长吁了一口气，紧张的心情放松了许多。

"4月初，测量分队党支部又组织了一个攀登北坳的七人小组，我是其中的一名成员。北坳被称为天险，这是攀登珠峰的第一道难关。4月5日，我们七个人从北坳底部6500米的营地出发，气温是零下30多摄氏度，经过五个多小时的艰难跋涉，我们登上北坳顶部，在7050米处完成重力点测量任务。4月27日，在副政委邬宗岳带领下，中国登山队首次出发登顶。到达海拔7007米北坳的那天晚上，邬宗岳感到十分疲惫，高山反应使他彻夜失眠，感冒又使他不断咳嗽，嗓子哑得说不出话来。出发时，他身体有些不适，带队攀登到8200米后坐下歇息，结果头一晕就掉下山崖……"郁期青说到这里，眼睛里闪着泪光。

"后来呢？你们找到他了吗？"蒋英娣紧张地问。

"后来，当我们赶到跌落处的时候，发现邬宗岳的背包、氧气瓶、冰镐和摄像机规规矩矩地放在悬崖边上，旁边有一个滑落的痕迹。队员们下到 8000 米附近时，在悬崖顶部风化岩石和冰雪混合的地方看到了邬宗岳，他长眠在了魂牵梦萦的珠峰雪白的怀抱中……这次冲顶以失败告终。"郁期青说着说着已泪流满面，蒋英娣的眼泪也流了下来。她掏出手帕给丈夫擦了擦脸。

"这次测定珠峰高程，测量队不仅测定了覆雪深度，而且在水准、三角、测距、天文、重力等方面精确度远超于过往。与此同时，我们还在三条冰川布设了天文点和重力点，其中天文点最高海拔在 6300 米，重力点在 7790 米处。"郁期青接着说。

"后来怎么就生病了呢？"蒋英娣问。

"在测量登山队员第三次冲顶的前几天，我因为体力透支，身体虚弱，结果在大本营感冒了，连续几天高烧不退。打了两天针毫无效果，人开始昏迷。随后，我被转到日喀则野战医院进行治疗。经检查，我患上了高山肺水肿。高山肺水肿属于特别严重的一种高原反应，主要是缺氧所导致，尤其是短时间内的严重缺氧，刺激肺小动脉收缩和痉挛，肺动脉压力持续升高，超过正常代偿范围。得病后，我感觉胸闷、气喘，呼吸十分困难，进而引起休克、心力衰竭，重度昏迷。我当时的症状很严重，在转去医院的途中处于半昏迷状态，说胡话。迷迷糊糊中，我感觉女儿驾驶一架飞机从窗户飞进来，载着我向珠峰飞去。从飞机上俯瞰大地，云雾缭绕之间全是白皑皑的雪山，不一会儿我们便来到珠峰，我兴奋地对女儿说：'下面就是绒布冰川，那里是西绒布，这里是东绒布，我们就是在这里安营扎寨的。'女儿笑着不说话。我说：'咱们赶快飞上去吧，把觇标竖起来，下面的测绘队员就可以测了。'飞机越升越高，钻进一片云海中，怎么也找不到珠峰的身影，我急得大喊大叫，满头是汗……"郁期青讲得很生动，配合着各种手势。

蒋英娣仿佛看见丈夫坐着女儿驾驶的飞机，正在天上飞呢。

"娃们都懂事了，天天想你呢。"蒋英娣有些揪心，想知道后来发生的事情。

"那段日子，我非常想念孩子，想儿子、女儿，也想咱妈和你。妈的身体咋样？离家几个月了，不知孩子们都长高了没有？"郁期青关心地问。

"妈身体好着呢，就是老在念叨你，说都大半年了，咋还不回来呢？女儿都跟我一样高了。儿子长了一大截，经常帮家里干活呢，他常嚷嚷着要坐飞机去西藏看你哩。你后来的治疗情况怎样呢？有没有彻底恢复？"蒋英娣还是有些揪心。

"在日喀则医院，经过几天治疗，我的神志慢慢地恢复了，高烧转变为低烧。5月27日，我在病房里躺着，一名医生拿了张报纸，他跟我说：'告诉你一个好消息，登山队员登顶成功了！'顿时，我从内心感到一种安慰，人一下子轻松了许多——这是一种精神力量啊！我在日喀则治疗一个月后，转院到拉萨治疗了一段时间，直到7月29日，被转到北京309医院继续接受治疗。我住了将近150天院，其间抽了8次胸腔积液，抽出来的都是脓水。这也让我留下了诸多后遗症，如动脉硬化、左胸胸膜粘连、静脉曲张等。我病得最重的时候，体重减了一半，70公斤变成70斤。我的牙也基本掉光了……"郁期青说着张开嘴巴，里面一颗牙齿也没有。

"受了那么大的罪，那你为啥不给家里写信呢？"蒋英娣心疼地看着丈夫，眼泪又刷刷地淌了下来。

"我住院期间，消息是对外封锁的，不能跟你们说，怕你和妈担忧。因为身体状况一直很糟糕，所以一直没给家里写信。到北京住院后，我感觉病情已经稳定下来了，心想你在家里一定很着急，于是想给你写一封信，可是试了几次，手抖得不行，连写了几页纸，不能成文。我知道，你在家里很辛苦，上有老，下有小，每天还要参加生产队劳动。我的字写得歪歪扭扭，你可能都不认识，但我想你如果仔细看的话，肯定认识的……"郁期青看着泪眼婆娑的妻子，强颜欢笑地说，"英娣，别哭了。你看，我不是好好的吗？"

"那些年，我在老家农村生产队劳动，每天挣六公分，合两三角钱，十分辛苦。老郁在外面搞测量，一个月工资72元，每月给他母亲寄35元，自己留一半做生活费。后来有了孩子，他每月给母亲寄10元，给我寄25元。当时他们每年有一次探亲假，不到一个月，任务忙的时候就取消了。有时候12月才能回到西安基地，局里还要冬训，也不能回家，所以我们常常一年时间也难得见上一面。老郁回到家孩子们对他都很陌生，躲着不让他抱。我说：'叫啊，叫啊，你爸回来了。'儿子紧紧地拽着我，怯生生地喊了一声：'舅舅！'因为老郁长年不在，家里有什么事，都是我的几个兄弟前来帮忙，与孩子们很熟……1968年，老郁去测珠峰，任务是保密的，婆婆不知道。队员出发前，单位通知让家属到西安见个面——怕万一回不来了。我去西安看他，回来后给婆婆买了三只烧鸡，结果一进门就被她狠狠地教训了一顿，我感到特别委屈，抱着孩子哭着回娘家去了。后来我想通了，老郁长年在外搞测量，冰天雪地，出生入死，受的那些苦非常人能够想象，我在家里受点委屈算个啥？"蒋英娣说着抹了抹眼睛，不好意思地笑了。

只有勇敢的人才能到达光辉的顶点

1975 年珠峰测量，除了郁期青，邵世坤、梁保根、张志林等人也参与了三角交会观测任务。当时，邵世坤和梁保根承担了建立海拔 5200 米、5500 米、6000 米和 6500 米四个重力测量点的任务。在联测最后的 6500 米重力点时，意外发生了。在海拔 6000 米以上的高度，空气已经非常稀薄，每走一步都很艰难，更何况他们还要背着沉重的仪器。当爬到北坳冰川的边缘时，梁保根突然捂着肚子，疼痛得脸色苍白，黄豆粒大的汗珠瞬间流了出来。为了保证安全，邵世坤决定把仪器放到山上，先搀他下山。谁知梁保根坚决不肯，平时寡言少语的他突然非常倔强，斩钉截铁地说："那怎么行，就是死，也要先完成任务！"大家一时都沉默了。梁保根接着说："如果我真的死了，请告诉组织，把我的尸体就埋在北坳山下，我要与珠峰永远相伴。邵师，你回去对我爱人讲，让她不要太难过，为国捐躯是光荣的。"那一刻，面对如此坚强的队友，邵世坤感觉喉咙像塞了什么东西，禁不住热泪盈眶，说不出话来。大约过了两个半小时，梁保根的疼痛稍微有些缓解，他们又一步三喘地向 6500 米高地爬去，这时太阳也快要下山了。此刻，他们又面临新的威胁，如果当晚不能赶回 6000 米营地，就可能冻死在路上。可是返回的途中有两处十几米高的陡坎，一旦失足滚下去，不死也会残废。考虑梁保根的身体状况，邵世坤先把两台仪器分两次送下陡坎，然后再爬上去接他。下陡坎时，两人根本不敢站，只能蹲下用屁股一点一点往下蹭。他们一前一后，相差一米左右。两人忍饥挨饿跋涉了近八个小时，赶回营地已经是后半夜了。此时，梁保根肚子仍在疼痛，躺在床上缩成了一团。那些日子，他一直强忍着病痛，凭借坚强的意志和不屈不挠的精神，支撑着他完成了全部测量工作。

"当时，珠峰高程数据一直被国外垄断，这与我国的大国地位不相符合。精确测定珠峰高程是国家尊严的象征，也是国家综合实力的体现。同时，从地质学的角度来讲，精确测定珠峰高程能为地质演变、合理有效地利用地球资源提供重要的基础数据，这在维护人类生存环境方面具有重要意义。"在南京，笔者见到了张志林。张志林生于1936年9月，高级工程师。1961年毕业于武汉测绘学院（现武汉大学测绘学院）大地测量系，被分配到国测一大队工作，曾经先后多次进入西藏、青海、新疆地区，参与了国家一、二等三角测量的选点、造标和观测工作。

张志林退休后回到老家江苏，住在南京玄武湖畔一个环境清幽的小区。知道我们要来，张老在女儿的陪同下早早就出来了。一见面，张老笑嘻嘻地用肩膀与我碰了一下，算是见面礼了。他神态自若，鹤发松姿，须眉皓然。张老及老伴与小女儿住在一起，大女儿在西安。老伴小他三岁，也是常州人，从小在北京长大，1965年毕业于沈阳化工学院（现辽宁科技大学）。两人建立恋爱关系后，老伴动员他调到北京工作，张志林不同意，于是她只能迁就他，调到西安市化工研究所工作。

"在您35年的测绘生涯中，记忆最深刻的是什么？"笔者问。

"记忆里最深刻的就属1975年了。1975年是一个我永远都忘不了的年份，就是那一年，我有幸被选中参加珠朗峰高程测量，成为八名珠峰测量队员中的一员。能入选珠峰测量队，我十分激动和自豪，心里想的全部是要为国争光。"张志林说。

1975年3月，张志林与队友们来到珠峰脚下，他们短暂地适应后便投入了工作。一天，张志林刚测完一个点，坐在半山坡上正喘着气，忽然看见对面山坡上发生了雪崩。在明媚的阳光下，积雪一泻千里，远看一道梁整体都滑了下来，轰隆隆的，整个山谷被溅起的飞雪所笼罩。这种只有在电影里才见到过的场景就发生在眼前，那种壮观和震撼让人说不出话来。5月的阳光暖烘烘的，中午时分，身后一道山谷间发生泥石流，碎石和着雪水在翻滚，形成一条波澜壮阔的河流，堪称世间奇观，十分罕见。

"我认为只有勇敢的人才能到达这种人迹罕至的地方，才会发现这种难得一见的美景。印象最深刻的就是测量登山队登顶那天，之前登山队遇到了很多挫折，有队员被开水烫伤不得不撤离养伤，有队员坠崖后连尸体都找不见了。等到他们做好一切准备，向珠峰顶端进发的那天，真是揪起了我们所有人的心。我早早做好准备工作后，拿着42倍望远镜寻找他们登顶的身影，登山队一行九人像火柴头大小的小黑点，排成一列，缓慢小心地向前移动，终于成功到达峰顶并将觇标竖了起来。我们抑制着兴奋和激动，立马投入紧张的'抢测'工作。觇标竖上去的艰辛我们亲眼见到了，可千万不能被风刮倒了让工作白干。八个测量队员第一时间展开了预设点位的测量工作，配合着重力测量、天文测量等，成功测量出精度较高的珠峰高程，顺利完成任务。"说起珠峰测量，张志林精神抖擞，神采飞扬。

经过数月的计算，1975年7月23日，我国政府授权新华社向全世界宣布，中国测绘工作者精确测得世界最高峰——珠穆朗玛峰的海拔为8848.13米。

迎难而上

1992年7月20日,国测一大队组织水准、重力、天文三个小组奔赴珠穆朗玛峰,经过一段时间的长途跋涉,他们在距离珠峰110公里的定日县驻扎下来,计划用水准、重力、天文、GNSS等先进的大地测量技术,与意大利登山队合作,开展珠峰高程测量。

水准组开始登上了海拔5200米高的测区,这时候突然下起了大雪,山风携裹着雪花呼啸而来,打得人睁不开眼睛。寒风刺骨,队员们穿上了所有的衣服,还是冷得瑟瑟发抖。当水准组到鲁鲁河兵站时,天文组、重力组已经越过了世界上最高的寺院——绒布寺。

从绒布寺向南眺望,是观赏拍摄珠峰的绝佳地点。站在绒布寺殿顶,视野开阔,银白色的珠峰好像一座巨大的金字塔,巍然屹立在群峰之间,那样从容,那样超然,令人望而生畏。

绒布寺的下面便是绒布河,两块两层楼高的菱形巨石,横卧在湍急的绒布河中,形成一座天然的桥,几个队员需要合作才能将仪器设备搬运过去。高级工程师沈恒辉不慎两次滑落到冰冷刺骨的水中。他生性乐观,幽默地说:"呵呵,都怪我的姓不好,我的沈字里有三点水,现在已落了两回水,肯定还得再落一回。"穿过冰川后有一座高约150米的石山,坡度在60度以上,每走一步都会带动大片的碎石哗哗掉落。大家小心翼翼,每走一步都会喘上一阵子,然后再慢慢地往上爬。在西1点,队员们看到了20世纪60年代竖立在点位上的脚架。虽历经冰雪侵袭、日晒风蚀,油漆已经脱落,木角已经开裂,但对于队员们来说仍觉得它十分珍贵。

9月27日,随着意大利南坡登山队登顶提前,中方测绘工作也要提前。队员们背着沉重的器材设备、食品和睡袋，准备向珠峰进发。

9月28日，天刚蒙蒙亮，霍保华、孙诚等队员便开始向六公里外的大本营点进发。那一年霍保华已经39岁了，干活总是抢在前面，他背着最重的仪器——约百斤重的激光测距仪，孙诚背着整套约35公斤重的仪器和电池，一步一挪地艰难行走。随着海拔的不断升高，队员们呼吸越来越困难，肩上的仪器感觉越来越沉，浑身冷汗直流。9点整，队员们将仪器准时打开，计算机自动搜索和记录着经过珠峰地区上空的人造卫星发出的信号，经过计算和处理，确定了大本营点位的精确三维坐标。他们从上午10点一直测到下午6点多，这时狂风大作，峰顶的觇标被狂风吹得无影无踪。霍保华和孙诚已经一整天没吃东西了，他们在一片乱石滩搭起帐篷，两人钻入帐篷后打开饭盒，发现里面的食物已经冻成了冰块，根本咬不动了。

10月2日，测量工作顺利完成。在这次测量中，队员们第一次将水准基本点埋设在珠穆朗玛峰的脚下；第一次将高精尖的人造卫星全球定位系统GNSS接收机用于对珠峰的测绘；第一次将一束束激光射向了地球之巅，直接测出数据，创造了许多世界纪录。

勇者不惧

1998年5月，国测一大队的测绘队员第五次进入珠峰地区，测量国家重点项目——中国地壳运动观测网络建设的有关数据，同时配合美国登山队对珠峰高程进行测量，在珠峰地区开展平面控制测量、水准测量、天文重力测量、GNSS联测。

5月6日，队员到达珠峰地区，在距离测绘点较近的地方搭建了二本营。大本营距二本营有三四公里，其间是乱石滩，路左边是一个乱石坡，大约有七八十度的坡度，其上耸立着许多石柱。站在坡下，不时可以听见山顶石头滑落碰撞的声音。

登山组组长刘志良当时已经46岁，是此次出征年龄最大的队员。刘志良带领几个队员从大本营往二本营运送仪器设备和生活用品。队员们负重在乱石堆中走了一会儿后，感到体力明显不支，汗珠顺着发际滚了下来，全身已经湿透，风一吹，浑身哆嗦。在低海拔地区，三四公里的路程步行顶多需几十分钟，但在海拔5500米的乱石滩，队员们用了近三个小时。

刘志良一马当先，他的背包塞得满满的，一路上还得照顾大伙，提醒大家注意路况，时刻提防着山坡上的滚石。刘志良走得慢，到达二本营后，薛贵东上前帮他卸下背包，没想到刘志良的背包那么重，他刚一松手，背囊差点坠在地上。

刘志良，1952年4月生于陕西渭南，祖籍河南洛阳，父亲在中华人民共和国成立前来到陕西。作为一名土生土长的老秦人，在陕西这块土地上生活了70多年，他依然保留一口地道的河南话。刘志良曾经是一名知青，在渭南农村插队，1975年被招工到国测一大队从事重力测量工作。重力测量的目的是获取和研究地球几何空间和地球重力场的静态和动态信息，建立国家或大范围的精密控制测量网。重力测量需要考虑各方面的因素，特别是地球的磁场。地球在不断地呼吸，地核很活跃，地壳在不停地变化，重力值也在不断地变化，不同时段的重力值都会有所不同。地面重力值还受到高度、地形、地质结构、地下物质密度、地壳运动、潮汐、背景噪声等因素的影响，因此，地面上每一点的重力值在保持大致稳定状态的同时也在不停地变化。除了人为、自然（地震、潮汐）等因素以外，重力变化主要来源于地壳运动或地球内部变化，根据常年观测结果，变化较大地区，在三至五年内重力值可产生 100 微伽左右变化。也正是这种变化，为防震减灾、地质结构等研究和监测提供了可能。

1982 年 6 月，刘志良及队友在新疆进行重力测量。那里平均海拔 4000 米，有世界第二高峰乔戈里峰（海拔 8611 米）、"冰山之父"慕士塔格峰（海拔 7509 米），雪峰连绵，沟壑纵横，气候生态多样，冰川与草场共存，自然景观非常奇特。测区需要跨过塔什库尔干河，这条河的水源主要来源于雪山，白天雪山消融，河水横溢，水量很大，难以过去。到了傍晚时分，河水变得小了许多，前面带路的牧民骑着大马"哒哒哒"过去了，后面的队员骑的马小，水很快漫上膝盖，最后仅余马背在外。马儿为求生存拼命往外走，好不容易过去后，骑在上面的队员裤子全湿了。队员们冷得瑟瑟发抖，赶快生起一堆火烤衣服。塔什库尔干与巴基斯坦接壤，到处是雪山，积雪常年不化。刘志良和队友们在那里整整测了半年时间，接着又去天山测量。

1992 年，国测一大队接到一项卫星定位测量任务，需要测大半个中国。队员们每天早晨 8 点之前必须赶到相距 20 公里的点上，把仪器架起调好。八台仪器测完后同时开始计算，如果有数字不合，就要查找原因，找不到原因就得重测。

那时进行 GNSS 测量，因为卫星可能会随时调整姿态，仪表上的数据不停在变，数值便会发生变化。三天三夜的测量，两个人互相轮换，不能有片刻休息。后来，队员们掌握了一些规律，上午 9 点至 10 点，下午 5 点至 6 点，卫星容易调整角度。搞测量不能仅凭教科书上说的去做，要善于总结经验，亲自实践，日久便精。测量的时候队员们有时在废弃房里搭建帐篷，有的废弃房里全是大小便，只好借把铁锨清理一下，凑合着睡。有的简易房旁边便是牲口圈，牛粪羊粪味道刺鼻，熏得人睡不着，大家便把头蒙在被子里。第二天早晨起来，发现被子都被牛的尿液溅湿了，脚底下一堆牛粪，米、面被牛弄得洒了一地。有时简易房也没有，只好住在羊圈、牛圈甚至猪圈。牧民们十分困惑，不解地问："你们这些人是不是犯啥错误了？遭这样的罪！"他们很同情，但无法理解。有的猪圈墙上爬着很多虱子，地上全是跳蚤，蚊子、苍蝇成群，喝一碗水瞬间上面就落满了苍蝇……

"这样的情景想想都觉得恶心，可是那个时候，夜里只要能找到一处遮风避雨的地方，就算很庆幸了。被跳蚤或蚊虫叮咬后身上全是包，挠烂了开始流黄水。师傅说千万不要洗澡，痒就痒点吧，又痒不死人，感冒得肺水肿会死人的。有一次，我们在西藏测量，晚上在湖边搭起帐篷，夜里起来打水喝，发现有一股异味，第二天一大早才发现，水面上漂着一层羊粪。有的湖是咸水，又苦又涩，不喝渴得不行，喝了更渴。就是在那样的情况下，队员们克服各种困难，咬着牙完成测量任务。我从事测量工作30多年，先后15次进藏，数十次入疆，去过许多艰苦的地方，遇到无数次自然灾害，好在都挺过来了……"岁月在刘志良的脸上刻下一道道深深的印辙，那是风沙和严寒酷暑共同雕饰的结果。刘志良说，多年来一直都不愿提起那些艰难的事情，在家里不说，和朋友在一起也从未提及，只是深深地埋在心底。岁月的浮尘突然被掀开，他忍不住潸然泪下。

1998年5月9日，经过三天的运送，大批仪器设备及物资被送到了二本营。

此次珠峰监测点共有六个：东2、东3、西1、西2、西3、大本营。每个点上安排两个人，配备一套GNSS接收机，峰顶的交会点上还配有经纬仪、测距仪。

5月14日，测绘分队队员带着自己的生活用品，全部抵达了二本营。第二天一大早，队员们兵分两路进入各自的点位。

测绘点位分东西两部分。西面的点都在海拔5800米以上。找测绘点时，由于无路可上，加上大雪纷飞，三个点位的六个队员被困在冰川里两天两夜。冰川随时都有可能塌陷。吃的东西无法送到，队员们饥肠辘辘，又冷又饿。两天后，他们终于找到了一条可以上点的"路"，但这条所谓的路必须借助绳索才能攀援上去。队员们把绳子套在一块大石头上，然后身背仪器设备，艰难地向上攀登。那段路其实并没多长，但队员们却走了整整一天。

刘志良和薛贵东在东2点。5月17日，两人向东2点进发。按照地图标示路线，他们来到了该点的山下。刘志良让薛贵东在此搭帐篷，自己先上去找测绘点。他想先找到点，工作就有了计划。薛贵东搭好帐篷，等了好长时间，刘志良还没有回来，他非常担心。夜幕降临时，刘志良终于回来了，气喘吁吁地说："测绘点没找到，可能已被破坏了。"后来，经过向营地请示，他们重新选了一个点。

5月18日，刘志良他们在向上一点的山地找到了一块巨石。巨石有一部分深埋在雪地下，相当稳固，可以作为测绘点用。于是，他们将仪器、帐篷和食物等都背上来，就在点旁安营扎寨了。

刘西宁小组找东3点也遇到了麻烦。他们先是穿越东绒布冰川走错了路，快到珠峰北坳了还找不到通往冰川对面测绘点的路。刘西宁后来通过与其他队员联系，才发现走过了头，他们不得不往回返。仪器装备一大堆，分了好几批才把东西运到冰川口。可到了冰川口一看，通往对面的路全是冰雪，还有一些冰漏斗，深不可测，若不小心掉进去，连尸体都找不着。

刘西宁毕业于郑州测绘学校，后被分配在国测一大队做水准测量。采访的时候，笔者问："当初为什么选择测绘专业？"刘西宁说："我的家乡在陕北。选择郑州测绘学校，是父亲觉得毕业后可以走出黄土地，到外面世界闯荡。其实父亲当时对这所学校也不了解，他没想到，自己的儿子毕业后足迹踏遍了中华大地。"

1998年珠峰高程测量，全大队遴选测量珠峰登顶人员，刘西宁有幸成为其中一员。当时他才21岁，刚参加工作不久。

刘志良是中队长，安排刘西宁去最高的东3点。刘西宁和钱丛平及两个藏族向导背着仪器和睡袋等物资，从早晨6点一直走到下午5点30分，因为背负二三十斤重的东西，他们每走一步都非常艰难，气喘不上来。东3点在对面山上，需要跨过绒布河才能登上去。由于冰川融化，河水很大，根本过不去，于是他们选了一个点，让藏族向导先下去。爬了一天山，人已经极度疲劳，又饿又困，刘西宁吃了块巧克力，"哇"一下全吐了，高原反应特别严重。用融化的雪水泡点方便面吃，感觉好多了。第二天早晨，刘志良通过对讲机说，他在那边造了一个点，可以看到珠峰，让刘西宁和钱丛平在下午1点之前赶过去。当时天刚蒙蒙亮，两人前一天已筋疲力尽，还没缓过神来，要是去那边需原路返回，然后跨越绒布河冰川再爬上去。藏族向导已离开了，一大堆仪器设备如何弄过去？但师傅的话就是命令，必须无条件服从。两人商量了一下，把东西分成四份，决定分两次背过去。往回返也是爬山，他俩往前面挪一段然后再返回去取另一份东西。在那样的环境下，人空手行走尚且困难，两人来回反复，1 点到达冰塔林时，人的体力已经到达极限。他们一口气喝了五支肌苷口服液，那是一种补充能量的营养品，按定量每次只能喝两支，但两个年轻人当时也顾不了那么多了。为了轻装上阵，除测量仪器和食物外，两人只带了一顶帐篷，其他东西只能藏在冰柱下面。补充能量后，两人一鼓作气到达预设测点，在那个点上整整干了 15 天，食物最后仅剩一罐菠萝罐头。后来任光师傅上来了。刘西宁打开罐头说："任师傅，你把这瓶罐头吃了吧。"任光喝了一口水，吃了一口，眼泪便下来了。海拔 6000 多米的地方，刘西宁和钱丛平 15 天都没脱衣服，更谈不上洗脸了。在强烈的紫外线照射下，两个年轻人的脸上都爆皮了，黑黢黢的。刘西宁下撤的时候遇到周喜峰，迎面走来，周喜峰竟然没认出他，没打招呼就走了。

"当时我蓬头垢面，胡子拉碴，黑不溜秋，确实不好认。"刘西宁说。

夜幕降临了，四周一片漆黑，寂静得只有风的声音和浩瀚的星空相互陪伴。星空是无垠的，银河像一条气势磅礴的瀑布从遥远的天际狂泻而下，最亮之处如紫烟般升腾，灿若烟花，如梦似幻。

在大本营，刘西宁和队友不止一次看到了日照金山的壮丽景象。拂晓时分，晨雾如轻纱般飘浮在空气里，巨大的山峦投下斑驳的影子，万物在这一片雪域开始苏醒。阳光透过薄雾洒落，给雪山披上了一层金色的光辉，山峰逐渐显露出来，宛如一座巨大的黄金城堡，美轮美奂，金碧辉煌。金山之巅，云海缭绕，仿佛一座神秘的仙境，让人感到大自然的神秘莫测。阳光照射下，山间的每一个细节都熠熠生辉。在晨曦的照耀下，珠峰呈现出一种梦幻般的气氛，仿佛整个世界都沐浴在一片金黄色的光芒中。

在珠峰地区，刘西宁他们从 3 月干到了 7 月，整整四个月没洗过澡，身上感觉结了一层痂，痒得十分难受。四个月没洗过头、理过发，刘西宁感觉自己的头发都成了毡片，硬巴巴地凝结在一起，胡子也很长，看起来像个流浪汉。想着终于可以回西安了，刘西宁心里十分高兴。这时，他们突然接到通知，说新疆有任务了，让刘西宁押车从拉萨到库尔勒。那台东风卡车在西藏已经干了大半年活儿，一身毛病，跑起来比拖拉机还颠，除了喇叭不响，浑身都响。刘西宁当时还没有对象，长年在野外测量，整天跟一帮大老爷们在一起干活，根本没机会谈恋爱。那时，他经常听见老队员给家里打电话，妻子在电话里哭诉不停，这边一帮年轻人嘻嘻哈哈，还觉得十分好笑。多年后，当他也有了自己的家庭，有了孩子，才知道那份长时间、远距离牵挂的滋味多么辛酸，一点儿也不好笑。

这次珠峰交会测量，由于美国登山队登顶失败未能进行觇标交会，只采用常规三角测量方法对珠峰峰顶进行了交会，因此未对外公布珠峰的高程。

第五章

登峰测极

1999年11月11日,美国《国家地理》杂志举办了一场年会,公布了一则重磅消息:最新的珠穆朗玛峰高程测量结果为8850米!

此前的1975年,中国第一次对珠峰进行了精确的高程测量,得出的数据为8848.13米,这个数据已经成为世界公认的权威结果。而此时,美国公布的8850米这一数据,再次引发了关于珠峰高程的争议。

珠峰到底有多高,历来为世人关注。从1975年后,各国就对珠峰进行过不下十几次的测量,每次测量的结果都各不相同。因为珠穆朗玛峰的形成是印度板块与欧亚板块相互作用的结果,它的高度随着地壳运动和自然环境的变化而变化。因此,随着科技水平的进步,中国人自主重测珠峰也势在必行。综合各方面因素考虑,国务院最终决定于2005年对珠峰进行测量。

2004年12月8日,"2005年珠峰高程复测研讨会"在西安举行。会议决定本次珠峰测量任务依旧由1975年执行珠峰测高任务的国测一大队承担。国测一大队曾多次测量珠峰,有着丰富的测量经验。

与 1975 年测量珠峰高程不同的是，为获得最为权威、精确的珠峰高程新数据，这次测量珠峰，测量队员要同登山队员一起冲刺峰顶。考虑任务的困难程度，测量队员的选拔标准也变得尤为严格。2004 年底，国测一大队开始筹备重测珠峰事宜，而在登顶测量队员选拔的一开始，就提出了一个特殊的要求：独生子女、已结婚成家的人不予考虑。入选登山队之后，测量队员还需接受高强度训练，只有通过考核，才能最终进入珠峰登顶测量队。在两个月的时间里，任秀波、刘西宁、柏华岗和白天路最终通过了登山训练的考核，准备向珠峰进发。

"测量珠峰是国家使命，是国际测量技术的比对场，要把最先进的测量设备与测绘技术发挥到极致，展示我国测绘人的技术与实力。其结果将向世界公布，代表着国家的能力和水平，相信每一位国测一大队人都会深刻地理解这一点。我相信国测一大队一定会不辱使命，圆满完成这次珠峰测量任务。"时任国测一大队队长岳建利说。

为国测绘是天职，使命必达

在国测一大队，提起任秀波，几乎无人不知，无人不晓。同龄及年长的队员更是喜欢亲切地呼其外号"大波"。他曾两次参加珠峰高程测量，在海拔 7028 米处写下入党申请书。在 2005 珠峰高程测量中，任秀波主要负责登山路线重力测量和峰顶仪器设备的培训工作，把重力测量推进到海拔 7790 米，平了当时重力测量的世界纪录。

1979 年 4 月，任秀波出生在陕西横山县黑木头川。十来岁时，他便跟随父亲一起下到一个小煤窑干活。井下潮湿阴暗，道路崎岖，坡陡路滑，矿工们拼尽全力拽着矿车匍匐向前，手脚并用。巷道上有一个大约两米长的陡坡，一个人怎么也拉上不去，每当车子过来，年幼的任秀波都会上前用力推上一把。一天下来，他的衣衫都湿透了。发工钱的时候，工人们把多余出来的几角钱都给了他，这样任秀波一天就能挣两三元，开学时学费就够了。横山地处毛乌素沙漠南缘，干旱少雨，曾经是陕西有名的贫困县。黑木头川是黄土高原万千沟壑中的一条川道，大约25公里长，川道有一条黑木头河，滋养着这方土地上的人们。在任秀波的记忆中，家里只有过年时才有肉吃，平日里常常用野菜油渣充饥。穷人的孩子早当家，除了在小煤窑帮人推车外，挑水、砍柴、耕地、背庄稼，任秀波什么都会做。上初中后，他经常在井场上给人装煤，装一车煤能挣两三元钱，一天下来累得筋疲力尽，心里却是十分愉悦。成长的过程中，他特别喜欢看路遥的《平凡的世界》，在里面找到自己的影子，特别是面对困难不屈不挠的孙少安，成为他学习的榜样。

1995年，任秀波以优异的成绩被郑州测绘学校录取。进校后，他刻苦学习，三个暑假都没有回家，而是外出打工赚学费，只有过年才回到家中。毕业时定向分配，陕西有18个学生，陕西测绘局要了六个，任秀波便是其中之一。

"刚参加工作时工资很低，因为干的是内业，每月只有286元。当时是1999年，过完年后我去找刘键书记，要求去野外工作。我说自己从小在农村长大，身体结实，能吃苦，希望到最艰苦的地方去锻炼自己。刘键书记考虑了一会儿，同意了我的请求，将我调到四中队干重力测量。"任秀波说。

2000年，任秀波第一次出野外，他们从西藏革吉到改则进行重力测量，360多公里的行程，计划当天返回革吉。上路的时候一个师傅说："这种路况，带一个备胎都不行，万一备胎也坏了怎么办？"大家不让他说,嫌不吉利,结果不幸被言中:半路一个轮胎爆了。换上备胎后车子走了一段路,发现路上一个车都没有。任秀波打开手持卫星定位设备查看,发现他们偏离了40公里。这时,祸不单行,刚换的备胎也坏了,气泵也烧了,打不起来气,车子只能停下来,无法动弹。天色渐渐暗了下来,远处的山谷中传来一阵阵狼嚎声。太阳落山后,气温骤然下降,天空突然飘起了雪花,纷纷扬扬,越下越大。在重力测量中,施测的重力路线有严格的闭合时间要求,赢得时间就能保障测量成果的质量。任秀波的两位师傅唐志明、赵海南徒步前往公路上求助。走了两个多小时,发现走不到头,只好原路返回。往返四个小时,回来已是深夜。当时他们车上总计有四个人,晚上只能在车上团起来睡觉。第二天凌晨,任秀波和另外一个师傅赵祥江沿着来时的路往回走。任秀波拿着手持GNSS定位仪,每隔二三百米或见到岔口时,都要进行测量,采集坐标,以备找到援兵后,再沿着GNSS定位指示准确找到受困的小组。路上有许多小河,河水都是雪山上消融的冰水,寒冷刺骨,他俩不停地脱鞋蹚水,后来见水也不脱鞋了,直接蹚过去。两人凌晨三四点出发,走了八九个小时,一路设点,整整走了40多公里才到藏北公路上,鞋和裤子都是湿的,冷得浑身发抖。到下午四五点时,他们已经走了十多个小时了,什么东西也没吃,又渴又饿,仅有的两袋方便面及火腿肠都留给车上的人了。

"我们带着外援找到小车后,车上的两个师傅已经在那里整整困了一天一夜,留下的两袋方便面、火腿肠都没舍得吃,饿着肚子等我们回来呢。"任秀波感叹道。后来,他又多次前往西藏测量,每次都圆满完成任务。

当时,刘志良是中队长,任光是副中队长。他们在西藏测重力,一到点，刘志良提起两台重力仪就走，任秀波急忙跟着提。两个师傅以身作则，脏活重活抢着干，危难之际挺身而出，冲锋在前，这种流淌在一大队血脉中的优秀品质赓续传承，深深地影响了他。

任秀波干了两年重力测量，2002年被调到三中队干GNSS测量，中队长高国平精明能干，工作雷厉风行，令他印象深刻，形成了他后来"拼命三郎"的工作风格：每到山区最高的测量点一定是他的，坟地等最艰苦的地方也一定是他的。因为小时候在农村受过苦，特别是在小煤窑干过活，感觉一般测量工作都没有多少辛苦。任秀波主动请缨，每次活都干得特别漂亮，让师傅十分满意。收测回来，队员们都会去办公室报个到，他不去，而是在宿舍抓紧时间学习测量知识。

"谈谈2005年珠峰测量的事情吧。"笔者说。

"能够参加珠峰测量这样重大的项目，对于任何人来说，都是一生中的重要经历。自己能有机会参与两次，感觉非常荣幸。回想起17年前主动写下申请书时的场景，我至今心潮澎湃。为了那次任务，我和队友刘西宁、柏华岗都推迟了婚期。因为当时对攀登珠峰几乎一无所知，总觉得那是一件非常危险的事情，我们不知道自己还能不能活着回来。"谈起珠峰测量，任秀波精神为之一振。

2004年底，国测一大队开始筹备重测珠峰项目，任秀波主动报名，递交申请书要求参加，被选中后前往北京集训。北京正值隆冬，测量登山队员开始在怀柔登山基地训练。教练是国家登山队的罗申，他是陕北绥德人，号称"魔鬼教练"。他们训练的科目是5分钟跳绳、10000米长跑、200个仰卧起坐、10组杠铃蹲起、10组哑铃操等各种科目，堪称魔鬼训练。5分钟的跳绳最痛苦，比10000米跑的强度要大得多，队员们跳完绳感觉头痛、恶心，心跳超过每秒180次。教练严肃地说："这就是登顶时的心跳速度，你们的心脏必须能够适应长时间的高速跳动不出问题。"第一天下来，参训的队员们感觉腿像灌了铅，走楼梯都得扶着，吃饭时拿不住筷子，只好用勺子吃。两个星期后，大家适应了5分钟跳绳，而且加码到更长的时间，一口气做100个仰卧起坐，身体也没有太大感觉了。

2005年1月，任秀波等参训队员结束在北京的集训回到西安，国测一大队又请了西安体育学院一位教练对他们进行攀岩、攀冰训练。2005年春节刚过，秦岭刚下了一场大雪，气温降到零下10摄氏度，珠峰测量登山队近40名队员进驻秦岭北麓，分两处展开了野外综合集训，为即将正式拉开帷幕的"2005珠峰高程测量"做最后的准备，每天负重拉练跑上翠华山。最后一天下午，队员们从翠华山负重走回西安，30多公里的路程，他们走到深夜12点才进入西安。

"开始时大家还有说有笑，走到15公里时脚上都有了血泡，浑身酸痛，感觉疲惫至极，难以坚持。我们可能在体能上、技术上还有很大的差距，但是我们在意志上不能做弱者。"任秀波侃侃而谈，眼神里透着一股坚定。

2005年3月1日，任秀波和队友提前进入西藏，接受专业登山训练。训练结束后，专业教练对任秀波在短短几十天内熟练掌握登山技巧感到惊讶，对他吃苦耐劳的精神也大加赞赏。由于对珠峰测量的重力仪知之甚少，为了能够掌握好重力仪的知识和操作技巧，任秀波推迟了前往珠峰大本营的时间，在拉萨调试仪器，请教老师傅，直到能够熟练重力仪的操作，才随第二批队伍前往大本营。

到达大本营后，任秀波背负着沉重的重力仪和登山必需品从海拔

5200米到海拔5800米，再到海拔6500米，一趟接一趟地采集重力数据，进行适应性行军。为了能够准确读数，他在雪地上一跪就是十几分钟，顶着七八级大风，腿跪麻木了，手也冻麻木了。观测结束后，任秀波还要找个避风、安全的地方把仪器放好，然后才能对冻麻的腿和手进行恢复。当他拖着疲惫的身躯回到营地后仍不能休息，还要培训藏族登山队员学习峰顶测量仪器的操作和使用。这项工作也十分重要，因为如果测量队员上不去，登山队员上去了但又不会操作仪器，珠峰测量项目就会前功尽弃。为了更好的和藏族队员交流，任秀波利用极其有限的休息时间学习藏语。2005年4月27日，任秀波在海拔7028米的北坳营地庄重地写下了入党申请书。因为在国测一大队有一条不成文的规定：凡是苦活、累活、险活，都是共产党员、老队员先上，新队员后上，他当时在那种环境写下入党申请书，也是想鞭策自己更好地完成接下来的工作。

"在我看来，在高海拔地区，单纯的登山和测量登山是截然不同的两个概念。对于测量登山而言，登山是前提，核心是测量，不仅仅要安全登上去，更多的是要考虑登上去后如何测量，从而确保完成任务，二者所面临的困难是没办法相提并论的。"4月27日，在通往海拔7790米的2号营地的路上，任秀波背负重力测量仪器艰难地向上攀登着。到达海拔7500米时，他们遇到了特大暴风雪，一时遮天蔽日，什么也看不见。队员们紧紧地抓着冰镐，被风吹得左右摇晃，寸步难行。这时，他们接到下撤的命令，任秀波的第一反应是一定要测量海拔7790米的重力值。

"当时的感觉就是第一时间我就得赶紧把这个数据留下来，因为我不知道今后还能不能再到达那样的高度。我用冰镐在60多度的雪坡上花了十几分钟时间刨出一块小平台,放置好测量仪器。由于鸭绒手套太厚,无法操作仪器,我摘掉了鸭绒手套,戴着薄手套操作仪器。半个小时后,我顺利地采集到重力测量值和卫星定位数据。当我准备收拾仪器下撤时,发现自己的双手已经被冻得麻木了,使劲地在冰镐上磕都没有任何知觉。如果仅仅是登山的话,在那样的天气条件下,我们随时可以选择下撤,但开展测量登山就必须要拿到数据,肩负了更多的责任和使命。说实话,我当时已经做好了各种准备,包括最坏的打算——哪怕是留在珠峰,也要把任务完成!"采访任秀波的时候,他神情坚定。最终,在没有任何供氧设备的情况下,任秀波测出了海拔7790米的三维坐标。

当祖国最需要的时候,就是我们冲锋陷阵的时候

2005年珠峰测量冲顶队员中有两位陕北汉子,除了任秀波,另一位便是同样毕业于郑州测绘学校的刘西宁。

2004年12月,国测一大队采取志愿报名、组织考察等程序公开选拔珠峰登顶测量人员,这时刘西宁正准备结婚。对照报名条件,他和女朋友商量,决定推迟结婚时间,因为"登顶测量人员必须未婚"。他深知这一条件背后的含义,曾多次劝慰女朋友,请她放心。在刘西宁看来,作为一名测量队员,能参加珠峰登顶测量,平生大概只有一次机会。这是一名测量队员最大的光荣。他的家人和女朋友非常支持他的想法,后经思想、业务、体能等多方面的考察,刘西宁最终被确定为珠峰登顶测量的四名队员之一,并被任命为登顶测量组的负责人。

2005年3月1日,刘西宁随第一批登顶人员前往西藏,进行适应性训练。3月21日，他们来到珠峰大本营，大本营一片冰天雪地。4月18日，队员们正式抵达6500米营地，队员们的帐篷全部搭在冰川上，两人一个。由于缺氧，队员们头痛得无法入睡，有的队员甚至将头卡在钢架中以减轻疼痛。许多队员是第一次入藏，高原反应特别强烈，不仅睡不着，吃饭也没胃口，一吃就吐，但还必须得吃。尽管已接近5月，可珠峰地区最低温度还是在零下20多摄氏度，鸡蛋冻得比石头还硬，莲花白得用斧子砍。他们在6500米前进营地待了40多天，大家当时都有高原反应，只是没有人说而已。队员们晚上尽量不喝水，怕起夜。按规定，7790米以下不能用氧气，只要用氧气就回家，大家需自身适应环境。6500米营地帐篷外结了厚厚的一层霜，外面24小时在刮大风，忽大忽小。队员们夜里一次次被冻醒，脸上蒙着一层霜。大家开始还抱怨，后来谁也不说苦了。因为在这种艰苦环境下，大家睡一个帐篷，吃一锅饭，一大队大队长、中队长与队员们同甘共苦，都奋战在一线，没有人例外。

四个冲顶队员之中，柏华岗也可以说是一个陕北人，他1978年出生于陕北，六七岁时回到老家临潼，与刘西宁是同班同学，1997年毕业于郑州测绘学校，被分配到国测一大队从事高精度控制网和监测网测量工作。

采访柏华岗的时候，已经有好几位队员介绍过他了。他性格倔强，特别能吃苦，队友们给他起了个外号叫"石头"。他看起来有些瘦，脸上黑黢黢的，一看就是长期在野外工作的人。

"参加工作以来，哪些经历令你终生难忘？"笔者问。

"自1997年进队以来，我参加过中国公路GNSS测绘工程、海岛礁测绘、三次珠峰测量等。让我最难忘的有两件事，一是1999年在新疆第一次经历生死。那年，我们来到新疆甜水海做地壳形变监测，我和一位老同志负责的监测点要连续进行十天十夜不间断监测。当时的设备很耗电，每天需要在早上8点和晚上12点更换电池，电池差不多有五公斤重。甜水海荒无人烟，环境恶劣，在一次给设备更换电池的途中，由于刚下过雪坡陡路滑，我身体失去平衡，快速向下坠去。我只觉得一股凌厉的寒风袭来，手忙脚乱之际抓住了一块石头，下面就是几百米深的悬崖……我惊出一身冷汗，好险啊！第二件令我难忘的事情便是2005年测珠峰了，我与任秀波、刘西宁、白天路四个人经过层层选拔，成为冲顶队员。"柏华岗不紧不慢地说。

在山上测量的时候，队员都戴三层手套，一层鸭绒，一层抓绒，最里边的是单层。6500米营地号称魔鬼营地，空气不流动，人一上去就会感到头疼欲裂，三四天之后才好一些。营地风很大，卷着雪粒漫天飞舞，什么也看不见。为了方便操作仪器，队员们测量的时候都会摘掉手套，手一会儿便冻木，失去知觉了，于是赶快套上手套，使劲在冰上敲打一会儿，让血液流通，感到手疼了再停止。海拔超过6000米后，因为极度缺氧，四肢供血不足，很容易被冻伤。许多登山队员因为保护措施不周，结果被冻伤截肢了。

"我和任秀波登上7790米，随身背十多公斤的背包，汗流浃背，里面的内衣全湿了，风一吹，冷得浑身哆嗦，牙关打战。那里的氧气十分稀薄，点着烟刚吸几口，烟自己就熄灭了。水烧开冒泡了喝温度刚好，一点儿也不烫，大概只有五六十度，一会儿就结成冰碴了。饿了我们就用雪烧水煮方便面，实在太困了就泡一袋咖啡，补充能量。7500米是大风口，罩着一片白雾，能见度不足一米，大风刮了几个小时，什么也看不清，只能看见各种颜色的绳子。我躲在大石头背后，风停下来后继续往上攀爬。登山说白了靠的是意志力，我是数着数登的，1、2、3、4、5……数到20，好了，往地下一跪，好好吸上几口气，等气儿喘匀了，再开始数20步。从7400米到7900米，几百米的路需要爬四五个小时，气温下降到了零下20多摄氏度，海拔每增高一米，心跳次数就会增加，氧气不足，就会出现高原反应。有的人高反严重，只好往下撤，在大本营适应几天再上去。因为没有好天气，无法登顶，我们在6500米的营地等了一个月。由于厌食，没有饥饿感，我每天吃不进去，喝不进去，浑身无力，出发的时候60公斤，测完珠峰瘦成50公斤了。山上紫外线特别强烈，最好的办法便是不洗脸（也没有条件洗脸），让人体的自然油性保护皮肤，比什么护肤霜都好。"柏华岗说。

在山上测量时需时刻防备发生雪崩，雪崩来了地动山摇，人距离太近便会被埋在下面，根本来不及躲避。站在7790米高的地方往下看，东绒布冰川的两条分支呈现出一个巨大的"X"形，冰塔林中泛出淡淡的蓝光，在阳光照射下蔚为壮观。帐篷像火柴盒似的，人像蚂蚁一样小，根本看不清。最鲜艳的标志是竖在营地的五星红旗，迎风猎猎招展，令人热血沸腾，心潮澎湃。

"珠峰测量工作结束后，我接受过许多次采访，自己觉得这就是工作，没什么了不起的，不值得炫耀，国测一大队的人基本都是这样，不管时代怎么变，有些东西是一代一代传下来的，比如对工作的态度、责任。我们自己不会想到'奉献'这些词，只是觉得既然做了这份工作，就一定要把它做好，也不是我们想吃苦，想过苦行僧一样的生活，而是特殊的工作性质决定了我们必须具有不怕牺牲、敢打硬仗的顽强斗志。"谈起多年前那些往事，柏华岗显得坦然自若，从容不迫。

白天路在六名冲顶队员中年龄最小。他刚工作两年，只去过湖北、北京、天津、南京等地，最高只到过海拔 3000 多米的湖北神农架。这次进藏，在 6500 米前进营地，他的高原反应特别强烈，上嘴唇被晒裂了，后来往外翻，直到愈合后还留有伤疤。

"把人放到 6500 米要是不用嘴呼吸大概就能憋死。我们的睡袋下面是厚厚的碎石和冰块，睡袋里面憋得很，不时要露出头来喘两口，呼出的气在帐篷顶结成霜，时不时掉下来。所以，每次把脸露出来的时候，我就直溜溜地盯着篷顶提防着，但还是被砸了好多次。"白天路说。

5月4日，冲到海拔 7028 米的白天路第一个晚上就感觉不妙，开始是咳嗽，接着是嗓子痛。不幸的是咳嗽像传染病一样蔓延开来，六名冲顶队员都咳起来，刚停下来不超过三分钟，大家又都咳咳咳地开始了，就这样此起彼伏持续到天亮。5月20日，白天路和另一名队员提前选 GNSS 测量点位，选的点既要能看到珠峰峰顶，还要看到另外的交会点。时间很急，两名队员背着几十公斤的仪器，走了一天选了一个点，累得感觉浑身都快散架了。第二天，他们背着沉重的仪器继续在珠峰上来回奔波，选择合适的观测点。

用生命践行使命

2005 年 3 月 28 日，张建华带领三个 GNSS 观测组从日喀则出发了，两天后到达点位——尼玛。尼玛平均海拔 5000 米，气候条件十分恶劣，连续三天的风沙打消了他们生火煮饭的念头。队员们无处藏身，只能躲在车子里靠方便面充饥。4 月 2 日，各观测组完成了本次 GNSS 监测网的任务，张建华小组沿原路接上其他两个小组后，结伴回到了申扎县。晚上,大家终于吃上了一口热乎的饭菜。

1998年3月,张建华为了参加珠峰高程测量,把即将生产的妻子从西安送回甘肃农村老家,义无反顾地奔赴西藏测区。初到雪域高原,强烈的高原反应让他没有食欲,头痛恶心,喘不过气来,张建华咬着牙在坚持着,完成了西绒布西2点的全部测量工作。

4月的西藏还很冷,队员们的装备比较破旧,羽绒服也不太好。单位发的翻毛皮鞋舍不得穿,张建华穿的是自己买的旅游鞋,从二本营走到西绒点,旅游鞋就破了,他只好穿上单位发的翻毛皮鞋。因为经费紧张,雇的民工很少,GNSS天线盘、接收机等设备全靠队员自己搬,每人搬几十公斤重的东西,走路特别费劲。张建华在农村时饭量很大,经常吃不饱。到单位后,刚开始每月工资仅260元,张建华缩衣节食,因此身体一直很瘦,干体力活的时候感觉特别吃力。当时他是组长,除了背设备,还要提做饭用的汽油桶,每桶汽油五公斤以上,张建华汗流浃背,气喘吁吁,举步维艰。从二本营出发到西绒布,直线距离三公里,但因为没有路,整整爬了两天才上去。晚上在冰川里就地搭起帐篷,在那里休息。他们在一个点上需要坚守几天时间。当时,最让张建华牵挂的是快要临盆的妻子,由于老家村里没有电话,自己又流动作业,无法收到妻子写来的信,张建华只有把对亲人的满腔思念深深地埋在心底,他只知道自己马上就要当父亲了,但孩子哪一天出生,是男是女,无从知晓。每天工作之余他都会苦思冥想,希望妻子能顺利生产。几个月后终于收测,张建华风尘仆仆地赶回老家,才知道儿子已经三个月大了,妻子是在老家的土炕上生下孩子的。当时由于家中困难,妻子坐月子时连一口炖老母鸡汤都喝不上,只能喝当地的洋芋汤。张建华心中除了当父亲的喜悦,更多的是对妻儿和父母的愧疚和亏欠。

1999年，张建华第二次走进青藏高原，本想自己已经适应高原反应了，谁知比前一年更加厉害了，强烈的紫外线将他的皮肤灼伤，体重又和上年一样减轻了5公斤。GNSS测量时，车把人拉到地方就走了，剩下他一个人孤单地在那里坚守。荒凉的原野，方圆几百公里都没有人烟，有时东西吃完了，给养车因为路况等原因迟迟不来，就得饿肚子。在祁连山冰川测量时，张建华独自一人住帐篷，守着一个GNSS点观测了四个昼夜。天气好的时候帐篷里面特别热，外面又特别冷。晚上刮大风，帐篷常常被吹得东摇西晃，感觉快要飞起来。他喜欢听收音机，无聊的时候对着荒凉的原野吼几句秦腔，以此来驱散寂寞和孤独。同时，他利用这些时间认真学习专业知识，在大地测量、工程测量和地形测量方面都成为行家里手，做到一专多能，成为国测一大队一位技术全面的复合型人才。

2005年，为了圆满完成珠峰高程测量任务，张建华作为综合组大组长，出测前组织该组的10余人学习各项规范和设计书，并结合珠峰实地情况编写本组在实地作业中的各项作业流程及其准则（《2005年珠峰复测峰顶交会测量作业指导书》《2005年珠峰复测高程导线测量作业指导书》《2005年珠峰复测GNSS测量作业指导书》《2005年珠峰复测跨河高程传递测量作业指导书》《2005年珠峰复测三、四等水准测量作业指导书》等），并参与珠峰项目设计的讨论，对该项目的顺利施测提供了宝贵的建议。

2005年测量珠峰，国测一大队的装备比1998年先进许多，伙食比几年前要好一些，雇的民工比之前的也多一些，许多仪器不用测量队员自己背了，队员们只背着自己用的东西，可以轻装上阵。前进路线非常清晰，就是要沿着东绒布冰川两条分支中的冰碛一路向上走。冰川也叫冰河，其实也是河流，只是以冰块组成的巨大河流。冰川在流动的过程中，在历史上的某个时期温度突然升高，下面流动速度快，冰就断开了，形成一个个截面及大小不同、形状各异的冰锥。

那一年，张建华已经34岁，算是老队员了，也不是第一次测珠峰，对西绒布的情况比较熟悉。那是几个点中最艰苦的地方，必须自己去观察，看看去这些点有没有路，仪器如何上去。张建华与司机张兆义一起沿着1998年去西绒点的道路勘察——其实根本没有路，只是个方向而已。1998年他们经过中绒布冰川时，那里有个半米宽的冰裂缝，下面是冰河。2005年走到这个冰裂缝时，发现这里已经成了冰沟。他们如果从上面直接滑下去，就掉进冰河了。冰河上面的冰不知有多厚，所以不敢贸然行动，只能斜着滑下去，站在冰块上。因为没有绳子等辅助工具，他们沿着冰沟走了一段路，无功而返。冰川的冰面上凹凸不平，冰锥林立，十分凶险。走在冰面上，能听见下面河水哗啦啦的声音。到处是冰窟窿，一个记者跟着采访，走着走着不见了，寻找时发现掉进冰窟窿了，一个人挣扎了半天，幸亏发现及时，几个人携手把他拉了上来。

4月28日早晨，晴空万里，珠峰静静地耸立在那里，寒光闪闪，卓然不群。早晨6点多，张建华喝了一点粥，从二本营出发，带着两位藏族民工丹增和索朗出发了。他俩对地形比较熟悉，其中一个1998年曾合作过。他们没有沿1998年那条路走，而是从二本营下到珠峰北坡的坡面上。西绒北坡是从来没有人走过的地方，坡度大都在70度以上，走过之后，松软的风化石哗啦啦直往下滚，三个人无法歇脚，只能咬着牙往前走，停下来就有可能随着松散的碎石一直滑到坡底的冰川中，因此他们需快速穿过，但也不能太快，因为那么高的海拔，人受不了。

这是张建华第二次踏勘西绒点，第一次因冰川裂缝变宽未能成功。那天，他们背着仪器，带着绳子和冰爪等设备，下午1点左右终于到达了西1点，喘息未定，刚才还晴朗的天色突然暗了下来，一时浓云密布，狂风大作，气温急剧下降，珠峰瞬间便被裹在了浓云密雾中，紧接着大雪纷飞，暴风夹着雪片迎面扑来，四周一片黑暗，什么也看不见了。当时，张建华心里十分恐惧，两个藏族同胞也特别害怕。丹增经验十分丰富，这时也开始慌张起来，他忧心忡忡地说："这种情况很难活着走出去，我们会被冻死在这里的！"情况十分危险。狂风吹得人站立不稳，张建华急忙拿出对讲机给二本营领导汇报情况，指挥部要求他们先到西2点躲避。西1点距西2点直线距离约一公里，沿途地形十分复杂，无法过去。暴风雪越来越大，让人不辨南北。丹增大声地喊道："那边过不去，我们现在必须立即下撤，在这里多停留一分钟都有可能丢掉性命！"西1点在一个平台上，山坡下风小一点，可以避风。三个人躲在山坡下面，张建华将自己所带的干粮全部拿出来，给两位藏族同胞吃，让他们保存体力。早上出发时，他只喝了一碗稀饭，此时饿得饥肠辘辘，只好喝了点水。几个人商量后，沿着1998年的路往下走，这是个捷径。走近道就得翻过比高几百米几乎垂直的风化石山梁，下到半山腰就是山崖了，他们不得不在巨石上系上一根长长的绳子，顺着绳子滑下山崖。丹增第一个滑下去，索朗在后面招呼张建华。三个人下到冰沟后，那里有一根竹条，两米多长，是丹增之前放在那里的。借着竹条，几个人爬上了对面的冰台，到达中绒布冰川时，能见度不足一米，仅仅能看见自己的脚在移动。他们进入了一片冰塔林，冰锥高低不同，有的高达15米，人在里面显得十分矮小。大大小小的冰锥散着幽幽的寒光,像一把把利刃。凌厉的寒风裹着雪粒在塔林中来回穿梭,构成一片混沌的世界。脚下是刚结冰不久的绒布河,到处是冰窟窿,人掉进去瞬间便会被下面的激流卷走。三个人小心翼翼地往前挪动着,丹增和索朗在前面走,什么也看不见,只能凭声音辨别方向。张建华边走边大声地喊叫着:"丹增,等等我!索朗,等等我!"由于语言不通,张建华只能根据声音判断他们的位置,并紧随其后……

"其实他们离我并不远,但怎么也看不见。我感觉自己的呼吸越来越急促,上气不接下气,眉毛和睫毛上都结了霜,胡子上的冰珠子像风铃一样嗒嗒地响……当时万念俱灰,想着完了,回不去了。一股莫名的悲伤涌上心头,想到对父母还没有尽孝,爱人在农村没有工作,孩子刚上小学……我要是长眠于此,他们如何能够接受这个残酷的现实呢?就这样,我们在冰塔林组成的迷宫里左冲右突,苦苦地寻找着生命的出口。晚上八点多,风终于停了下来,周围豁然开朗,珠峰露出了迷人的身姿,这时我们才发现快到营地了,我们的方向判断是正确的。三个人从中午1点到晚上8点,在那里挣扎了整整七个小时,可谓死里逃生。出来后我们紧紧地抱在一起哭了。其实两个藏族同胞并没有只顾自己逃命,而是边走边等,并不时地呼唤着我,只是他们的声音很快便被风雪卷走了,我听不见。返回二本营的时候已经是晚上9点多了,陈永军副院长和高国平中队长心疼地看着我,眼睛都湿润了。"想起那段惊心动魄的经历,张建华心有余悸。

"张建华被困冰塔林后,大本营、二本营的同志通过对讲机一直在呼唤着他的名字,可他仿佛消失在了茫茫的雪海中,无声无息。晚上9点多,张建华和向导一路摸爬滚打,拖着疲惫的身躯回到了二本营驻地。迎接他们的所有队员都流下了激动的泪水。纵然如此,一个星期以后，张建华又第三次穿越中绒布冰塔林，到西绒布交会点进行珠峰高程交会测量。他啃着硬干粮，化雪饮水，坚守点位七天七夜，圆满地完成了测量任务。"参加过 2005 年珠峰测量的队员王新光说。

坚守中国测绘人的精神高度

2005 年 4 月 13 日，珠峰大本营开营升国旗，雄壮的国歌声响起，群情激荡，队员们热泪盈眶。去大本营的时候，王新光专门带了一张国歌 CD，开营那天把装着 CD 的汽车音响声音放到最大。虽然每个人都脸上爆皮，嘴唇裂缝，却都在跟着大声地唱着。此情此景，怎不令人心潮澎湃，热血沸腾呢？

然而就是那天，王新光的父亲却因病离世了。

王新光的父亲是一名老测绘队员、老共产党员。3 月他离开家的时候，父亲正在住院。父亲去世后，为了不影响测量工作，母亲让大队领导和他的兄弟姐妹不要把这个消息告诉王新光。直到 4 月 21 日，他才从其他队员的言谈举止中感觉到家里出了什么事情，在证实了父亲去世的消息后，王新光无法控制自己的悲痛，一个人躲在帐篷里悄悄地流着泪水。

"想着对我最好的父亲，为什么不让我尽最后的孝心就这样离开人世；想着单位的其他老职工和亲人去世时，都是我帮着料理后事，而自己的父亲，我却不能见到最后一面。大队长岳建利建议我下珠峰回西安，我没有答应。珠峰测量已经进入最后的攻坚战，我不想因为我而影响整个队伍，更不想让年迈的老母亲失望。后来我才知道，父亲临终前说，测珠峰是国家大事，不能让他分心，千万不要告诉他。我想，父亲在九泉之下一定会理解我支持我，也必将会分享我们胜利的喜悦。后来有记者问：你是否后悔？我说按中国人的孝道，我肯定后悔。父亲影响了我一辈子。父亲去世后，母亲一直没有掉泪，见到我后抱头痛哭……在国测一大队这个集体里，类似的故事有很多很多。说心里话，几乎每个从事外业测量的队员在谈到家庭的时候，对妻儿、父母都会流露出一种深深的内疚。都食人间烟火，谁不儿女情长？每次测量队员外出作业时，留在身后的都是情人的苦恋、妻子的孤独和父母的牵挂。就这样，日复一日年复一年，建队60多年来，测绘精神薪火相传，英雄铁军本色不改，测二代接过测一代的接力棒，测三代无怨无悔，继续奔波在崇山峻岭、大漠戈壁、原始森林、江河湖海，用双脚默默丈量着祖国最壮美的山河。"2022年采访王新光的时候他已经退休，谈起2005年父亲去世时的情景，17年过去了，他依然热泪盈眶。

王新光生于1956年7月，老家在山东寿光，1958年父母支援大西北时来到西安。他17岁开始下乡，后来招工到黄河厂，1982年调到国测一大队。王新光做事果断，干脆利落，十分健谈。2005年珠峰测量期间，他负责宣传报道方面的工作，当时《中国测绘报》特意开了一个专栏，每晚大本营给他特供几小时电让他写稿子，回来后他整理出一篇几万字的珠峰报道。

"我的师傅是邵世坤，一大队的老英雄，秉承军人优良作风，对徒弟要求十分严格。记得第一次出外业时，师傅没有给我讲大道理，没有说他在珠穆朗玛峰、托木尔峰的英雄事迹，而是平和地说：'测绘是个良心活儿，你必须用心、必须热爱，才能干好它。'当晚在驻地休息时，师傅没有去悠闲地散步，而是在灯下认真地削牙签。一包牙签被师傅削得整整齐齐、一模一样。第二天这整齐划一的牙签被作为测量照准目标，用于我们的观测实习，日后他带出的徒弟都练就了一双火眼金睛。1985年山东二网改造，在菏泽，我第一次上19米高的钢标，钢标很不稳定，在风力的作用下不停地晃动，上了一半我腿开始发抖，邵师傅让我下来，自己嗖嗖嗖很快爬上去了。那时候他已经50岁了，依然身轻如燕，让我们这些毛头小伙子心生敬畏。我想所谓身先士卒，应该就是这样。师傅那种严谨细致的工作作风、率先垂范的优秀品格让我受益终身。当我后来成长为一大队的中坚力量，带着年轻人出测时，也是这样做的，我想这就是传承吧。"王新光说。

2005年5月17日是此次珠峰高程测量队员中年龄最大的高国平的生日，而他自己早已忘得一干二净。多次进藏，具有丰富的高原作业经验的他担任此次珠峰高程测量分队队长，主要负责分队的生产安排。从藏北到珠峰脚下一路走来，他是最操劳的人，不但要带领全体队员完成测量项目的实施，还要操心大家的吃喝睡觉穿衣吃药。然而就在最关键的时候，他的老毛病犯了，痔疮突出得像个鸡蛋一样，坠在屁股上，给行动带来了极大的不便，然而这位老党员、老中队长忍着疼痛，和年轻的队员们一起扛着仪器装备，往返在崎岖的山路上。痔核不断流血，与裤子粘在一起，高国平忍着剧痛仍指挥若定，凭着多年的管理经验，使得整个珠峰高程测量工作进展得有条不紊，张弛有度。

"2005年珠峰测量，正是因为有高国平这样优秀的测二代传承了测一代不怕苦不怕死的战天斗地的英雄气概，时时处处以身作则，在关键时刻发挥了中流砥柱的作用，才更加激发了测三代勇攀珠峰的大无畏的勇气和决心，最终于5月22日将红色觇标竖立在珠峰之巅，成功获取科学数据，改写了世界纪录。"谈起2005年珠峰测量时，王新光感慨万千。

"攀登珠峰的人都是英雄，许多人把自己的性命丢在那里。我们喝的是绒布河的水，藏族同胞说你们怎能喝这种水啊？那里面不知泡过多少具尸体呢！想起来就恶心！但是没有办法，我们只能喝那里面的水。珠峰大本营气压低，蒸出来的馒头都是夹生的，一咬就粘牙，没法吃。我琢磨出一个办法：蒸的时候先把馒头放进去，水沸后把锅盖打开，晾上一会儿然后再放进去，把高压锅拧紧，这样蒸出来的馒头又大又酥，非常好吃。后来这种馒头被队员们亲切地命名为'新光'馒头，在高海拔地区测量的队员都学会了这种制作方法。"说到这里，王新光的脸上露出笑容。

续写辉煌

2005年珠峰测量，时任国测一大队大队长的岳建利担任总指挥。岳建利1967年4月16日生于陕西富平，武汉测绘科技大学大地测量专业毕业，具有博士研究生学历。

2002年，岳建利被任命为国测一大队大队长。当时，国测一大队非常困难，职工年收入仅1万元左右。国家当时没有项目，市场上也找不到项目，单位经费严重不足。岳建利上任后，与刘键书记积极开拓市场，凡是有一点儿信息都会主动出击，想办法拿下项目。

"记得第一个项目是在广东中山，为了100多万的项目，我拼着身子喝了一公斤白酒。自己之前很少喝酒，喝下去后就不行了，赶快去卫生间呕吐。吐完后感觉头晕目眩，回到酒店赶天明把方案写了出来，次日早上一举中标。"有一次为了一个项目，他夜以继日，每天仅睡三四个小时，天天赶方案。为了拿到项目，岳建利动员武汉大学各方面的关系，广泛撒网。一分耕耘一分收获，短短几个月，全年生产任务都有了着落。

经济问题解决后，精神方面如何传承？岳建利认为，首先要弘扬一大队"热爱祖国、忠诚事业、艰苦奋斗、无私奉献"的测绘精神，发扬真抓实干的优良作风。因为单位效益不好，人心不稳，所以首先要稳定军心，关爱职工家属。每年年底，队里把所有家属请来吃饭，一个个敬酒，感谢家属的付出。因为没有他们的大力支持，前方的测量队员如何能全力以赴，冲锋陷阵？

"开始上任时，家属哭着找我，有各种各样的困难无法解决，管理层必须考虑这方面的工作。自己从小在农村长大，能够体会到最底层老百姓的疾苦。有的家属没有工作，家庭十分困难，于是便安排他们在后勤处做饭。2005年珠峰测量，我们的家属每天看电视寻找队员的身影。每天早上买报纸，了解队员们的生活与工作状况。除了自豪与牵挂，她们还发去了祝福的短信，尽管知道我们收不到。2005年5月22日，她们坐在电视机前看到登顶测量成功时，流下了激动的泪水。"说起一大队，岳建利虽已离开多年，仍难掩激动之情。

2005年4月初，岳建利从西安到拉萨，身体还未适应，便赶往珠峰大本营。从低海拔地区骤然来到珠峰地区，一般人根本无法适应。珠峰地区的风力可以达到9级，建营异常困难。到营地后，以前选好的营址被一支先期到达的外国登山队占据，岳建利只得带领队员们另行选址搭建帐篷。为保证测量工作顺利开展，须在海拔5300米的珠峰二本营建立中转站，已届五旬的中队长高国平一马当先，扛起仪器就走，年轻队员不甘示弱，紧跟其后。大家凭借着顽强的韧劲，将六七吨的物资从海拔5200米的大本营搬到5300米的二本营。

作为一队之长、珠峰高程测量前线指挥，岳建利深知自己肩上的担子有多重：珠峰高程测量不仅仅只是一项国家任务，它还承载着中国测绘界沉甸甸的期望与全国人民的关注。在珠峰地区艰苦的环境中，岳建利保持一贯的工作和生活作风，和队员们吃在一起、睡在一起、工作在一起。他的嘴唇干裂起泡，皮肤黑皱，脸部层层掉皮，在珠峰大本营一守就是两个月，不敢有丝毫懈怠。

在整个珠峰高程测量工作中，岳建利承载着旁人难以想象的重负。从海拔400米左右的西安到5000米以上的珠峰地区，在巨大反差之下，氧气不够，呕吐、大口喘气是平常事，不少队员索性直接用嘴呼吸，这样做很容易使呼吸道感染，不少人嗓子发炎甚至化脓。在珠峰的两个月时间里，一般队员都会挤时间到100公里外的西藏定日县洗个澡、给家人打个电话，但岳建利从没离开过珠峰大本营。他知道，珠峰地区气候异常，地形复杂，突发性的事件随时都会发生，因此，他必须坚守岗位，把关切和信心留给每一位队员，把责任和压力留给自己。有一次，海拔5700多米的西绒交会点上的队员遇到困难，岳建利经过一天的艰难跋涉终于到达，和队员们一起在大风大雪中奋战。白天，他和队员们用雪水维持体内的水分。晚上，他们睡在小帐篷里，身下是凹凸不平的积雪和石块，在极度缺氧、零下30多摄氏度的夜里，平躺着怕寒气渗背，侧躺着又怕伤害腿关节，几个夜晚都不能入睡。

对于队员来说，最大的伤害是冻伤，白天六七级大风，气温在零下10多摄氏度，晚上则低至零下三四十摄氏度。低温对设备要求很高，所有仪器配置的电池都要求能耐低温，否则就不能正常工作。当队员们工作在风雪中迟迟没有回到营地时，岳建利急得吃不下饭；当队员带病工作时，他又感到巨大的无助和痛苦。即使在登顶的喜悦时刻，他的心情也丝毫没有放松。事实上，测量珠峰高程和珠峰登顶是两回事，如果队员们下山出现意外，仪器损毁，就将导致测量失败。因此，岳建利头脑中的那根弦一直紧绷着，直到登顶测量数据全部获取。

2005年4月下旬，珠峰地区出现了大面积狂风暴雪。由于连日风雪，珠峰大本营附近已经积雪消融的山体，又重新披上银装，珠峰的整体雪线也向下推移。在珠峰大本营进行气象观测的中国科学院气象专家说，今年又到了厄尔尼诺现象的"大年"，5月珠峰地区的风雪还如此密集，近几年很少见到。天气恶劣导致珠峰登顶部分训练计划无法完成。根据登山管理部门最初提供的时间表，第一次登顶时间应为5月5日，但是直到4月中旬，天气仍无变好转暖趋势。4月初登山队建好的5800米和6500米前进营地的帐篷相继被大风吹倒，使得队员们的高山适应训练无法按既定时间完成。5月5日以后，珠峰地区天气依然没有好转迹象。5月7日，全体登山测量队员下撤回5200米大本营休整。5月7日下午2点左右，在大本营地区可以远远看见，珠峰北坡山体较高处出现大面积雪崩，登山形势愈显恶劣。

珠峰测量行动中最重要的冲顶行动日期一推再推，从5月5日左右推迟到10日左右，又推迟到15日左右，再推迟到18日左右，然后再度推迟到20日之后。

5月20日，珠峰大本营异常繁忙，一切都在为22日登顶做最后的准备。

5月22日上午10点50分，根据指挥部消息，有一名队员马上就要登顶了。11点零4分，探测气球传回的天气数据显示，珠峰峰顶风速16.2米/秒，气温为零下29.6摄氏度，太阳也出来了。专家表示，这样的天气对登顶有利，大本营内情绪高涨。

"我们已经登上来了……"11点零8分，随着步话机里传来珠峰登山测量队队长小嘉布不太清晰的声音，珠峰大本营一片欢腾。

彻夜未眠、焦急等待的人们长出了一口气，登顶终于成功了！

在全国人民为珠峰登顶成功欢腾时，国测一大队的队员正承受着最大的压力。面对耸立峰顶的觇标，精准地获取六个交会点上的测量数据，才是珠峰高程测量的关键。

到11点30分，珠峰测量六个交会点的仪器目镜中还没有发现红色的测量觇标。现场指挥岳建利开始着急，用手中的对讲机反复询问观测点的队员是否发现觇标，得到的回答让他更加失望。又过了20分钟，11点50分，红色的金属觇标终于在地球之巅竖立起来，六个交会测量点几乎同时发现目标，六个交会点的对讲机都暴响起来，紧张地喊着发现觇标，并且开始抢测数据。过了几分钟，觇标突然不见了！六个交会点上的对讲机又同时响起来，通过目镜立即开始寻找。

十几分钟后，觇标再一次竖起来。

半个小时后，登顶队员开始下撤，觇标再次突然消失。此时测绘队员只取得了三组数据。按照设计书，六个交会点要连续测两天48个小时，测量的数据最少在20组才有作用。如果觇标倒了，只取得三组数据没有任何意义。

六个点上的测量员都急了，不断地相互呼叫着。

总指挥岳建利不时张望着珠峰方向，半天没有说话，他知道看不见觇标找谁也没有用。

此时的珠峰被云雾笼罩，根本看不到觇标。但这些云雾也给了队员们希望：觇标可能还在珠峰顶上竖立着，只是被云雾遮住罢了。只要觇标不倒，他们就有机会。

四五个小时过去了，依然没有发现觇标。直到下午 6 点半，笼罩珠峰的云雾开始退去，峰顶露出，觇标还在！六个点上的对讲机一起喊了起来。队员们非常激动，开始进行测量，当天就拿下了十几组数据。

连续 48 小时的测量，六个交会点分别取得了 20 多组数据，圆满地完成了六点交会测量任务。

在六点交会测量顺利进行的时候，现场总指挥岳建利仍忧心忡忡，担心测量仪器在下撤中出现安全问题。直到 25 日凌晨 1 点，珠峰峰顶测量设备安全送抵大本营，岳建利等测绘专家立即对 GNSS 数据和雪深雷达探测仪记录的数据进行了下载分析，并且对设备的工作状况进行检查，确定在登山测量队员登顶期间，测量设备在珠峰峰顶恶劣的工作条件下工作正常，而且所获取的数据量远远超过了设计要求的 20 分钟，达 40 分钟以上，数据质量良好。此时，大队长岳建利和副大队长陈永军已经连续两个晚上没有睡觉，他们一直站在帐篷外边长时间地仰望珠峰。

2005 年 10 月 9 日，珠穆朗玛峰的新高程数据向世界公布：峰顶岩石面高程为 8844.43 米。原 1975 年公布的珠峰高程数据 8848.13 米停止使用。

这一闪光的数字，象征着中国测绘工作者登上了世界测绘科技的新高峰。

在世界测绘科技史上，此次珠峰高程测量任务，国测一大队创造了几个第一——

第一次将现代大地测量 GNSS、雪深雷达探测等技术，与经典大地测量的水准、重力、三角、激光测距、高程导线等多种技术，完美地集中展现在珠峰地区。

第一次在珠峰地区布测了大规模、高精度的 GNSS/水准网，对精确测定该地区大地水准面，也就是珠峰的高程起算面，起了重要的作用。

第一次将测距反射棱镜、GNSS 和觇标集成一体，顺利实施了珠峰高程三角交会和峰顶 GNSS 测量；把重力点推进到海拔 7790 米的高度，并第一次精确地测定了这一高度重力点的坐标和高程。

第一次获得了珠峰峰顶长时间、高质量的 GNSS 观测数据，为珠峰高程的精确计算奠定了基础。

第一次成功完成了珠峰峰顶雪深雷达探测的任务，取得了珍贵的雪深探测资料。

珠峰测量取得划时代的科技成果。

第六章

巅峰使命

2015年4月，尼泊尔发生的8.1级大地震，对地球局部地区地表形状、地貌产生显著影响，珠峰高程有何变化成为各国关注的科学问题，世界期待一个权威的答案。

2019年，尼泊尔开展了本国首次珠峰高程测量。与此同时，随着技术的发展和国产仪器设备的成熟，中国新一次的珠峰高程测量也在酝酿之中。

2019年10月12日至13日，中国国家主席习近平对尼泊尔进行国事访问期间，两国发布了《中华人民共和国和尼泊尔联合声明》，声明指出：考虑到珠穆朗玛峰是中尼两国友谊的永恒象征，双方愿推进气候变化、生态环境保护等方面合作。双方将共同宣布珠峰高程并开展科研合作。

为落实《中华人民共和国和尼泊尔联合声明》，自然资源部会同外交部、国家体育总局和西藏自治区人民政府全面启动了2020珠峰高程测量各项工作。自然资源部组织中国测绘科学研究院、陕西测绘地理信息局以及中国地质调查局等单位的精锐力量，编制了珠峰高程测量技术设计书和实施方案。中国科学院院士陈俊勇、杨元喜领衔的专家组对实施方案等进行评审后认为："综合运用 GNSS 卫星测量、精密水准测量、光电测距、雪深雷达测量、重力测量等多种传统和现代测绘手段，精确测定珠峰高程的技术路线科学合理。"

曾合作开展 1975 年和 2005 年珠峰高程测量的两支英雄队伍——国测一大队和中国登山队再次强强联手，共创辉煌。

"2020 珠峰高程测量是一项复杂艰巨的任务。作为一名测绘工作者，能够参加珠峰测量任务，是一生中的至高荣誉，但同时也意味着责任和奉献！我在接到这项国家任务时，倍感荣光，异常兴奋，也深感肩上的担子重达千钧。"谈起 2020 年珠峰测量工作的启动情况时，国测一大队大队长、2020 珠峰高程测量现场总指挥李国鹏激动地说。

珠峰在召唤

由于接到任务后时间非常紧迫，一大队即刻便全身心地投入到了项目的准备工作中去。选拔计划登顶的测量登山队队员非常关键，从初选到最终的考核，李国鹏全程参与。强健的体魄和勇往直前的气概，是完成任务的两大关键因素，一大队制定了选拔标准，把参与选拔的人员设定在毕业一年以上到 37 岁以下。消息一出，队员们踊跃报名。随后，根据报名情况，在了解队员的意志品质、工作经历、家庭情况、技术特长等情况的基础上，最终从几十人中挑选出王伟、邢雄旺、张卫东等十名队员，代表国测一大队来到北京怀柔国家登山训练基地接受集训，正式以 2020 珠峰高程测量登山队队员的身份开启征程。

接下来，一大队要考虑和着手处理的问题包括技术和仪器装备两个方面。仪器设备是此次测量的核心部分，所用仪器要适应珠峰地区极其特殊的环境，尤其是峰顶仪器更为关键。一大队不仅对峰顶将要使用的重力仪、冰雪探测雷达、GNSS 接收机、觇标和棱镜等仪器设备做了大量的改进并多次测试，也对在山下使用的长距离测距仪、气象仪、天文测量系统等设备进行了反复检测，以确保它们在极端环境下的万无一失。

2020 年初，受新冠肺炎疫情影响，国测一大队在人员训练、前期外围测量、进口氧气瓶入关等方面，都受到了不同程度的影响，但通过有关部门和队员们不断的协调与努力，最终都得到解决。

2020 年 3 月 2 日，陕西测绘地理信息局的领导和同志们为测绘队员举行了简短而隆重的出征仪式，第一批 29 名队员从西安出发奔赴西藏，2020 珠峰高程测量工作全面启动。

每年 10 月到次年 4 月，是喜马拉雅山区的风季，风速随着海拔的升高而增加。在珠峰地区 8000 米的高空，季候风没有遮挡，非常强劲。而 6 月至 9 月又是珠峰地区的雨季，高海拔地区极易凝云成雨，多出现雨雪交加或大风雪天气，气候变化非常快。每年只有 5 月，风季和雨季短暂交替，风雪较小，才会出现稍纵即逝的登山窗口期，一旦错过，就会失去本年的登顶机会。珠峰高程测量的工序非常繁杂，需要提前完成大量的工作，做好前期准备。

2020 年 4 月 7 日，珠峰脚下大本营营地建成，参加珠峰高程测量的队员正式进驻大本营。测量登山队员在这里继续开展攀登训练和仪器设备操作训练，队员们状态良好，信心十足，国家登山队也安排了能力最强的队员和教练员来到大本营。为了确保本次任务顺利完成，57岁的著名登山家、国家登山队队长王勇峰亲临现场并担任登山总指挥，国家登山队副队长次落担任本次测量登山队队长，亲自带队进行攀登训练。与此同时，珠峰外围的其他测量工作也在紧张有序地进行。

为了测量工作的需要，国测一大队在距离大本营向上约四公里、海拔约5400米的一片狭小而平坦的区域建立了二本营，作为登山沿途中转和在交会点工作的测量队员的补给营地。从大本营到二本营徒步大约需要两小时，给养保障主要靠牦牛运输和人背肩扛。从二本营开始，测量队员就要分散穿越绒布冰川，向不同的交会点进发开展工作。除了大本营的交会点外，其他五个交会点都位于绒布冰川的东、西两侧，海拔为5600~6000米，条件十分艰苦，地面上都是乱石滩和冰川活动带下来的巨大石块，很多点位连搭一顶帐篷的地方都没有，夜晚还经常有大风雪出现。队员们前往交会点位，需要穿越绒布冰川和翻越陡峭的山垭，非常危险，以往几乎没有人到达。这六个交会点的选择，主要是满足仪器可以照准珠峰顶即将竖立起的测量觇标，从不同的位置对珠峰进行三角交会测量。

组织一次世界最高峰的高程测量项目，并不是大家想象中仅有登顶测量这一项工作，项目从前期、中期、后期都有大量的组织协调、技术支撑和服务保障工作要做，没有强大的综合国力，没有各方面的团结协作、密切配合，精确测量珠峰高程是难以实现的。

2020年4月30日，队员们历经一个多月时间，完成了珠峰外围大量的基础测量和前期测量工作，为登顶测量做好了充分准备。

了不起的中国制造

2019年3月6日下午，刘站科在电脑前写材料的时候，突然接到来自中国测绘科学研究院的电话，让他周四到北京参加技术讨论会，会议内容保密。第二天下午2点，刘站科来到测绘大厦第一会议室，当听到要再次进行珠穆朗玛峰高程测量的时候，在场所有的人都兴奋起来，倍感光荣。其中，许多参与过2005年珠峰高程测量的队员，更是跃跃欲试、摩拳擦掌、激动不已。

经过短暂而紧张地与多方面专家的交流与讨论，大家一致认为，此次珠峰高程测量的技术方法基本上与2005年测量思路保持一致：综合利用多种传统和现代大地测量技术手段，精确测定珠峰新高度，即传统经典三角高程测量与基于数字高程模型构建技术的现代大地测量方法相结合。当时面临的主要问题与压力是峰顶测量对仪器要求很高，如冰雪探测雷达、GNSS接收机、长测程测距仪、相对重力仪等，必须在登顶后低温低压的条件下能够正常工作，并获取准确的数据。

4月29日，2020珠峰高程测量实施组织会在国测一大队三楼会议室召开，划分了十个外业作业组具体负责每个测量环节，并让参与过2005年珠峰测量的柏华岗来负责登顶测量仪器准备与测试。大家把2005年珠峰测量中使用过的测距仪、冰雪雷达等仪器从库房里拿出来做参考，发现厂家早不生产那种型号的器件，市面上也没有可以替代的元件。

怎么办？大家一时都急坏了。

柏华岗马不停蹄地去北京、上海、青岛、广州等地进行走访、调研，发现市场上根本就没有类似产品可以满足此次测量任务的技术要求，当时市面上的测距仪最大测程只能达到10公里，而珠峰测量的最长边长约20公里。国内也没有厂家制造冰雪探测雷达，国外制作的周期需要一年，时间太久，他们是等不起的。

怎么办？

经过商议，唯一的解决途径就是量身定制。

柏华岗、陈真、陈景涛、刘胜震等几位年轻技术骨干，从2019年5月开始，先后数十次在全国进行调研，最后与中国电子科技集团公司第二十二研究所（青岛）、南方测绘公司等进行了多番讨论，确定进行国产冰雪探测雷达研制，采用雷达（二十二所）+ GNSS接收机（南方测绘）的技术方案，集成为国产冰雪探测雷达。光电仪器检测中心的齐维君主任及其团队，与国产仪器厂家紧急进行了连续四个多月的技术攻关，研制出了珠峰超长距离全站仪，采用激光强度增强与探测技术，有效地解决了测距仪的超长测程和目标照准问题，测距精度2毫米+2ppm，测角精度2秒，最长测程可达20公里，而且可在高海拔、低温条件下工作，最低工作温度为零下30摄氏度。

2019年12月中旬，国产珠峰超长测程测距仪样机开始了实地测试，通过在拉萨、哈尔滨与西安等地的实际测试后，测量精度完全满足设计技术要求，测试非常成功。为了让设备能同时获取位置信息和雪深数据，且轻便、易携、耐磨、抗寒，研发团队先后进行了低温储存、抗跌落等多项实验。同样，作为峰顶重要测量设备的觇标，为保证交会点测量顺利进行，峰顶竖立好的觇标至少要保证三天不倒。因此，按照最初的设计方案，峰顶上的觇标将由六根绳固定绑牢，在有过登顶经验的测量登山队员的建议下，又加了三根绳进行加固，以抵御峰顶10级以上的大风。

2020年3月11日，冰雪探测雷达样机在西安接受再次测试，技术人员却发现超过80%的雷达数据无法解算，而且解算出来的结果竟然显示雷达运动轨迹也不正常，出现了大量"飞点"。这种现象不仅给大家带来了困惑，更给大家带来了担忧。

这种方法是否可行，问题出在哪里？此刻大家并没有慌乱，经过四天不分昼夜地一步一步分析观测数据，终于发现造成问题的原因是雷达开机后，会对GNSS接收机造成干扰，需要进行雷达干扰的物理屏蔽。为了尽快解决这个问题，3月中旬开始，柏华岗带着团队的技术人员，在疫情防控的严峻形势下，先后多次前往青岛，与研究所、南方测绘公司的技术人员，一起研究出了雷达噪声抑制板，有效地解决了干扰问题。最终，他们成功研制出了全国产的集探测雷达与GNSS定位系统于一体的高性能冰雪探测雷达，可实现20Hz高频电磁波探测冰雪深度，并同步匹配GNSS测量，达到厘米级测量精度，探测深度不小于6米，零下40摄氏度时可持续工作一小时。

在研制的过程中，所有人员发扬锲而不舍、勇往直前的精神，一步一步地奠定了珠峰高程测量成功的基础。

2020年4月中旬，一大队在珠峰大本营拿到了厂家送来的最终版设备，并在营地周边的冰雪面上进行了设备测试。实践证明，各厂家通力协作、严格按照技术要求设计制造的各类国产仪器装备，完全满足项目技术指标要求。其间，仅外壳就换了两次，里面的程序换了四次，为项目的顺利完成起到了至关重要的作用。

"我个人最大的感触就是，2020年珠峰高程测量关键仪器设备生产项目，是实现技术装备国产化的典范。中国制造了不起！"谈起当时的设备情况，柏华岗自豪地说。

为珠峰测身高是一件光荣的国家任务，国内所有仪器研制和生产厂家都因参与该项目而自豪，他们不计成本、不计代价、千方百计、尽最大努力满足国测一大队提出的要求，体现了我国科技工作者勇攀高峰、敢为人先的创新精神，集体攻关、团结协作的协同精神。

虽然缺氧，但绝不能缺精神

2020年2月，当时正处于新冠肺炎疫情防控最严格的时期，西藏虽然只有一例确诊病例，但对西藏来说，全国各地都是中高风险区。为了不错过2020年5月攀登珠峰的窗口期，让所有参加2020珠峰高程测量人员能顺利到达珠峰地区，国测一大队新技术应用部主任陈真作为项目前期协调负责人之一，2月底便进入了西藏。

陈真，1977年生于陕北定边，武汉大学测绘工程专业工程硕士研究生毕业，在2020珠峰高程测量中负责对外协调工作，并担任珠峰高程测量队临时党支部宣传委员。

2020年2月25日，按照大队安排，陈真和队友康胜军乘飞机先期抵达拉萨，一路上经历了数不清的各种填表和扫码。当防疫站的中巴车把他们送到指定的隔离酒店，陈真看到西藏自治区自然资源厅测绘管理处处长次旺在门口微笑着向他们招手时，一颗悬着的心终于放下来了。

从3月2日第一批20人到达拉萨、3月11日第二批15人到达拉萨开始，每一次都需要西藏自治区自然资源厅提前向拉萨市公安局、拉萨市防疫办报备，然后安排他们入住隔离酒店。3月22日，厅党组书记王刚行到隔离酒店，看望了首批解除隔离的22名队员，询问后面的工作安排以及需要协助解决的问题。作为牵头单位，厅里将支持保障2020珠峰高程测量工作纳入年度重点工作，制订支持保障清单，主动对接陕西测绘地理信息局，积极协调西藏自治区林草局、日喀则市自然资源局、西藏自治区体育局、西藏自治区外事办、拉萨海关等单位，为珠峰高程测量项目实施提供全面的支持保障。

4月7日，拉萨解除进藏隔离，时任陕西测绘地理信息局局长杨宏山第一时间赶到拉萨，两天时间走访了西藏自治区政府及六个厅、局单位，协调对接2020珠峰高程测量支持保障工作，为项目的支持保障工作奠定了坚实的基础，开启了良好的局面。日喀则市自然资源局党组书记塔杰两次到大本营看望队员，日喀则市自然资源局党组成员、调研员格桑德吉还特意带了50个烧饼、5公斤腊牛肉慰问大家。该局高度重视2020珠峰高程测量项目，制定了《日喀则市珠峰高程测量协调保障工作方案》，积极协调日喀则市珠峰自然保护区管理局、边防支队、公安局、定日县政府、聂拉木县自然资源局等单位，给所有参与珠峰测量项目的车辆发放临时通行证，有效保障了项目的有序实施，发挥了承上启下的关键作用。4月中旬，他们遇到了一个非常棘手的问题，高山氧气瓶迟迟不能到位。距离第一个登山窗口期越来越近了，可高山氧气瓶到不了位，登山就无从谈起。通过众多部门和单位的大力支持，4月27日下午6点30分，氧气瓶终于入关了，已经在口岸等待了三天三夜的17人欢呼雀跃。这时，天空突然下起瓢泼大雨。次落队长站在雨中说："这次，这个氧气来得太难了，我们把老天爷都感动了啊！"

26日夜晚，也就是测量登山队发起第三次登顶的前一夜，大本营下了一场大雪。27日凌晨1点，测量队员冒着大雪，深一脚浅一脚地去指挥帐篷，见证一小时后测量登山队员从 8300 米的营地向峰顶进发的时刻。这时候，陈真看到有一个人坐在帐篷的僻静处格外显眼。他表情凝重，满脸倦意，这个人就是自治区气象局派到大本营专门为本次登顶做天气预报的首席预报专家罗布坚参。珠峰登山活动的天气预报非常关键。按照传统惯例，过去几年珠峰登山活动都是购买美国和瑞士的天气预报数据。但今年的珠峰地区天气变化异常，预报工作是个难题。在自然资源部与中国气象局的协调下，西藏自治区气象局派六名专家组成的预报团队及气象应急预报车 24 小时为登顶做气象预报保障服务。他们与中国气象局每天进行两次专题会商研判，利用我国风云四号卫星、地面观测系统及多种创新技术，克服重重困难，为本次测量登山活动提供了精准的天气预报。

凌晨 2 点 10 分，从海拔 8300 米测量登山队对讲机里传回消息：山上没有下雪，只有吹雪，风也越来越小。上午 11 点，测量登山队成功登顶，当指挥帐篷里香槟四溅、大家欢呼雀跃时，陈真看见罗布坚参缓缓地站起来，眼角流下了激动的泪水。

西藏拉萨喜马拉雅登山向导学校校长次仁桑珠是 2020 珠峰高程测量登山队副队长，通往峰顶的登山生命线，就是在他的指挥下于 5 月 26 日修通的。普布顿珠是登山学校的首批学员，也是 2020 珠峰测量登山队队员，主要负责峰顶觇标架设及峰顶 GNSS 测量。登顶测量时，为了便于觇标架设和 GNSS 操作，他在峰顶毅然拿掉了氧气面罩，无氧操作 150 分钟，创造了中国人在峰顶无氧停留时间最长的纪录。

在本次珠峰测量项目中，中国移动西藏分公司为保障登山线路 5G 信号覆盖，付出了艰辛的努力。他们从 4 月进驻珠峰地区，在海拔 5200 米珠峰大本营、5800 米过渡营地、6500 米前进营地，靠人工扛、牦牛驮铺设光缆 25 公里，转运八吨网络设备和生活保障物资，建设五个 5G 基站，提供千兆宽带和专线接入，多名工作人员长时间在高海拔地区值守。中国移动 5G 网络在项目整体传播及前线直播等工作中不断克服低温、大风、雨雪、缺氧等种种困难，发挥了巨大作用。

"2020 珠峰高程测量是一项举世瞩目的重大科研探索活动。在项目实施的前期、中期、后期，我们得到了各大部委、西藏自治区各级政府、各单位的大力支持。唯有如此，才确保了项目的顺利实施、圆满完成。我想，8848.86 这个弥足珍贵的数据背后，凝聚着所有为项目提供支持保障的无数人的心血和努力。我们要感谢他们，永远记住他们的默默坚守和无私奉献。"采访陈真的时候，他显得特别激动，几次站起来用手比画着。

2022 年在一大队采访期间，每天的采访对象都是办公室的徐伟航安排的。徐伟航是陕西咸阳人，生于 1993 年，身高 1.9 米，高大帅气。2020 年珠峰高程测量中完成协助新闻报道等工作。

徐伟航的父母是铁路职工，认同测绘专业，崇尚测量队员吃苦耐劳的精神。有一次，徐伟航听老测绘队员的报告，内心十分震撼。大学毕业后的那段时间，他担任国测一大队先进事迹报告团的主持人。有一次，时任陕西测绘地理信息局副局长岳建利问他愿不愿意来一大队，徐伟航没有犹豫就答应了。

"加入这个团队后，近距离接触，才发现他们也是一群活生生的人呀！也有七情六欲、喜怒哀乐，也有个性和脾气，与媒体及报告会上的英雄形象有很大不同。他们平时也并没有什么豪言壮语，看起来十分普通，但做事情时那种认真、严谨、执着的精神，平凡而朴实，令人十分感动，润物细无声，对年轻人潜移默化，为我们树立了很好的榜样。我认为自己不仅仅是一个主持人，到国测一大队来，可以洗涤自己的心灵，感觉与他们为伍是一件非常荣幸的事。"徐伟航激动地说。

精神的力量是伟大的，不知不觉，徐伟航也成了他们之中的一员。得知自己可以参与珠峰测量项目时，他特别兴奋，有一种崇高的使命感。

2005年珠峰测量，国测一大队的影像资料都是媒体拍的。2020年珠峰测量，一大队要记录自己的一手资料。当时去了新华社、央视、澎湃新闻、《人民日报》、《中国自然资源报》等很多媒体。徐伟航当时负责单位微信公众号，发布各种与珠峰测量有关的信息。

"2020年珠峰测量，我曾爬上6100米的东绒布采访谢敏。谢敏的父亲去世了，他无法回去。在那种环境下，人的感情都很脆弱，许多队员都忍不住落泪了。谢敏是个大大咧咧的人，那天正在与司机说笑，接了一个电话后，突然哭了起来。问为啥哭，他说我父亲去世了。父亲去世后谢敏没有回家，抹了抹眼泪继续上山。那天我们从二本营出发走了四个小时，背着仪器，每走一步都会喘息。谢敏背了一大堆东西。路上，他从怀里拿出一桶红牛递给我。红牛带着他的体温，令人感动不已。因为那么高的海拔，多一点儿东西走都是负担。前往东绒点的路上有一个断崖根本没法攀登，我们拽着绳子跪着一点点地爬上去。到了山上，我提议烧茯茶喝。茯茶是泾阳的特产，喝了可以暖胃。烧水先要砸冰，然后想法子化开。我找了个小石窝子，用户外气炉烧水。风很大，气压很低，最后用半开不开的水泡茶喝，别有一番滋味在心头。晚上，两个人在一顶帐篷里，怎么也睡不着，能听见心脏剧烈跳动的声音。好不容易睡了一会儿，天就亮了。这是一次非常难得的体验，我终生难忘。"徐伟航说。

国测一大队六中队中队长韩超斌曾在 2005 年和 2020 年两次参加珠峰测量，他先后多次进藏，是一个铁骨铮铮的汉子。2005 年珠峰高程测量，与李明生在交会点监测，圆满完成上级交给的任务。

"2019 年 10 月底，我率队从新疆测区完成了水准埋石工作。刚回到西安，大队领导便找我谈话，告诉我即将开展 2020 珠峰高程测量，我既兴奋又激动。兴奋的是我将再次来到珠峰脚下为国奉献，激动的是组织上任命我为珠峰高程测量生产实施组组长，主要负责 GNSS 测量、水准测量、重力测量、天文测量、交会测量等生产安排工作。我愉快地接受了任务。11 月中旬，我和队员们进藏，随即展开了珠峰高程测量前期区域框架网观测工作。12 月下旬，藏南聂拉木地区连日暴雪，雪深过膝，交通阻断，无法继续测量，只好撤回西安，计划来年再进行测量。2020 年 3 月 2 日，我带领第一批测绘队员前往拉萨，一边隔离防疫，一边在各自的房间里通过网络视频进行学习和技术培训。隔离期结束后，我们来到了西藏定日县，在适应高原生活的同时，热火朝天地操练仪器，学习操作流程。3 月 31 日清晨，我前往珠峰大本营、二本营踏勘，同时为水准测量组寻找和联系驻地。"采访韩超斌的那天是 2022 年 5 月 27 日，在国测一大队队员的朋友圈里看到各种 2020 年攀登珠峰的照片，韩超斌、任秀波等人的朋友圈也不例外。

韩超斌来到大本营时，眼前是一片开阔的乱石滩。他们通过扎西宗乡政府的帮助，在距珠峰最近的村子里找到了几十名热心的藏族同胞协助他们运输物资和装备，牦牛驮运加人背肩扛。下午 3 点，韩超斌及部分队员越过大本营的乱石滩到达二本营建营区。此时的场景与 2005 年他们非常熟悉的二本营截然不同。韩超斌和李锋立即开始寻找二本营附近的三角高程起算点。天色渐暗，他俩在乱石丛中深一脚浅一脚，用手持 GNSS 接收机进行经纬度定位，焦急地寻找那块镶嵌着黄铜水准点标志的巨大石头。天黑前，他俩终于找到了那个水准点。

2015 年尼泊尔大地震，使得珠峰地区发生了不少变化，和 2005 年二本营的驻地相比，眼前的二本营驻地后退了 200 米！从海拔 4300 米的定日县城艰难地爬升了 1000 米，当晚，韩超斌几乎是一小时醒一次，喘不上气来，憋得十分难受。2005 年，他是测量三角高程交会点的测量队员。当时，27 岁的韩超斌没有感觉高寒缺氧如此令人难受。15 年后，42 岁的他被高原反应折腾得夜不能寐。二本营的第一夜，队员们都很痛苦。可是第二天人人都打起精神，努力工作，建好了二本营。

4 月 2 日，韩超斌和几位队员去定日县购买生活用品和食品。刚到县城不久，单位从西安打来电话，说队员谢敏的父亲——国测一大队老队员谢忠华因病去世了。

"我的脑子嗡地一下就乱了，赶忙让司机张龙开车回到定日县酒店告知谢敏，并安排司机送谢敏去日喀则机场，返回西安。不料，谢敏晚上返回定日县，说要继续工作，而且要求前往最艰苦的交会点去。谢敏说：'我是一名入党积极分子，虽然还不是一名共产党员，但一定要向老党员学习，起模范带头作用，去最困难的交会点测出优良的测绘成果，用实际行动告慰父亲的在天之灵。'谢敏返回岗位，以工作为重，固然与他深明大义的母亲的劝阻有关，但本质上反映了谢敏践行测绘人初心使命的坚定决心。15 年前，王新光未能送父亲最后一程，虽遗憾但并不后悔。今天，谢敏为完成国家重点项目亦如此。令人感慨的是，王新光是国测一大队老前辈邵世坤手把手带出来的优秀徒弟，而邵世坤数十年前，在率队出测新疆前夕，接到几千里外母亲病危的电报，知道赶回去也晚了，强忍悲痛压下电报，第二天就带领观测组踏上了征途。从邵世坤到王新光，从王新光到谢敏，国测一大队的优良传统就是这样一代代传下来的。"韩超斌说到这里有些动情，眼里闪烁着泪花。

测量工作在有条不紊地进行。有一次，重力中队中队长康胜军率领陈熙铧和孙磊去中绒点进行重力测量，摄像记者王澍随行前往拍摄纪录片。为了赶进度，临行前，他们决定测完中绒点，紧接着去测A1点。韩超斌叮嘱康胜军稳着点儿，不敢贪多，一次只测量一个点。没想到康胜军没有听他的劝告，还是按他自己的计划进行。测完中绒点后再去测A1点，去A1点有上、中、下三条路，有一条路非常难走，几乎是行不通的，结果他们偏偏就走上了那条行不通的路。

原来，康胜军想着一天时间一鼓作气把中绒和西绒都测完，不想再跑第二次，因为去一个点路上要走好几个小时，结果从中绒下撤的时候迷路了。当时他和孙磊在一起，因为天黑了，向导也找不到方向。晚上10点，空中开始飘起雪花，下面的人焦急万分，苦苦地等待着。他们的手机没有信号，对讲机没电了，无法联系。韩超斌在二本营焦急万分地看着温度计，显示气温在快速下降，想到他们又累又饿又冷，赶忙派魏军辉、高让和曹强等队员前去寻找和迎接他们。康胜军当时已经体力透支，浑身一点力气都没有了，实在走不动了，想就地躺下睡一会儿。后来康胜军和队友原路返回，有人在路上接应。

"那天夜里如果回不去，就会冻死在那里。夜色中，终于看到康胜军一行从暴风雪中走出来，由远及近，我的热泪一下夺眶而出，冲上前劈头盖脸就批了康胜军一顿。这是我2020珠峰高程测量工作中唯一的一次发火。夜里，我梦见了几天前我的真实经历。那天，水准组的霍申申在从点位上下撤返回二本营的途中迷路了,我前往接应。扑面的风雪抽打到脸上,像皮鞭一样生疼,走了很久也没见到霍申申。我万分焦急,大声喊啊,喊啊!直到把自己喊醒,再也没有入眠。第二天,当太阳升起的时候,我为自己昨天的冲动向康胜军道歉。我说:'你昨天去A1,体现的是为国拼命的精神,我本该向你学习才对,可是……'小康迎上来说:'我非常理解你的心情,你是安全观念强,关爱我们,你批评得对!'两双手不由自主紧紧地握在一起,眼泪在我俩的眼眶里打着转……"说起当时激动的情景,韩超斌的眼睛有些湿润。

无惧风雪,再次攀登

2020年5月18日,2020珠峰高程测量登山队队长次落在海拔6500米的前进营地召开攻顶动员会,公布攻顶队员名单,王伟担任攻顶组组员。12名攻顶队员预计在5月22日登顶。

王伟1992年9月生于陕西蓝田,西安科技大学测绘工程专业毕业。大学专业课涉及水准测量、三角高程、卫星定位等知识点时,老师们经常会列举珠峰高程测量的一些方法,也会提到负责珠峰高程测量工作的国测一大队。从那时起,王伟开始了解这个英雄的集体,一次次被测绘人为事业拼搏、为国家奉献的情怀所感动,也更深刻地理解了测绘专业的意义和价值。

2019年6月,王伟与对象正在热恋,因为要参加珠峰测量,他们只能短暂离别了。2020年1月,王伟与队友们在北京怀柔国家登山训练基地集中培训了70多天,没有走出国家登山训练基地一步。他们每天在健身房进行各种训练,训练完体脂率下降到7%。引体向上开始能做两三个，后来一口气能做 25 个，训练营地模拟山地坡度，每天跑两个小时，20 多公里，脂肪燃烧特别快。

王伟与队友们来到珠峰后，经历了近年来攀登珠峰最恶劣的天气。两次拉练，他们最高抵达海拔 7400 米。其间有队员冻伤，有队员因为高原反应严重而下撤到大本营。

在山上，每时每刻都是对身体的巨大消耗，需要努力去调节自己的身体和心理状态。攀爬北坳冰壁的时候，队员们背着 20 公斤重的东西，每跨一步都要喘几下，才能迈出第二步，心率每分钟可达 150~160 次。

从 7028 米上 7790 米的时候，途中需要经过大风口。那里的风力瞬间可达 12 级以上，一不留神便会被吹下山去，非常危险。队员们中午 11 点出发，晚上 6 点才到达。因为年轻的测量队员们都是第一次登珠峰，没有经验，在教练袁复栋及李福庆的帮助下往上攀爬。他们每走一步都会大口喘气，心跳猛烈，举步维艰。700 多米的垂直高度，整整爬了七个小时！

5 月 6 日中午，测量登山队第一次从海拔 5200 米的珠峰大本营出发，35 名测量登山队员开启珠峰冲顶测量。"第一次冲顶虽然没有成功，但我们在海拔 7790 米进行了重力测量，也顺利完成了重力仪的测程调节工作，为后续的冲顶重力测量任务减少了大部分工作量。后来，经过数据质量分析，我们测得的海拔 7790 米的重力数据是完全符合规范要求的，这让我倍感欣慰和自豪。"

第二次窗口期选择冲顶队员，王伟是一大队唯一一个。从海拔 7028 米的 C1 营地结组出发时，王伟被安排在两位教练中间，他们的三人小组一路走在整个队伍的最前面，保持着大家都能接受的节奏。狂风和暴雪蚕食着每位队员的信心，但他们没有任何退缩，一路努力向前。行至雪线以上的雪岩混合路段，松动细小的岩石上落了薄薄一层积雪，稍微踩不稳就可能滑倒。此外，还要注意不小心踩落的岩石会不会砸伤后面的队友。

王伟的登山靴有些大，袜子穿了两层，脚一直在动，脚后跟磨破了，特别疼，加之身体又十分难受，呼吸困难，头痛欲裂，感觉生命随时都会结束。12个人在7790米处搭起帐篷住了一夜。晚上暴风雪很大，大家都睡不踏实，湿衣服贴在身上特别难受。夜里躺在睡袋中，都能感到帐篷外的雪越积越厚。夜深了，室外气温已降至零下30多摄氏度，帐篷里也在零下好几摄氏度，身体在睡袋里比较暖和，脸感觉特别冷，上面甚至结了薄薄的一层霜，眉毛和眼睫毛上都是冰凌。因为天气原因，冲顶队员在那里整整待了15个小时后，接到指挥部命令，于第二天上午11点开始下撤回6500米。

为了确保冲顶任务能够顺利完成，前线指挥部不得不改变冲顶方案，决定派出有着多次珠峰攀登经验的精干队员，把握住最后一个窗口期迅速登顶。王伟的名字没有出现在最终的冲顶名单里。

"刚接到这个通知的时候，我的心情特别糟糕，遗憾至极。尤其回想起自己一直以来的刻苦训练，还有肩负的期待，一时间真的找不到什么合适的言语去安慰自己。但身为队员，在山上我必须无条件服从命令，再一想到我们已经错过了两个窗口期，只有这最后一次机会了，必须保证任务能万无一失地完成，就慢慢地想明白了。无论最终登顶的是谁，每个人都是有贡献的，这份荣誉和功劳也是我们大家的。"王伟是个非常帅气的大男孩，采访他时他的脸上洋溢着青春的光芒。他曾做客央视《焦点访谈》栏目，面对镜头泰然自若，谈笑风生。他现在在国测一大队应急测绘中心，从事应急测绘、航飞等工作，是一名无人机机长。

邢雄旺的爷爷、叔叔都是测绘人。让他感到自豪的是，一家三代人都与珠峰结缘，都直接或间接地参与了三次珠峰高程测量。

1975年，给珠峰"量身高"时，邢雄旺的爷爷是中国测绘科学研究院的炊事班班长，全力保障负责珠峰高程测量计算的科研人员的一日三餐；叔叔参与了2005年珠峰高程测量的经费预算和测量装备采购工作，为珠峰测量提供保障。

"或许是经常听他们讲述珠峰的故事，我心里从小就埋下了测量珠峰的种子。2019年10月，当我听说2020珠峰高程测量启动的消息后，激动不已，第一时间提交了报名申请。随后我顺利通过了各项考核，成为2020珠峰高程测量登山队的一员。叔叔知道这个消息后，隔三差五就通过微信与我交流，有鼓励，也有嘱咐。或许在他心里，我作为测量登山队的一员，也算是圆了他未在一线参与珠峰测量的梦想吧。"采访邢雄旺的时候，他刚从西藏回来。

2020年4月15日，邢雄旺从海拔5800米的营地出发，抵达海拔6500米的营地，进行高海拔适应性训练。在那里，他第一次出现严重的高原反应，呼吸困难，浑身没劲。到了晚上，气温极低，呼出的热气会在帐篷顶上凝为水珠或结成霜，一旦起风，就像下雨或下雪一样落在脸上、身上，特别难受。到达6500米营地的第一夜，邢雄旺在帐篷的睡袋里翻来覆去，不时地抹掉落在脸上的冰霜，彻夜未眠。高海拔虽然给他们的身体带来诸多不适，但是测量工作并未因此耽搁，攀登训练始终坚持。

第一次从海拔6500米到海拔7028米的北坳，他们往返用了十多个小时。回来之后，邢雄旺的体力完全透支，坐在帐篷里只剩喘息的劲儿。在前进营地，邢雄旺和队友们进行了为期12天的首期适应性训练，下撤到5800米营地后，手机终于有信号了。"失联"12天的他第一时间给妻子拨打视频电话。视频接通后，当妻子看到他被强烈紫外线灼伤的脸时，一下子把头转过去不吭声了，邢雄旺知道她哭了。丈夫在充满危险的高山上，12天没有消息，她哪一天不焦虑重重、彻夜难眠呢？为了不让妻子心疼难过，邢雄旺连忙把相机镜头反转，对着美丽晶莹的冰塔林，转移话题，让妻子和儿子欣赏美景。

"参加工作以来，我一直受到前辈精神的感召，从一个又一个测量故事里，理解和感悟测绘人的初心与使命，也一步一步地跟随着他们的脚步前行。5月6日早上，测量登山队第一次从珠峰大本营出发前，我郑重地将我的入党申请书交给了驻守在大本营的前辈任秀波，向党组织表达了我努力向前、勇攀高峰的决心。我虽然最终止步于海拔7400米，没有登顶，但我在之后的每一天都竭尽全力做着二线工作，我和登顶队员的心始终在一起。正因为如此，在他们登顶完成测量的那一刻，我和很多在海拔6500米营地的队友深情相拥，流下了激动的泪水。"邢雄旺毕业于西安科技大学测绘工程专业，是2020珠峰高程测量登山队队员。

让青春之花在珠峰绽放

刘泽旭是一名司机，父亲刘坤在国测一大队重力中队工作，是何志堂、任秀波、康胜军的师傅。其祖父刘正明是测一代队员，抗美援朝复员后到国测一大队工作，一辈子甘于奉献，任劳任怨。这种精神传承潜移默化，在刘泽旭的身上生根发芽，发扬光大。他小时候特别捣蛋，在西藏拉萨参军回来后，感觉脱胎换骨，像彻底变了个人。刘泽旭2007年参加工作，2010年汶川地震后，他强烈要求去参加灾后重建工作。

"当时他的孩子快出生了，我不同意他去。刘泽旭说：'我知道现在还缺人，我想去。至于孩子，我出生时我爸也在野外，没回来啊！'我说：'你让你爸给我打电话。'结果刘坤打来电话说：'小任，队里现在正缺人，你就让他去吧，家里孩子有人照顾呢。'刘泽旭一去20多天，回来孩子都出生了。2020年珠峰高程测量，他积极写入党申请书，强烈要求参加这个项目。刘泽旭说：'我是司机，可以给大家开车；我会测量，还会做饭，有二级厨师证，给大家保证伙食。'最后让他给大家做饭，他做的肉夹馍等家乡饭，队员们都十分满意。"谈起刘泽旭，任秀波赞不绝口。

采访刘泽旭的时候是在西藏昌都市边坝县。边坝县平均海拔4000米，境内山峰重叠，沟壑纵横，河流密布，5000米以上的山峰有20余座。其中，夏贡拉山海拔5621米，旧时为川、青、滇进藏必经之道，是赴藏第一险。我们去的时候是7月下旬，一年之中最热的季节，然而边坝由于海拔高，昼夜温差特别大，太阳落山后温度只有三四摄氏度，需要穿上棉衣才行。见到他们的时候，刘泽旭与队员姜奔正在测重力，我随他们的车来到山上。山路蜿蜒崎岖，对面白雪皑皑的山峰在阳光下分外炫目。测量工作正进行着，一阵乌云翻滚，顷刻大雨如注，接着便是冰雹，噼里啪啦砸在车上，地上很快便覆盖了一层，白皑皑的像雪。他们从嘉黎到边坝已经测了一段时间，马上就要闭合了。

陪同我到西藏采访的是国测一大队办公室的贺小明。贺小明曾多次进藏，先后在那曲、尼玛等地开展重力测量。他说每次到西藏都会有高原反应，因此从拉萨走的时候，准备了一些红景天之类的药。在嘉黎，我们翻越了几处海拔超过 5200 米的达坂，晚上住在海拔 4500 米的嘉黎县城，第一次感到头疼欲裂，体会到了高原反应的滋味。那天在拉萨时，一位西藏的朋友对我说："如果你没有到达 5000 米的高度，没有在空气稀薄的高原感受过肺部的紧缩，没有在耀眼的阳光下被雪峰耀眼的光芒照射得无法张开眼睛，没有在急剧下降的温度中体会逐渐变轻的生命，没有在宁静的夜晚仰望过浩繁的星空，那么你就不算来过西藏。"

边坝县城不大，由于是旅游高峰期，酒店特别紧张，联系多家后，好不容易住了下来。刘泽旭和姜奔过来后先洗了个澡，因为他们住的旅馆没有卫生间，也无法洗澡。

一路采访过来，我发现许多测量队员都佩戴着党员徽章，他们两个也不例外。刘泽旭长着一副娃娃脸，单眼皮，笑起来憨憨的样子。关于党员徽章，他说："测量队员佩戴党员徽章，一是时刻提醒自己是一名共产党员，工作再苦再累也要坚持下去。二是老百姓看见党员徽章感到很亲切，瞬间便会拉近距离，一路上都会提供方便。"两个人虽然晒得像藏族同胞一样黝黑，衣服好久未洗，头发蓬乱，但他们非常乐观，谈笑风生，特别是刘泽旭，做事雷厉风行，赓续了军人的优良传统。

"小时候，与父亲很长时间才能见上一面，他回来后满脸的胡茬，衣服脏兮兮的，头发乱成一团，于是我就问：'你是谁？'父亲说：'我是你爸爸呀！'过来要抱我，我躲在母亲身后不让抱。我看见父亲眼里那种难以言状的落寞。奶奶去世时，父亲在西藏出测。父亲接到电报时，奶奶已经火化 15 天了。虽然我当时很小，但这个事情依然记忆犹新。父亲出生时，爷爷出测没有在身边；我出生时，父亲出测没有在身边；我的大儿子出生时，我也是出测没有在身边……没能在孩子出生、亲人去世时守候在家人身边，是我家三代测绘人心中永远的痛。参加工作后，我曾从事外业水准测量、埋石、测图等工种，后来被借调到车队当司机。进了一大队才知道，有价值的生活很充实。自己曾学过厨师专业，2020年珠峰测量，主动要求参与这个项目，给大家做好后勤服务工作，再苦再累我也不怕。"

当刘泽旭真正到达他的"主战场"——海拔5400多米的二本营时，他迷茫了。什么营地啊，山体碎石堆出来的一块平地而已！没有供电，水源还在冰川下方，需要步行半小时才能取水，物资只能通过人力输送。在那里，他将担负起整个交会组十几人的伙食重担，还要保障队员们上点位时的给养。

恶劣的自然环境和高原反应带来的身体不适尚能克服，令刘泽旭抓狂的是食材该怎么存放？那可是大家一点一点、一步一喘从山下扛上来的啊！根据早晚温差大、中午日照长的天气特点，刘泽旭在室外用石板堆砌了一个"天然冰箱"存放肉类食材，在帐篷内用三层被褥来保存蔬菜。在刘泽旭的精心呵护下，食品得到了保障，可以确保队员们的蔬菜、肉类供给。队员和来点位上工作的人来自五湖四海，众口难调，再丰盛的饭菜，吃上一两个星期也会索然无味。但是，作为一支多数人都是老陕的队伍，刘泽旭知道，大家最想吃到家乡的味道，所以他只能克服不利条件，给大家多做做家乡的饭菜，抱着"吃好吃饱不想家"这个简单的想法，努力把饭菜做得可口，尽量让大家吃好点、吃饱点，全力以赴去测珠峰。

"我曾在西藏当过三年兵。在部队，炊事员也是战斗员，不断优化官兵饮食结构，确保官兵吃饱、吃好、吃出战斗力。我的本职工作虽然是司机，但在国测一大队，分工不分家，大家的目标永远是一致的。"刘泽旭说着打开手机，让我看他拍的视频和照片，都是与测量有关的。

登顶只是成功的第一步，我们的测量才刚刚开始

让我们再次把时钟拨回2020年5月初。

5月的珠峰昼长夜短，风和日丽。珠峰如圣洁的女神出浴，安详、自然、恬静，涤荡人内心的尘埃。宝蓝色的天幕上，一抹白云从峰巅抛下，像一绺洁白的哈达随风飘舞，迎接攀登者的到来。

根据气象消息，5月12日是一个登顶的窗口期，指挥部决定抓住时机尽快出发。从大本营前往峰顶，途中一般需要五天时间，先后要经过海拔5800米的过渡营地、6500米的前进营地、7028米的C1北坳营地、7790米的C2营地和海拔8300米的突击营地。

5月6日中午，指挥中心给所有测量登山队员举行了简单而热烈的出征仪式。下午2点，队伍开始出发。他们历时六个多小时，晚上8点左右到达了海拔5800米的过渡营地，在此过夜休整。5月7日下午5点左右，经过近七个小时的攀爬，测量登山队从5800米过渡营地到达了海拔6500米的前进营地，队员们状态良好，山上风也比较小。按照计划，5月8日，队员们在6500米的前进营地休整一天。5月9日，测量登山队按照计划就要向海拔7028米的C1营地进发，此时前方修路队传回消息，在接近海拔7000米的北坳冰壁附近，雪深、风大，极易因为流雪而导致雪崩。雪崩对登山者来说异常危险，如山一样的积雪崩塌下来，瞬间可以覆盖和淹没一切。修路队受阻，无法继续前进完成修路任务。在这种恶劣的气候条件下，为了安全起见，测量登山队第一批队员于当天晚上 8 点下撤返回大本营。5 月 10 日，其余队员撤回大本营，继续等待合适的天气。

"失去第一个窗口期，我心头的压力还不是太大，因为 5 月应该还有一两次机会，队员们也正好借机进行拉练适应和高海拔攀登训练。气象部门预测第二个好天气会在 5 月 17 日以后出现，我们都在焦急地等待着第二个窗口期的到来。"作为现场总指挥，李国鹏感觉肩上的担子很重。

李国鹏生于 1976 年，2000 年毕业于长安大学地质工程与测绘学院测量工程专业。2012 年硕士毕业于长安大学测绘工程专业，高级工程师，现任国测一大队大队长。采访一大队队员期间，每天见面都会聊一会儿。他身材虽然不是十分高大，但是很强壮，是国测一大队中坚力量的杰出代表。

李国鹏的家在陕西蓝田县农村，小时候家里条件不好，只能上普通中学。父亲当时在县城工厂上班，一家六口人，兄妹三个，母亲和祖父在农村务农，生活条件艰苦。李国鹏在农村上学时便经常利用课余时间在地里帮大人干活，各种农活他都会干，手脚特别麻利。上高中时住校，离家十几公里，李国鹏每周骑自行车回家取一次馍。夏天热，馍很快便馊了，酸得吃不成；冬天馒头发干裂皮，里面冻成了冰渣子，就着腌菜凑合着吃。宿舍没有炉子，夜里两个同学盖一床被子，铺一床被子，相互取暖。没钱买暖水瓶，就喝凉水，大冬天用凉水洗头，头发上很快便结冰了。第一年参加高考时，李国鹏突然拉肚子，流鼻血，结果没考好。第二年发奋努力，终于上线了，被西安地质学院（2000 年合并到长安大学）测绘专业录取。

2000年7月，李国鹏大学毕业，最先签约到北京朝阳区一家单位，由于当时父亲身体已出现问题，李国鹏觉得不能远离父亲，在当时看病需要大量费用的情况下，他仍多方筹集，交了在当时来看是巨额的违约金。到陕西测绘局后，李国鹏被分到国测一大队工作，干外业，做水准、GNSS和地形测量工作，每年外出很长时间。那时候，父亲病情已开始恶化，李国鹏一去四个多月，等到11月接到通知赶回来后，父亲病情已经非常严重，他把自己四个月攒下的3000多元工资全部交给医院，结果仍无济于事。八天后，父亲便离世了。这件事对他影响很大，每次想起都会觉得内疚。2010年，李国鹏在林芝测量时突然得了尿结石，疼痛难忍，只好打止痛药。当地无法治疗，他坚持把项目做完，回到西安后才去医院做了碎石手术。

　　2013年至2015年期间，李国鹏被调到其他单位工作，2016年回来任国测一大队副队长，2017年担任大队长。李国鹏性格外向，为人豪爽，典型的"国"字脸上一对浓眉大眼，透着一股秦人的刚毅和自信，一看就是个铁骨铮铮的汉子。他是个孝子，家在蓝田县，开车一个多小时就可以回去，然而由于工作繁忙，在西安也常常一月四十天回不去。父亲去世后，母亲在城里住不惯，习惯在老家生活，李国鹏就在生活上尽力照顾，始终保持每周给母亲打一次电话的习惯。

　　2020年去珠峰之前，李国鹏没有给母亲说，怕她担心。春节回家时，他与母亲提了一下，只是说有重大任务，过完年要去西藏。老人文化浅，对西藏没有什么概念，嘱咐儿子不要担心自己，给人家把工作做好。4月30日，2022珠峰高程测量首场新闻发布会召开，全国轰动。家人知道了此事，母亲每天坐在电视机前看直播，关注国测一大队的一举一动。

"我每周在高原抽空给母亲打一次电话，母亲在电话里特别激动说：'你小心点，一定要把国家的事情干好！儿呀，你有出息就好，给咱家争光了！'那段时间母亲很高兴，她认为儿子在外面干的是大事。"说到母亲，李国鹏的脸上洋溢着幸福的笑容。

珠峰测量期间，在大本营高海拔地区，李国鹏感到鼻子特别疼，无法呼吸，非常难受。半夜闹肚子，翻江倒海，强忍着不上厕所——因为他的痔疮犯了，便血，特别痛苦。穿着厚厚的羽绒服，在临时搭建的小铁皮厕所里蹲不下去，十分难受，上一次厕所就会痛苦一次。

作为现场总指挥，李国鹏每天拿着手机和对讲机与山上的队员保持联系，通过视频可以"听"到山上队员们的肢体语言。珠峰测量期间遇到了很多困难，协调难度也极大，作为现场总指挥，李国鹏面临极大压力，但是他必须排除一切干扰，不找任何理由和借口，树立必定成功的决心和信心。

那段时间，指挥部随时关注着珠峰峰顶的天气变化情况。从天气预报来看，2020年的气候非常反常，好的天气不多。根据天气预报，5月22日会是第二个窗口期，峰顶风速会变小。按照以往登山的经验，高海拔地区大风是影响登山的最大因素。一般来说，海拔8000米以上雪不会太大。经过综合研判，指挥部决定将5月22日作为窗口期，安排第二次冲顶。

5月16日中午，指挥部会议再次在大本营召开，明确了冲顶方案和计划，并且调整了冲顶人员名单。下午1点，测量登山队经过休整，从大本营再次出发，晚上8点到达5800米的过渡营地。5月17日11点，测量登山队从5800米的过渡营地出发，历时五个多小时，到达6500米的前进营地。营地有极强的阵风，并且有逐渐增大的趋势。5月18日，测量登山队在海拔 6500 米的前进营地召开攻顶动员会,公布了 12 名攻顶队员名单,为最后的冲顶做好了准备。随后,经过两天艰难的攀爬,队员们于 5 月 19 日越过了 7028 米 C1 营地,于 5 月 20 日晚上 7 点到达 7790 米营地,顺利通过了海拔 7000 米的北坳大冰壁和海拔 7500 米的大风口。原以为最困难的大风口都过去了,后面高山风会变得小一些,但没有想到,受多年不遇的气旋风暴"安攀"的影响,7790 米营地全是大雪,雪深近一米!

5 月 21 日,就在计划冲顶前一天,前方修路队传来消息:7790 米的 C2 营地以上的区域雪深已超过一米,修路队前期布设的供测量登山队使用的路绳已完全被冰雪覆盖,根本无法前行,只能停止前进。为确保安全,中午时分,测量登山队决定下撤到 6500 米的前进营地,休整待命。

"两次冲顶受挫,大家的心理压力都很大。但登山就是这样,要敬畏大自然,行有所止。两次失利后,留给我们的时间不多了,尤其是时间已经到了 5 月下旬,窗口期更短,并且气象条件也越来越差,指挥部面临着巨大的压力。我们经过慎重研判,决定成立冲顶突击队,选拔具有丰富登山经验的测量登山队队员冲顶,由原计划的 12 名冲顶队员缩减至 8 名。同时,天气预报由原来的八小时预报改为了四小时一次,甚至两小时预报一次,气象部门的同志们更加精准地预报山顶的风速、降雪等。"采访的时候,李国鹏配合肢体语言,讲得绘声绘色。

5 月 24 日下午 2 点 15 分,2020 珠峰高程测量登山队的八名勇士再次从海拔 6000 米的前进营地出发,当晚到达海拔 7028 米的 C1 北坳营地,准备第三次向顶峰发起冲击。

5 月 25 日晚上 7 点,李国鹏得到消息,队员们当天从 7028 米的

C1 北坳营地出发，历时八个小时艰难攀登，陆续到达海拔 7790 米的 C2 营地，全体人员身体状况良好。7790 米 C2 营地高山风比较大，队员们在大风中艰难地搭起帐篷。这个营地位于大风口上方的冰岩混合地带的斜坡上，大风是这个地方的特色，气温基本在零下 20 摄氏度左右。帐篷不能提前搭起，只能在一个倾斜的山坡上现场搭建。队员们好不容易搭起的七顶帐篷中有三顶被大风刮破，他们只能几个人挤坐在一起，听着呼啸的大风熬过一夜。李国鹏从前方传回的视频里看到，在剧烈晃动的帐篷中，两名队员抱着重力仪，确保其不受碰撞。他被他们在如此恶劣环境中，时刻不忘保护好仪器设备的敬业精神深深感动！

5 月 26 日下午 4 点 35 分，前方传来好消息，修路队六名队员终于成功地将安全路绳铺设至珠峰峰顶！大家一片欢呼，为这些勇敢的、默默奉献的修路队员点赞。

5 月 26 日，八名测量登山队员从 C2 营地出发，晚上抵达海拔 8300 米的 C3 突击营地，做好了最后的冲顶准备。此时，大本营已持续了几十个小时大暴雪，每个人心里都十分紧张。

5 月 27 日凌晨 1 点，指挥部与山上联系得知，队员们开始做冲顶前的准备工作。他们的饮食极为简单，由于高寒缺氧而引发的高山厌食症，使每个人都没有胃口。为了增加热量、补充体力，队员们用酒精炉煮点开水冲泡点炒面，外加点方便食品，强迫自己吞下。

凌晨 2 点，次落队长通过对讲机告诉大本营指挥部，山上风变小了，积雪也不太厚，队员们开始出发，预计上午 8 点至 9 点到达峰顶。每个队员除自身物资装备外，还携带了测量仪器设备，负重达 20 多公斤。在海拔 8300 米以上氧气极其稀薄的极高山地攀爬行进，每走一步都要伏在登山镐上喘几口气，平息一下剧烈跳动的心脏才能继续攀登。

下面的人只能通过天文望远镜，看见几个黑点在山脊上缓慢移动……

在焦急的等待中，2020年5月27日11点，李国鹏终于听到次落队长用对讲机报告：全体测量登山队员成功登顶！登山总指挥王勇峰队长向大家宣布了这一振奋人心的喜讯！指挥部帐篷内外一片欢呼，许多人流下了激动的泪水，大家终于盼到了这个让人喜极而泣的重要时刻。巧合的是，这个日子与1975年老一代测绘登山队队员登顶竟然是同一天！时隔45年，火红的觇标在同一天又一次竖立在世界之巅，这既是对测绘精神和登山精神在新时代测绘英雄群体中薪火传承的最佳诠释，也是对前辈的致敬！

队员登顶后，面对镜头，李国鹏落泪了。一旁的记者让他宣布："珠峰测量取得成功！"李国鹏拒绝了。他说："登顶只是成功的第一步，我们的峰顶测量工作才刚刚开始。"和许多队员一样，那段时间他没有洗脸，胡子拉碴，看起来像个大老粗，实则非常心细，具有大局意识和全局观念，指挥镇定自若，从容不迫。

登顶成功，这仅仅是珠峰峰顶测量完成的第一步，更重要的是随后在峰顶的测量工作。就在大家欢呼庆祝的时候，对于测绘人来说，真正的工作和挑战才刚刚开始。队员们首先要尽快在峰顶稳定牢固地竖立起测量觇标，让觇标上的棱镜面向大本营方向，这样，交会点上的测距仪才能照准目标并进行测距。

此刻，李国鹏心里特别紧张，他甚至担心登顶队员在匆忙中会忘记取掉觇标上保护棱镜的镜头盖！觇标有2.67米高，需要一个人扶稳，三个人同时竖立。峰顶刮着大风，在只有十几平方米的倾斜山顶上，要尽快把觇标的金属锥脚钻进冰雪地面，用九根绳索把它固定稳妥，操作难度非常大。在峰顶工作的队员们压力极大。由于海拔太高，每个人的思维和动作都变得迟钝和缓慢，仪器的操作难度也会增加，很多在山下培训时熟练掌握的操作动作，到了山上也会出现新的问题。

指挥部通过对讲机不断地和次落队长保持联系，排除出现的各种问题。为了方便操作，普布顿珠、次仁多吉等三名队员摘下了氧气面罩，进行无氧操作设备100多分钟。还有两名队员在零下20多摄氏度的环境中，为了精确地使用仪器，冒着冻伤手指的危险，毅然摘掉羽绒手套，操作重力仪和GNSS接收机。最终，测量登山队在珠峰峰顶连续工作了150分钟，创造了中国人在地球之巅停留时间最长的纪录！

在峰顶停留150分钟，队员的体能已达到极限。为确保安全，王勇峰队长下达了下撤的命令，不仅人员要安全下撤，承载着测量数据的仪器设备也必须安全带回。

2020年珠峰高程测量有六个交会点，一个交会点两个人，共12个人。其中，郑林、武光伟在大本营；宋兆斌、李锋在中绒点；李飞战、孙文亮在东2点；谢敏、王战胜在东3点；田锋、李科在Ⅲ7点；薛强强、程璐在西绒点。当珠峰上的觇标竖起来后，六个交会点也同时对准觇标进行观测。

第一天，因为珠峰峰顶上有云雾，觇标立起来后看不清楚，数据量不够，达不到精度。第二天，队员们接着再测，保证数据量一定要超出要求标准。

5月27日，又是一个不眠之夜，大家都在兴奋地说着、笑着，一边抽着烟一边开着玩笑，但没有一个人愿意去休息，都坐在帐篷里等着队员们归来。

5月28日早晨6点，一大队技术负责人刘站科从帐篷中刚钻出来，一抬头便看见李国鹏队长站在大本营营地中间，直直地看着珠峰方向。

刘站科问他怎么起来这么早，李国鹏说睡不着，就起来看看队员们走到哪里了。其实，肉眼根本看不到什么。

第二天，分布在六个不同点位的测量队员们奋战了一天半时间，终于圆满完成任务。从西绒布下撤的时候要顺着一个大斜坡往下滑，突然一块石头滚了下来，砸在绒布河的冰盖上，冰咔嚓咔嚓裂开一道缝隙，几秒钟后冰缝迅速蔓延，人已经无法通过。绒布冰川到处是冰塔林，人在下面显得非常渺小。银色的冰锥散着寒光，有的已经裂缝，感觉随时都会崩塌下来，有的像一座山峰，有的像一柄利刃，直刺天际。队员们只好另辟蹊径，相互搀扶着慢慢往下撤。

28 日晚上 8 点 20 分，守候在二本营的人远远看到一个红点出现在通往二本营的隘口，每个人都欢呼雀跃——测量登山队员们安全下来了！

大家蜂拥着如潮水般冲过去迎接队员们。

晚上 9 点，接受完哈达和酥油茶的洗礼后，队员们一个个匆匆地向着大本营走去。王伟从内衣口袋里掏出来包裹得严严实实的 U 盘交给了刘站科。刘站科迅速拿着 U 盘跑向大本营。一进帐篷便急忙把帐篷入口的拉链拉死，不让任何人进去打扰他们检查数据的工作。

测量完成后，数据获取的成功与否非常关键，如果数据出现问题，就会前功尽弃！先前他们在大本营和 6500 米前进营地做过多次测试，用于峰顶测量的仪器将测量数据同步进行网络数据传输，没有问题，但仪器到了峰顶却无法及时传输数据到大本营。到底仪器设备里的数据是什么情况，测量时间是否足够，仪器的存储卡中会不会是一片空白，一切都未知。

李国鹏捏着一把汗，寝食难安。因为在拿到最终测量数据之前，谁也不敢断言测量已经取得成功。

那天晚上，技术人员在里面下载检查数据，李国鹏独自在帐篷外焦灼地踱步，不敢进到帐篷里，害怕看到卡上一片空白，也害怕工作人员告诉他，数据质量不合格……晚上10点50分，李国鹏实在忍受不了这份煎熬，进到帐篷里，小心翼翼地询问数据情况。一名队员告诉他，还需要10分钟结果才能出来。

这10分钟是李国鹏经历的最漫长、最难熬的时间。他盯着电子手表上的时间一点点地跳跃着，心率一点点在升高……终于，当他看到技术负责人刘站科给他比画了一个OK的手势时，一颗悬着的心才放松下来。这时，距离5月27日11点队员们成功登顶已经过去了整整36个小时。也就在这时，才真正标志着2020珠峰高程测量工作圆满成功！

现场一片沸腾，大家都万分激动和兴奋，持续几个月的巨大压力彻底释放。

"我认为，每一个集体、每一支队伍的带头人在重要关头、大事上一定要有担当，大家相互成就。后来有记者问我：'当时有没有想过，万一第三次冲顶依然不成功怎么办？'我说：'即使在最艰难的时刻，我也不会去想失败，不去想如果成功不了怎么办，更不会想到自己的得和失——这个任务一定要完成！'通过2020珠峰高程测量，我们检验了新一代队员，他们执着坚守，面对困难迎难而上，毫不气馁。70多名一线队员，几十名在后方提供各项保障，40多名党员冲锋陷阵，没有任何借口和推辞，并引以为傲。在那种极端艰苦的环境中，人的感情会更纯粹，对世俗凡事看得很淡，面对陌生人也会伸出援助的手，队员之间更是同心协力，携手作战，情同兄弟。除了我们的队员，藏族同胞也给了我们很大帮助。测量结束后，我们专门去看望了藏族同胞丹增一家，给他们的小孩带了两大包零食，给他们家赠送了100公斤大米，感谢他们家两代人支持并参与到珠峰测量任务中来。当地藏民村民对测量队员也特别友善，我们从大本营一路开车下来，他们夹道欢迎，给车上绑上大红花。珠峰当地的边防警察保护我们一个多月，给队员们献上了哈达。我们把剩余的给养物资赠送给了珠峰保护站及珠峰地区的村民，感谢他们几个月来对我们的保障和帮助。"说起当时的场景，李国鹏仍显得十分激动。

峰顶测量完成后，国测一大队将接力棒交给了下一个单位——自然资源部大地测量数据处理中心。珠峰高程测量是多种技术手段的综合应用过程，最终公布的珠峰高程，是对多种数据进行综合处理的结果。在对数据分析、处理的基础上，还要进行理论研究、严密计算和反复验证，才能确定珠峰精确高程。

2020年12月8日，国家主席习近平同尼泊尔总统班达里互致信函，共同宣布珠穆朗玛峰高程——8848.86米！

2020珠峰高程测量经历了艰难的登顶测量过程，在经过两次冲顶、两次下撤的不利情况下，全体队员顶住压力，第三次向峰顶发起冲击，最终成功将测量觇标竖立在珠峰之巅，向世界展示了中国高度和中国力量，也充分展现了为国测绘、为国攀登、不屈不挠的精神和"爱国、奋斗、奉献"的优秀品质。在攀登最艰难的时刻，全体队员始终保持信心，这种信心来源于坚决完成党和国家交给的重大任务时的顽强拼搏精神，来源于一批勇于为国奉献的队员，来源于各方面的大力支持和协助。在这个重大任务中，充分展现了团结和协作精神，修路组、运输组、交会组、外围测量组以及后勤保障人员等，他们都是后方默默奉献的英雄，每个人都是这次任务圆满完成必不可少的勇士。

这次珠峰高程测量创造了多项第一：第一次在珠峰高程测量中全面应用了我国北斗卫星导航系统；第一次实现珠峰峰顶测量仪器设备全面国产化；第一次实现人类在珠峰峰顶开展重力测量……

珠峰高程测量的核心是精确测定珠峰高度，这同时也是一项代表国家测绘科技发展水平的综合性测绘工程。每次珠峰高程测量，都体现了我国测绘技术的不断进步，彰显了我国测绘技术的最高水平。不同时期以不同方式测量珠峰高程，反映了人类对自然的求知探索精神，已成为人类了解和认识地球的一个重要标志。

珠峰是世界最高峰，在珠峰高程测量中，每一名队员都是攀登者。登顶珠峰并不意味着人类战胜了自然，而攀登过程中散发出的精神魅力，必将激励我们铸就新的高度！

卷三・祖国至上

常思奋不顾身,
而殉国家之急。
——司马迁

第七章

群山之巅

穿越祁连

祁连山脉位于青海省东北部与甘肃省西部边境，绵延1000多公里，是中国境内主要的山脉之一，素有"万宝山"之称，蕴藏着种类繁多、品质优良的矿藏。

在祁连山的庇护下，河西走廊成为丝绸之路上的黄金通道，又形成一个个绿洲城市。祁连山让人联想更多的是金戈铁马，连年兵燹。祁连山下，曾建立过"五凉"政权，西夏王国，奔驰过匈奴铁骑，放牧过吐蕃牛羊，变换过党项王旗。历史上，这里一直是兵家要塞。祁连山像美丽慈祥的母亲，用甘冽的雪水滋养了河西走廊。正如匈奴歌所言："亡我祁连山，使我六畜不蕃息；失我焉支山，使我妇女无颜色。"可以说，没有祁连山，就没有河西绿洲。

"巍巍峨峨祁连山，风刀雪剑烈骨寒；红旗指处峰让路，战士刀头血未干。"金戈铁马，鼓角争鸣，一曲曲悲歌在历史的天空回响着。

1936年10月，穿着单衣草鞋的西路军健儿在无后勤、无弹药补助、无任何救援的情况下，视死如归，在祁连山下与飞机、重炮、骑兵组成的，拥有强悍火力的二三十余万敌军顽强战斗半年，完成上级交代的所有任务后，宁死不屈，战死7000人，歼敌5.5万人，在中国革命战争史上写下了悲壮的篇章。1937年3月，由李先念、李卓然率领的红西路军左支队突破马步芳军队重重围困进至黄番寺地区（今祁连黄藏寺），敌马元海部尾随追至，在黑河、八宝河交汇处，左支队与之进行了激烈的战斗后西进。他们沿黑河、野牛沟峡谷南行越热水达坂，经托勒、疏勒河谷辗转西行，抵达星星峡（甘肃、新疆交界处）。黄番寺之战是红西路军兵败河西后在李先念的直接领导下取得的第一次胜利，沉重地打击了敌人的嚣张气焰，鼓舞了士气，彻底摆脱了敌人的追击，为部队补充了给养，为左支队走出冰雪祁连山继续西进奠定了基础。

1949年，祁连县终于见证了中国人民解放军解放大西北的历史进程，显现出人民政权的建立和建设美好家园的由衷喜悦，以及由此开始祁连经济社会发展的崭新纪元。

从1956年7月至1957年7月，国测一大队近300名职工用一年的时间，在甘肃和青海交界的祁连山地区进行测量大会战，完成了五万多平方公里1∶10万比例尺航测成图的航外工作，为后面更有效地开展工作打下了坚实的基础。

2022年6月，在国测一大队时任办公室主任任秀波的陪同下，笔者去无锡采访了当年参加珠峰、托木尔峰及祁连山区测量的老测绘队员薛璋。

采访薛璋的时候，他正准备去跳广场舞。

"知道你要来，我准备了一些资料。"薛老拿出自己写的文字复印件，一页页地翻给我看。这些文字详细记录了他从事大地测量以来各个阶段的重要事件，字迹工整，一丝不苟。1995年薛老退休后，被单位返聘又工作了10年，70岁那年回到无锡，颐养天年。

　　这是一个测量之家，且工种齐全——大地、地形、航测、制图都有。老伴杨美华毕业于西安地质学校（现长安大学）测量专业。女儿也学了测量专业，在航测队工作，女婿在地形队工作。儿子从西安交通大学毕业后，现在深圳从事与测绘制图有关的产品研发工作。

　　"每天都去跳广场舞吗？"笔者问。

　　"每天早晚各一次，每次40分钟，锻炼身体嘛！"薛老笑呵呵地说。

　　"您还有什么其他爱好？"

　　"写书法，画画……陶冶性情嘛！"他指着墙上的书画让我欣赏。

　　"老伴去世了，一个人闲不住，总得找点事做呀！"薛老补充道。

正说着，远在西安的女儿打来电话，询问父亲的生活情况。父女俩聊了几句，薛老说："我好着呢，你不要为我担心。"一缕阳光从窗户铺了进来，洒在薛老的脸上，那张布满皱纹被岁月磨砺的脸虽饱经风霜，却洋溢着幸福的笑容。

　　"在我50多年的测绘生涯中，最令人难忘的是甘肃西北部的祁连山区。"薛老说。

　　1962年9月初，薛璋得到通知，局里计划进行第二年测区技术设计，要他在国庆节后到局兰葆璞工程师处报到，接受设计任务。那是"安西—敦煌"的一个踏勘项目，年轻的薛璋跟随大队人员一同前往。天气预报10月5日天气转晴，早晨9点他们乘火车西行时，天气依然阴沉沉。路过兰州时，队员们每人吃了一碗面。初冬的乌鞘岭已经很冷，队员们蜷缩在车上，熬过了一个寒冷的夜晚。8日子夜，火车到达柳园站，大家下车后找了家旅店，但感觉又脏又臭。经过30多小时的乘车劳累，队员们也顾不得这些了，上炕后很快便进入梦乡。

10月10日，测量队沿星星峡到安西的公路驱车南下，开始了踏勘工作。星星峡位于甘新交界处，峡谷两旁山势逼近，谷幅甚窄，旧时驿道都经过此地，为新疆与内地往来的重要门户。这片区域是我国西北内陆最干燥的地带，因为距海遥远，东南湿润的夏季季风鞭长莫及，西北冲来的寒湿气流被北面的天山阻隔住了，所以沿途不但不易见到高大树木，低矮的丛草灌木也很稀疏。公路两旁分散着高度约20米的小山丘，如大梁、独山等，其中有传说薛丁山征西时薛仁贵阵亡处的白虎墩。1936年西路军艰难地翻过祁连山后，在这里曾遭遇马步芳的骑兵追杀，不少红军战士长眠于此。

抵近安西县城北的大桥，靠公路旁有家小旅店，店南约50米处有口枯井，队员们下车后特地到井旁凭吊一番。1957年初秋，他们的队友岳殿春出差时夜宿在北大桥旅店，一个蟊贼看上了他背的望远镜及手腕上的罗马表，半夜趁岳殿春熟睡时，用棍棒将其打死，偷取望远镜、手表等物品后，将岳殿春用被子包好，抛尸于旅店门外的枯井中。岳殿春是薛璋的好友，1956年从南京地质学校大地测量专业毕业后被分配到地质部第一大地测量队（国测一大队前身）。1957年，岳殿春到格尔木西边的大灶火接替了薛璋的工作，两人过去经常聊天。岳殿春是江苏宜兴人，家中有个姐姐，服侍着双目失明的老母。

"岳殿春牺牲时年仅21岁！他去世前一个月，我们还在青海湟源大队部一起吃饭聊天。此次有机会到枯井旁凭吊一番，以表心意。岳殿春的坟墓在北大桥南边沙土中，队上用混凝土做了个墓碑，竖立在凄凄的寒风中。"谈起牺牲的队友时，薛老表情非常凝重。他说二十世纪五六十年代，许多地方自然环境十分恶劣，队友时有不测。1954年，张荫同在山东作业时，半夜遇暴风雨，加固帐篷时坠崖殉职；1956年，窦开宽在川西羊子尖窝点上作业，从雪山顶上滑入100多米的深沟殉职；杨忠华在青海格尔木南山工作时下山运水，掉进一个雪坑里，挣扎了很长时间，三天后队友们找到他时发现已经被冻死。唐昌义是个木工，1956年在青海诺木洪南五指山观测点，运石头加固觇标时，因脚下石头松动，摔下山永远离开了。1956年夏，姚云在新疆富蕴山地区进山测绘，因腹部疼痛，两次从马上摔下来。陪同他的副县长劝说他返回县城治疗，姚云说自己坚决不当逃兵，休息一会儿就上马赶路，结果没走多远又从马上跌下来，被送往医院抢救。经医生诊断，因阑尾化脓转化成腹膜炎，抢救无效死亡，年仅30岁。苏来源是转业军人，贵州毕节人，参加过抗美援朝战斗，1956年转业到地质部第一大地测量队工作。1957年在青海省刚察县造标时，乌云滚滚，他背着仪器往山下跑，结果被雷击而亡，年仅22岁……这些队员大多是军人转业过来不久，参加过抗美援朝战争，有的大学刚毕业，参加工作不到两年，牺牲的时候大多20多岁，尚未结婚。他们为祖国的测绘事业献出了自己年轻的生命，令人无限感动、哀痛和惋惜。

测量队开车行到安西气象站，收集有关安西地区的气象资料后转入安西县城。这是一个古老的县城，面积约四平方公里，城内马路狭窄，路面尘土飞扬。因安西城建在翻浆地上，春天地面松软，致使民房墙壁断裂甚至倒塌。20世纪60年代，自然灾害频仍，物资奇缺，薛璋一行四人住在一间小屋。在闷郁的气味中，同行的老何与明安金睡得挺香，鼾声此起彼伏。破房中老鼠到处乱窜，窸窸窣窣的声音使薛璋难以入睡。翌日，他们驱车向南，沿着一条不足四米宽的土公路越过一块丘陵区，到达一个叫踏实的地方。这里有一条源自祁连山谷的踏实河，是疏勒河的主要支流之一。河水穿过20余公里的戈壁到达踏实地区，灌溉成这一片绿洲，队员们在踏实河边搭起帐篷。夜晚，宁静的戈壁只能听见踏实河哗哗的流水声。河西走廊像一个巨大的通风管，安西就是一个风口。10月13日刮起了大风，这里大多刮西风，风力又大，所以生长在此处的树干都是向东弯曲倾斜的。风越来越大，刮得帐篷挺不住了，队员们干脆把帐篷放下来盖在被子上，任凭狂风裹着砂砾铺天盖地打在脸上。大风整整刮了一天，到14日夜才停。第二天，队员们把该做的工作做完后，向西沿着戈壁上旧有的车辙向敦煌莫高窟奔去。莫高窟千佛洞距离敦煌约15公里，其间隔着三危山和鸣沙山，两山之间有条通道，是通往敦煌的要隘。薛璋在车上瞭望，但见南侧的鸣沙山覆盖着厚厚的黄沙，大风刮来，黄沙向下流动，发出沙沙声响。北侧的三危山挺拔竖立，紫黑色的片岩构成巨大的山体，蔚为壮观。这里没有鸡鸣狗吠，没有人声嘈杂，只有静静的三条渠水从危山下流出，流向北边的月牙泉。半月形的月牙泉长约百米，池水清澈见底，终年不干不溢，在广袤的戈壁沙漠中像一块镶嵌的宝石，熠熠生辉。

"我跟你要说的是祁连山下发生的事情，一个令我终生难忘的悲伤故事。"薛老沉重地说。

1963年2月，为了全面开展工作，一等三角锁必须提前布设好，大队决定成立一等三角选点组，薛璋担任组长，组员有蒋岑、张坤顺、黄琨，司机吴焕臣。3月1日中午，他们到达柳园后住了一宿，又顶着7级大风向玉门镇进发。此时，整个河西走廊混沌一片，给人一种不祥之兆。汽车迎着大风艰难地向玉门镇东北的小黄山一等三角点前进，中午时分到达点位，他们按预先分工，将黄琨与张坤顺两人留下，安置好营地后同程前往。途中,汽车陷入翻浆地,队员们花了两个小时挖泥填石,才把车从泥淖中开出来,大家累得筋疲力尽。到达玉门镇西南戈壁滩上的柴坝庙工作点时已经天黑,幸好有月亮,戈壁上的梭梭树随手抓来即可烧火。队员们搭好帐篷,做了些面疙瘩填饱肚子便睡了。夜里风越来越大,月亮周边出现五彩的风环,预示来日依旧是大风天。果然,自3月6日至16日,大风整整刮了10天,从未间断。天空中弥漫着灰黄色的尘埃,根本无法工作,每天只是听到柴坝庙三角点上的老觇标从木缝中发出呜呜的悲鸣声。帐篷里厚厚一层细沙,所有人都蓬头垢面,忍受着枯燥寂寞,在大风中苦苦地等待着。

3月16日半夜,河西走廊下了一场大雪。17日早上晴空一碧,能见度可达百公里,久违的祁连山脉银装素裹,分外巍峨。队员们抓紧这难得的机会连续奋战了两天,将小黄山与柴坝庙的通视问题解决了。3月21日,测量队开展下一步工作,上玉门镇南面的照壁山,山上有个原一等三角点,他们此次新布设的一等三角点必须与它相连,因此要到该点上去勘察一下如何相连,有无障碍。照壁山北坡壁立千仞,很难攀登,只有从南坡上山较为容易。然而仅两天的好天气后,河西走廊的雾霾又起来了,从玉门镇向南瞭望,照壁山只有一个淡淡的轮廓。汽车沿着公路南行,一路上坡,来到照壁山的山口。这是疏勒河向北流入戈壁的出水口,两边是峭壁,公路在河岸边。一进山口,汽车多次抛锚,修好后走一段又抛锚,如此几次反复,令人十分扫兴。

那天晚上,队员们住在昌马镇的一个招待所里。所谓招待所,其实就是几间平板房,里面特别简陋。大家又冷又饿,提议生火做饭——其实也就是摊几张饼子。土炉子生起火来烟熏火燎,屋子里浓烟滚滚,呛得人不停地咳嗽。薛璋吃了点东西后感觉舒服了许多。为了保住屋子里仅有的一点温度，他们把门窗都关严实了，给炉子压上一些煤末，便钻进被窝里睡觉了。蒋岑翻来覆去睡不着，薛璋开玩笑说："你是不是想媳妇了？"蒋岑是常州武进人，年纪与他差不多，结婚不到三年，妻子是个小学教师，非常漂亮。蒋岑说："我想儿子了，走的时候儿子黏着我不让走，一放下来就闹。"蒋岑的儿子一岁多，跟薛璋家的锋锋差不多，活泼可爱。是啊，独在异乡，队员们上有老下有小，哪个不思念自己的亲人呢？那晚蒋岑说了许多话，谈起自己的父母时，还落了泪……夜里，薛璋感觉自己沉浮在冰冷的疏勒河里，全身奇寒，冻得发抖，难以忍受。他张开眼睛，发现一个影像模糊穿着白衣服的女人压住他的手要给他打针！第一针很痛，接着第二针也扎进去了……薛璋迷迷糊糊中感觉到一位医生给他盖上被子，身上不冷了，他舒坦地睡着了。医生用听诊器听了他的心脏——此时他还不知道究竟发生了什么事，女医生又要来给他臀部打针。薛璋晃动身体不让打，女医生只好又把针扎在他手臂上——为什么打针，他不知道！打针后他迷糊了一会儿，张开模糊的双眼，感觉所有人都怪怪的……又过了半个小时，薛璋见旁边的黄琨脸色蜡黄地睡着。此时，张坤顺大声地在他耳边大喊着："薛璋，薛璋！蒋岑死了！"薛璋一听，紧张地喊了一声"啊"，神志清晰了不少。旁边的女医生大声地说："别刺激他，别刺激他！"这时，薛璋已经渐渐清醒了，回头见蒋岑一动不动地睡着！

公社书记来了，派出所民警也来查看做记录。书记叫招待所安排薛璋和黄琨住在一起。他们搬到另一间屋子后，张坤顺、黄琨给薛璋讲了昨夜发生的事情：由于招待所只给他们一间房，土炕上只能睡四个人，张坤顺就睡到汽车上。吴焕臣本来挨着蒋岑睡，睡了一会儿觉得不舒服，搬起铺盖也睡到车里去了。黄琨睡得最迟，到了凌晨2点，他觉得头昏，好像病了，想喝水。黄琨拉了拉薛璋，想让他帮忙倒杯水喝，可拉拉摇摇都不应，于是又去拉蒋岑，同样也不应。他见情况不妙，连忙滚下炕，爬出房门到汽车上叫醒了吴焕臣和张坤顺。一进屋，张坤顺去拉蒋岑，吴焕臣来救薛璋。吴焕臣出门找水时，很幸运地碰到了刚出急诊归来的卫生院女医生，她一听吴焕臣的请求，立即到房内对蒋岑实施人工呼吸，发现没有效果，只得放弃，又转身来抢救薛璋。薛璋当时瞳孔已放大，经打强心针才缓了过来。司机吴焕臣和张坤顺守在薛璋身旁，时时叫他，不让他睡着。他们从凌晨4点一直守护到天明，总算把他救活了！

原来他们晚上睡觉时给炉子压了太多的煤末，夜里煤气中毒了！

"几天后，我恢复正常，心中非常悲伤——我失去了一位好战友！换位思考，如果我没了，我家将天塌一般，幼小的孩子失去了父亲，那如何生活？招待所院内，我忍不住号啕大哭起来……"薛老有些哽咽，眼里泛着泪花。

由于通信条件差，队部得到消息迟了十几个小时，直到3月23日早晨，大队和区队的人从玉门镇来到昌马。3月24日晨，他们派车将蒋岑的遗体抬上汽车拉回安西。蒋岑的墓设在安西北大桥西侧，用混凝土做了块墓碑，上书"蒋岑同志之墓"，与岳殿春墓相靠。

3月27日，薛璋和他的队友们离开昌马，乘汽车涉过疏勒河，在照壁山南麓搭营下寨，开始玉门—安西一等三角锁的布设工作。

为天山量身高

天山，巍峨壮丽，宽广纵横，绵延2500多公里，将中国新疆分为南疆和北疆。每当晴空一碧，在阿克苏向北瞭望，可见一座巨峰横空出世，刺破云霄，非常壮观，它便是天山主峰——托木尔峰。远在汉代，这里就设置了行政管辖机构，张骞出使西域时，就曾通过托木尔峰下的木扎尔特山口横穿天山。唐代著名诗人李白曾写下"明月出天山，苍茫云海间"和"五月天山雪，无花只有寒"等脍炙人口的诗句来形容此地的美景。

托木尔峰维吾尔语意为"铁山"。托木尔峰峰顶是一条东西走向呈鱼脊状的狭长山梁，长约800米，山梁窄处宽约3米，东西两端有两座山峰，相距约200米，高差仅1米多，即使用远望镜也无法判断谁高谁低。早在1943年，苏联军事测量队曾对托木尔峰进行过测量，得出其峰顶高程为7439米；1946年，苏联出版的地图将该峰划于中苏边境线上，并称为"胜利峰"。托木尔峰虽比珠峰矮很多，但雪线低，仅4500米，积雪丰厚，冰川容量巨大，即使在炎热的夏季，也是一派玉龙飞起、周天寒彻的冰雪世界。托木尔冰川不像珠峰的绒布冰川那样把巨大的冰块消融成各种精美的冰雕、形状各异的冰塔、幽深的冰洞及玲珑的冰桥，这里的冰川显得粗狂豪爽，冰川面上的冰块互相推挤，犬牙交错，冰面覆盖着小若鹅卵石、大若小舟的石块，盖住各种冰裂缝。冰裂缝深不见底，只能听到冰川下潺潺的流水声。在冰上行走，一不留神便会掉进冰缝，生死未卜。托木尔峰天气多变，雪崩、滚石经常发生，不论白天还是黑夜，隆隆的雪崩声传来，即可见到一条似蛟龙般的雪堆卷起数十米高的白雾跌下深谷，波澜壮阔。

1977年，国家下达了进行托木尔峰登山测量的任务。由国家测绘局组织，成立了中国托木尔峰登山队测量分队，测量人员由国测一大队派出。

此次托木尔峰测量的主要任务有二，一是平面控制测量。自温宿基线网起，沿台兰河谷和穷特连冰川到托木尔峰地区，布设一条总长为55公里的精密导线。以此为基础，沿东冰川和西冰川布设一条三等三角锁，锁上图形用对角线构成四边形，既作为测定托木尔峰高程的平面控制和高程控制，也为天文点和重力点提供大地坐标。二是通过90公里的二等水准和9.8公里的三等水准，将高程联测到距托木尔峰仅13公里的旁2点上，以此为起算点，向东、西两条冰川各布设一条天文水准路线，东冰川路线长13.8公里，西冰川路线长16.7公里，共布设六个天文点，点距在2.8公里至5.2公里之间，顶峰距最近的天文点和重力点相距约5.5公里。

为了高质量完成测量任务，国测一大队调集了精兵强将和各工种的技术骨干，如曾参加过珠穆朗玛峰高程测量的邵世坤、薛璋、杨春和、吴泉源，以及后来参加我国第一次南极科考的刘永诺，还有齐昌家、戴其潮、张志林、刘高尚等高级工程师，接着又在全队选拔出30多位青年测量骨干，组成了一支精明能干的测量队伍。此次攀登托木尔峰，是国家登山队为攀登世界第二高峰——乔戈里峰做准备工作，以锻炼人才。对测量队来说，同样是一次练兵。

托木尔峰周围大部分作业区域在海拔5000米以上。这里的气温在零下20多摄氏度，气候瞬息万变，常有狂风暴雪，飞沙走石。空气中氧气含量只有平地的12%，许多专业登山队员也因高原反应强烈，头疼欲裂。冰川内，冰裂缝、冰窟窿、冰塔、冰碛比比皆是，除了蓝天，一切都是白的。

"托木尔峰的测量工作得从1977年春节说起。大年初二，陈银源、陆福仁同志先后来家里拜访，说今年要爬胜利峰（托木尔峰），明年要上乔戈里峰，只待国务院将登山请示批下来。在托木尔峰高程测量设计前，峰名一直未能确定下来，我们不能用苏联'胜利峰'的名字，领导打电话询问新疆测绘局，说叫'铁不尔峰'。于是我们在设计书、技术规定等文件上就用'铁不尔峰'的名称。到了实施阶段，阿克苏有关部门通知我们说，以后统一用'托木尔峰'的名称。从我们收集到的地形图看，我们位于托木尔峰的南侧，向南延伸了一个白雪皑皑的大山脊，像一道冰墙分成东西两沟，西沟平缓有草场，并有一山口直通苏联（今吉尔吉斯斯坦），是个边防要地。据说当年玄奘就是从这个山坳西出经吉尔吉斯斯坦转走阿富汗去印度的。东沟海拔较高，是一条"Y"形大冰川，称为'穷特连'冰川。冰川两侧山峰陡立，特别是托木尔峰有3000余米的高差，像屹立在边境上一堵巨大的银屏，不断下滑，使得冰川厚度达百米以上，长32公里，是中国第一冰川，世界八大冰川之一。"薛璋说。

最初登山队还未确定是从东沟登顶还是从西沟攀登，于是薛璋的设计工作也只能等待。半个月后，国家测绘局来电话通知说，经研究确定，此次登托木尔峰从东沟上。从3月1日起，薛璋埋头做托木尔峰高程测量的设计工作。设计期间，局、队领导经常来他的办公室过问设计情况。薛璋从珠峰测量的经验中开启了设计思路，用导线－三角混合网灵活地布点，避免将三角点放到高山上去，以策安全，多布天文、重力点以保证高程精度。经过十天苦思，终将设计做完。

4月2日，上级单位宣布分队领导组成，编制共43人，焦凤山为支部书记，薛璋担任分队长，邵世坤任技术副队长，刘永诺担任工作最艰苦的天文、三角测量加强组组长。5月20日，他们动用20匹马驮上物资沿着残破的汽车便道前行。当日风和日丽，两旁是青松，层峦叠嶂，前方是闪着银光的雪峰，间或出现绿色的草场。越往上走树木越矮，最后被灌木丛替代。过了3000米高度后，灌木也没有了，只有绿色的高山草甸。队员们走了六个小时，来到穷特连冰川舌口，建立营地。安营扎寨后，水准组从扎木台向北引测，微波测距组从温宿基线网开始向台兰河前进，天文组和三角组全体人员已集中在3200米营地。山坡上怪石嶙峋，奇石峥嵘，远处岩石间，一群岩羊正在自由跳跃，活泼可爱。在北坡穷特连冰川的舌口处，堆积了亿万年来冰川移动带来的大量石块，冰与石块相结，形成了非常壮观的冰水出口处，浩荡的冰水从这里奔向台兰河。冰舌南岸是一座平缓的山包，设计方案中在此设立了一个导线点，这样导线组、水准组从外面进来时有一个转折点。薛璋选择了一块大石头，上面平整，可以架设仪器。队员们安装好仪架，上好照准圆筒，做好地面标志，托木尔峰高程测量工作正式拉开序幕。

夜里风很大，把帐篷吹倒了，于是大家一起加固帐篷。6月6日，测量队员18人，解放军战士8人带上铁锹、洋镐等工具开进了穷特连冰川，大家热情很高，干劲冲天，第一天便修路四公里，下午5点回营。晚上开会，分队领导要求稳打稳扎，一鼓作气把路修上去。经过12天的艰苦奋斗，军民通力合作，终于把路修到3900米营地。薛璋当时写了一首《冰川上修路》的诗，表其心志：

测绘健儿志气浩，心志竟比雪峰高。
热情能融冰千尺，冰川开道真英豪。

6月8日清晨，山区的大雪把测量队的帐篷几乎压塌了。解放军战士一大早起来，将帐篷周围的雪打扫得干干净净。通过一段时间的相处，特别是修路以来，测量队员与战士们的感情日益升温，飞雪中相互帮助和支持，亲如兄弟。

刘永诺带领加强组的队员们，穿上冰爪，手持冰镐，系好结组绳，身背仪器行装，艰难地开进了西冰川。他们小心翼翼地绕过一座座晶莹的冰塔，避过一个个深不可测的冰洞，一步步地在冰脊上缓缓挪动。脚下不时闪出冰裂缝，刘永诺蹑手蹑脚地退回来，叫大家回撤，另辟蹊径。转过一片冰山后，他们来到一面坡前。在阳光的照射下，山顶的雪消融了，厚厚的积雪下暗流涌动，一脚踩下去，雪深齐膝，潜流灌进鞋里，先是刺骨的冷，继而似针扎般的疼，随后便是麻木。有些测量点，爬上去不容易，下来更为困难。部分测量点设置在陡峭的山崖上，上面是厚厚的积雪。每个队员都身背二三十公斤的重物，行进的速度异常缓慢。头一天，短短的几公里路，队员们竟然走了九个多小时。

6月9日清晨，突然传来轰隆隆的一阵巨响，原来是发生雪崩了！巨大的雪雾携裹着雪团呼啸而下，雪雾弥漫，气势磅礴，蔚为壮观。薛璋又以一首《七律·观雪崩》的诗，记录当时的情景：

雪岭一阵惊雷声，千山振动万谷鸣。
卷雪吐雾玉龙来，银珠直下三千仞。
懦夫定睛魂魄散，英雄笑谈赞奇景。
我谓冰山莫撒野，降龙伏虎已来人。

白天，刘永诺带领大家在冰川中奔波，选点、造标、观测。晚上，劳累了一天的队员进入了梦乡，刘永诺仍在零下30摄氏度的冰山上观测那像冰一样冷的星星。

邵世坤在 6 月 18 日的日记里写道：

我与刘永诺、齐昌家、刘虎生等一行 19 人，今天将天文三角加强组自 3900 米营地送到 4800 米的冰川上。沿途踏冰砾，过冰碛，跨冰湖，穿冰隙，爬冰坡，极度难行。由于前进的左方是高大的雪山，右边是冰塔林，再往右靠，又是雪山，且坡度在 45 度以上，我们只得在两座冰（雪）山的夹缝中寻找登山之路。由于沿途冰塔林众多，有时我们不得不架人梯攀登。这里冰裂缝遍布，每前进一步都要冒着极大的危险，消耗极大的体力，而且时时处处都要十分小心谨慎，因为只要一脚踏错地方，掉入冰裂缝中，小命就要呜呼哀哉。今天在行进中，还看到几次雪崩，一瞬间漫天的飞雪倾泻如瀑，加之沉闷的如雷鸣般的隆隆声，其情其景，令人胆战心惊。但队员们谁也没有因此而停止前进，正所谓：

雪崩隆隆是出征的礼炮，

漫天飞雪是迎宾的礼花。

滚石冰溅是罕见的奇观，

测绘健儿是真正的英雄。

测量队员们不畏艰难困苦，努力工作，到 7 月 12 日，各作业组都完成了第一阶的工作任务，撤回到 3900 米营地。此时，气象员通报：山区将有暴风雪，登山指挥部立即命令正在山上的队员撤下来，住在 3900 米营地休整，测绘分队则撤回阿克苏。7 月 23 日，登顶队伍全部到达 6300 米营地，25 号即可登顶，测绘分队必须第二天一早赶到 3900 米指挥营地。

7 月 24 日清晨，队员们出发，于 11 点到达 3200 米处，他们在那里吃午餐并休息。饭后大家便进入穷特连冰川，刚走了一会儿，大雨倾盆而下，队员们全身湿透，个个像落汤鸡，冷得浑身发抖。冰川上气温很低，这样的情况下很难坚持，弄不好就会感冒，得肺气肿，把命丢在那里。大家一鼓作气赶到营地，打开行李钻进被子半天才缓过来。这天他们行程30公里，上升了1500米。夜晚测绘分队接到通知：第二天登顶，要求各组按拟定的计划到各测点准备交会观测。

7月25日清晨，一阵嘹亮的军号声在山谷回响，紧张的登顶战斗开始了。那天晴空万里，没有大风，白云裹着山峰，云雾缭绕，恍若仙境。早晨6点，登山队员与突击营还有联系，后来通信就中断了，实际上是队员们一直在奋力登山，无暇喊话。下午3点25分，薛璋突然听到6号要求通话，说距离峰顶仅差10米了！测量分队一大早就在营地架起一架WiLP-T3经纬仪，从望远镜中可以清晰看到登山队伍正在向西峰爬去并一步步地登上峰顶——此刻是下午3点31分。当登顶队员在托木尔峰顶立起红色觇标的时候，薛璋立即通过对讲机通知各交会点开测。此时，3900米营地一片欢腾，女同志流着泪，男同志喊得声音嘶哑，新闻纪录制片厂的同志忙着拍摄。登山队员在西峰上工作了一个多小时，于4点45分下撤，由贡戛巴桑和王文保领导一个小组向东峰爬去。东峰和西峰间鞍部是一条刀背状的山脊，有几米是队员骑着山脊行进的。在爬行的过程中，觇标照准部位的组件坠落到山下了，因此到了东峰后只立了个三脚架，薛璋即刻通知各测站测三脚架的顶部，获取数据。

7月26日，天色大晴，皑皑雪峰终于露脸了。各测站按技术规定，一小时观测一次，薛璋到东川刘高尚处察看了他们的交会观测情况。分队派出的薛培根和王延安两人与登山队一起参与登顶活动。

"他们背了重力仪，想在顶峰测重力值，可是到了6300米，体力不支就下撤了。吴泉源说他来接替，请示领导，没有同意。他又来找我，我说这是党支部决定的大事，我不能插嘴的。"几十年过去了，回首当时的情景，薛璋仍历历在目。

7月29日，在托木尔峰7200米营地，有17位登山运动员在等待天气转晴。领导正在根据天气发展，研究是否下撤。7月31日下午1点15分，登山队第二突击队终于登上东峰顶。到峰顶后，他们发现前一次在东峰立的觇标架在最高处，这次无法架设，于是又移动了近20米。薛璋通知在东川的四个观测站再次对东峰进行观测。为了弥补交会角小的缺陷，他们将原水平角观测等级由四等提高到三等，计标结果良好。

"从后来的内业计算结果看，托木尔峰的西峰比东峰高1.07米，西峰海拔为7443.8米，误差为±0.2米，比之前珠峰高程测量精度还高，这也得益于珠峰高程测量的经验，我们的观测技术更加成熟了。"薛老博闻强记，几十年前的经历，他都记得一清二楚。

1977年8月12日，新华社发表了《红旗插上托木尔峰》的文章。文章写道：

在这次登山活动中，登山运动员和科考工作者、测绘工作者、新闻电影工作者密切配合，把写有"中国登山队"的3米高的红色金属测量觇标竖立在峰顶，采集了冰雪样品和岩石标本，拍摄了峰顶的照片和电影，精确测定了托木尔峰的高程，成功地对托木尔峰及其周围地区进行了冰川、水文、地质、生物等多学科考察，获得了大量重要的数据。对于中国测绘界来说，这是继测量世界最高峰——珠穆朗玛峰后的又一辉煌壮举，为中国测绘史谱写出光彩夺目的新篇章。

托木尔峰登山测量队成功登顶后，很快就接到了从北京发来的由邓小平同志亲自签发的贺电。当队员们返回阿克苏地区和乌鲁木齐后，立即受到当地各级领导的亲切接见和宴请，受到各民族群众的热烈欢迎和祝贺。

1977年8月25日，中国托木尔峰登山测量队全体队员在首都北京受到国家主席李先念等党和国家领导人的亲切接见。

1979年，苏联塔斯社新闻中改称海拔7143米的"苏联峰"为苏联第二高峰，承认托木尔峰的主权属于中国。

唐古拉山斗风暴

唐古拉山在藏语中意为"高原上的山"，是世界屋脊青藏高原上耸起的山脉。传说当年成吉思汗率领大军欲取道青藏高原进入南亚次大陆，却被唐古拉山挡住去路。恶劣的气候和高寒缺氧，致使大批人马死亡。所向披靡的成吉思汗只能望山兴叹，无功而返。

2006年5月31日至6月15日，国测一大队年轻队员程虎峰和刚出校门的宗峰来到唐古拉山，在海拔5000多米的唐古拉山青藏公路线最高点位上，奋战了16个日夜。

5月31日，程虎峰和宗峰分乘两辆汽车来到唐古拉山点位。上山前，他俩在格尔木休整了几天，以适应高原气候，即使这样，一上唐古拉山，他们就感觉氧气不够、力不从心。两位身强力壮的小伙子从东风卡车上卸下仪器、装备、给养和帐篷后，便一屁股坐在行李卷上大口喘气。他们强打精神支起帐篷，随后用液化气灶和高压锅煮了一锅面条。在这高寒缺氧的地方，沸腾的开水只有80多摄氏度，离开了高压锅，就只能吃夹生饭了。

夜幕降临后，气温骤降，特别寒冷。程虎峰翻来覆去睡不着，宗峰也在行军床上辗转反侧，两人都感觉头疼、胸闷、脸发麻、喘不上气，连说话的精神都没有了，脑袋好像要裂开来似的，他俩恨不能用绳子捆住额头。山风吹得帐篷的帆布时不时鼓起来，呼啸中带着尖厉的哨音，不停地刺激着两个年轻人紧张的神经。他俩挣扎着爬起来，钻出帐篷，借着手电筒微弱的光线，脚步踉跄，四处搜寻石头，搬过来压住帐篷底边。

6月1日，天终于亮了。唐古拉山清晨的美丽风光在眼前展开，天空湛蓝，白云飘移，雪山巍峨，黄褐色的荒原一眼望不到边。远处的青藏公路蜿蜒而来，盘绕而去，如一条黑色的丝带伸向天际。

程虎峰和宗峰踩着碎石，一步一喘，吃力地爬上帐篷边荒凉的小山，用了足足20分钟才来到点位上。望着十年前队友建好的2.5米高的水泥观测墩，两位朝气蓬勃的年轻人佩服得五体投地：徒手攀登都这么累，那些将水泥、沙石、钢筋、模型板等沉重的材料搬运上来的队友们，要付出多么艰辛的劳动啊！

根据"点之记"的指引，他俩很快在附近找到了可以取水的小河。两人兴冲冲地来到河边时，刚才的欢喜转瞬间消失得无影无踪——只见小河已完全干涸。程虎峰试着在河心挖了个小坑，结果令人失望。这就意味着，半个月时间里，他俩要尽可能节约用水，饮用、洗漱、淘米，都得算计着用。唐古拉山上的天气说变就变，刚才还是大晴天，转眼就刮起大风，接着乌云压顶，大雨如注，不一会儿又变成片片雪花，黄豆大的冰雹接踵而至。帐篷在高原上如同大海中的一叶小舟，在风中摇摆，在雨雪中沉浮，在冰雹中颤抖。几天后，面对每天必下的冰雹，两人都习以为常了。宗峰总结出了这里的气象规律："见风下雨，见云下雪，黄豆冰雹不值钱。"

漫长而枯燥的等待开始了，两人看书、聊天、探讨问题，用以打发时间。一天做两顿饭，宗峰负责午餐，程虎峰做晚饭。虽然有饥饿的感觉，但就是吃不下去，强烈的高山厌食症困扰着他俩，有时一顿饭就是一口稀饭。他俩望着饭菜发愁，一点食欲都没有，只能靠年轻和强壮硬挨着。此时，他俩只有一个愿望，那就是奔赴五道梁、尼玛、珠穆朗玛峰北等点位的同志们能够按时到达，准时开机，同步开始工作。

几天的单调生活，让两个年轻人百无聊赖，点位离最近的道班和兵站都超过 40 公里，实在无处可去。在这荒无人烟的万古荒野中，程虎峰和宗峰总感觉与世隔绝，度日如年。偶尔看见一只乌鸦，他俩都能兴奋许久。

6月5日，等待已久的观测时刻即将来临。两人摩拳擦掌，十分兴奋，前一天就用汽油发电机将四块蓄电池一一充满，早早入睡，就等天亮上山安装天线和 GNSS 接收机了。

凌晨 1 点，唐古拉山上突然狂风大作，仿佛千军万马奔腾而至。帐篷在狂风中剧烈地抖动着、扭曲着，雨、雪、冰雹同时袭来。单薄的帆布根本承受不住这突如其来的冲击，摇摇欲摧。突然，帐篷的中心支撑杆倾斜了。程虎峰一跃而起，双手牢牢扶住冰凉的铁杆，宗峰忙将 GNSS 接收机塞到行军床下，又把笔记本电脑包进被子里保护好。用大石头压住底边的帐篷被掀了起来，狂风暴雨越来越凶猛，被褥被淋得透湿，锅盆叮叮咣咣响个不停。寒风像皮鞭一样裹着冰雹和砂石乘虚而入，抽打着两人的面颊和身体。两人轮换扶着剧烈抖动的支撑杆，唯恐帐篷被风撕裂。狂风呼啸，沙粒和冰雹四处翻卷，两人虽然近在咫尺，但交流却要靠大声喊叫。

最担心的事情还是发生了——支撑杆四周加厚的帆布被风撕裂了,整个帐篷塌了下来,覆盖在两人的身上。四周一片漆黑,全身冰冷而潮湿,两位年轻人感到筋疲力尽,一种莫名的恐惧袭来。面对狂怒的大自然,人是如此渺小、脆弱和无助。

程虎峰开始想念新婚的妻子,宗峰也开始想念年迈的父母。

唐古拉山上的风暴依然势头不减,一阵紧似一阵。两人什么也不顾了,牢牢护住仪器和电脑。他们的心中只有一个信念,那就是人在仪器在!不知坚持了多久,备受煎熬的长夜被黎明取代,咆哮的狂风失去了肆虐的威力,借着晨曦的微弱光亮,两人开始加紧支撑帐篷,用铁丝捆绑被撕开的帆布,收拾遍地散乱的物品。天刚放亮,两人不顾饥寒交迫,来不及晾晒打湿的衣物,背起仪器、电池和天线便朝山上爬去。程虎峰将 GNSS 接收机放进了几天前就抬上来的原本用来装灶具的大木箱,再用绳子把木箱牢牢地固定在观测墩位上,宗峰将天线牢固地安装好。打开机器,发现状况良好,两人揉了揉布满血丝的双眼,会心地笑了。

紧张忙碌的工作,让两人忘掉了疲劳和不适。每天 7 点 20 分、12 点、17 点和 22 点,他们要四次上山记录数据、测量电压、更换电池、传输成果、转动天线……工作有条不紊地进行着,仿佛时间也流逝得快了很多。

由于火柴在大雨中被打湿,两人无法生火做饭,后来的一周只能靠啃方便面充饥。尽管如此,他们仍以坚强的毅力投入工作,直至完成任务,踏上归途。

第八章

为了祖国的重托

为祖国山河定位

国家大地原点是一个国家坐标系的准点，它所在位置的经度、纬度和高程是国家大地坐标系统的基准。在我国未建立大地原点之前——也就是1980年以前，采用的"1954年北京坐标系"是中华人民共和国成立初期从苏联联测过来的。其坐标原点是苏联列宁格勒（现圣彼得堡）的波尔可夫天文台中央圆柱大厅中心点，苏联称之"1942年坐标系"。这种状况与我国的国情很不相称。

1975年3月，国家测绘总局在《大地测量工作座谈会纪要》中提出，决心在1980年以前建立我国独立的、比较完整的大地测量体系，当好尖兵，为祖国的经济建设和国防建设服务。

国家测绘总局于1975年夏把该项工作下达给陕西测绘局，陕西测绘局继而又下达给国测一大队。一大队高度重视此项工作，成立了以王育城为组长，以薛璋、邵世坤为骨干的设计勘选组。国家测绘总局对勘选大地原点提出了六项要求：一是地质构造稳定，不选在经常发生地震的地区，点位最好选在基岩上，或选在结实的土层上。二是原点要放在一等三角锁交叉的图形内，锁网的图形结构要坚强。三是远离城市、工矿区、石油开采区。离城市近不宜于高精度观测，离工矿区、石油开采区近了怕受地面沉降的影响。四是交通便利，便于基建、施测和保管。五是为了使大地测量成果数据向各方向均匀推标，原点最好在我国大陆的中部。六是原点附近地形要开阔，便于天文测距、三角观测机进行水准联测等工作。

设计勘选组领受任务后，首先要收集有关技术资料。有关测绘方面资料，测绘局都有，容易解决；有关地质、地震、交通等资料，他们到地质局、地质研究所、交通局、地震局等相关部门请求协助，搜集、整理了大量的地理信息资料。

薛璋从地质研究所一位工程师那里得知，若要了解关中盆地石油地质方面的情况，最好去省石油地质队，该队在咸阳某个地方。12月5日，薛璋独自迎着寒风骑自行车来到咸阳，几经周折找到该队，队总工程师问明他的来意后，热情地介绍了关中地区石油地质的情况及其前景。总工程师说关中是风积平原，土层厚达数千米，即使地下有石油，当前也无法开采。泾阳县永乐镇附近他们钻探过，未发现油气。说完给了薛璋一张关中地区石油地质图。

"我了解到泾阳县永乐镇原计划建泾阳化肥厂，已经进行过工程地质钻探，通过厂资料员提供的勘察报告，对那里的地质情况有了科学的了解。"谈起当年选择大地原点时的情景，薛老记忆犹新。

"在当时，这个位置满足其他选点条件，唯独地层稳定这个条件，大家心中无数。"曾参加过1970年元月在北京召开的"全国第一次地震工作会议"的设计勘选组成员邵世坤回忆说。

有了丰富的资料，薛璋、邵世坤及技术人员在室内进行了充分的研究。根据六项要求，分别分析了郑州、武汉、西安、兰州、岷县、广元等地的地形地质、大地构造及天文大地测量等资料。经各方面权衡后，他们认为郑州、武汉地质构造比较稳固，历史上未曾发生过大地震，地势平坦，海拔不高。但存在的不足之处是位置偏东，郑州距东海基线网仅两条一等三角锁段，武汉距宁波基线网也仅三条一等三角锁段。兰州地理位置接近祖国大陆的中部，然而兰州的地质构造复杂，周围山高，交通不便，因而大地原点也不宜放置该处。岷县基线网恰处祖国大陆的中部，但是岷县基线网西边没有一等三角锁连接，同时它周围山势高大，地质构造复杂，历史上为多地震区，1976年的松潘地震就在它附近，且该地处于深山，交通极为不便。广元基线网，居地台区，地质条件较好，也远离大城市和工业区，但缺点是在山区，交通不便，今后基建、管理困难较大。西安大地构造相对来说比较稳定，交通方便，易于施工及管理，但遗憾的是东扩大点——九岑头由于建设微波站被毁，且该点处于高山，大地水准起伏较大；西扩大点——凉马台点下正在进行文物发掘工作，周围又都是工厂或街口，已无法进行建点及高精度观测……综上所述，几个地方均不宜设置原点。但是他们认为关中地区可以选到原点合适的位置，于是对富县—西安—安康和宝鸡—西安—陕县两个一等三角锁交叉处的石际寺、川心堡、五台山等点进行了详细踏勘和分析，通过互相比较短长，最后决定将我国大地原点设置在石际寺一等三角点西南44米的地方。

大地原点位于陕西省泾阳县永乐镇北流村，南距西安市区约40公里，东离永乐镇两公里，点南八公里是泾河，北约一公里是泾惠渠。

从地貌上看，在关中盆地中部，处于渭河二级阶地上，并为泾河三级阶地的前缘，地势较高，为黄土缓丘。原点地面高程415.7米，黄土缓丘的高差约八米。场地中心原是石际寺旧址，有十亩平整土地可供建造原点设施。原点周围没有大型工厂，交通便利，点东三公里即是永乐店大车站，去西安一天可以往返；点南一公里有泾阳—永乐店—高陵公路，自永乐店又有可行汽车的大路至原点，这样对原点的基建和今后的观测都很有利。从地质构造来分析，大地原点位于渭河平原的中部，南部主要受秦岭东西向构造（新华夏系构造）和北部的祁吕贺"山"字形构造所控制，由于祁吕弧形构造系抗震构造，所以原点附近是一个相对稳定的地区。

所选点位大致位于祖国大陆的中部，它距我国正北880公里，东北2500公里；正东1000公里；正南1750公里，西南2250公里；正西2930公里，西北2500公里，有利于大地测量数据向各方向均匀推算。测绘队员从该点出发到正西最远的阿图什基线网，其间通过16条一等锁，间隔46个天文点。他们用精度估标方法，计算了它的点位中误差和高程异常中误差，得出相对于大地原点而言，由于各种观测偶然误差而引起的点位误差不会超过±3米。根据以上分析，他们认为永乐镇石际寺旧址是设立大地原点较为理想的地方，并在此基础上，撰写了可行性报告转呈省测绘局进行审定。

1976年1月9日，在葛道良的陪同下，薛璋去北京向国家测绘总局领导汇报。省局的张万杰当时已在北京，也准备出席此次汇报。

1月8日周总理逝世，全国处于悲痛之中。1月15日周总理追悼会结束。1月16日上午，国家测绘总局全体职工都静坐收听昨天追悼周总理大会情况。会后，局科研组、计划组在陈永龄总工程师的支持下，听取了薛璋关于大地原点位置的选定报告。薛璋将带来的图表挂满整个会议室，他按图解释，将原点放在陕西省泾阳县永乐镇石际寺旧址的理由陈述清楚，用了整整两个小时。这是一次重要的汇报会，但这只是一次预备会。会后，陈永龄总工程师要求薛璋下午2点30分到他办公室。当天下午，薛璋按时到了陈总办公室，陈总又问了他一些情况，并对他们写的报告又仔细地进行了一次修改。

1月22日上午，国家测绘总局召开办公会议，由副局长鲁突主持。薛璋再次披挂上阵，详细地陈述了大地原点的选址过程，进行各种地形、地质、交通、地震资料的介绍，以及把原点放在泾阳的理由，阐述了今后原点开展系列测绘工作的设想，大约用时100分钟。专家们听后都及时表态发言，一致认为原点勘选工作资料丰富翔实，前期工作做得细致周到，同意勘选报告的建议，财务部当即拨款6万元（按价格比推算，相当于现在的100多万元），作为原点建设的启动资金。此次大地原点汇报历时半月，薛璋等于1月24日回到西安。

原点位置定在石际寺旧址上后，队员们的任务还有：在台地上确定原点精确位置，而后以此为中心，改造周边的一等三角锁网，使原点位置处于一等三角网中心。在改造一等三角锁网的同时，确定原点的觇标高度，并提出建造原点楼标的技术要求，交基建办公室会同建筑设计院，按技术要求进行设计施工。欲完成后续的三项任务，必须扩大队伍。1976年春，国测一大队抽调周力田、吕翰钧、李云、时小渭、刘兴刚等十位青年组成大地原点组，由李云担任组长。

大地原点确定后，以此可测算出大地基准数据，为祖国山河定位。

中尼边界测绘

国界线的测绘涉及国家主权和领土完整以及政治主张，涉及国家安全和利益，对行政管理、经济建设、社会生活以及国防、外交等活动具有非常广泛的影响。

国测一大队自建队以来，先后参加了中尼、中苏、中蒙、中巴边界联测。为了祖国的重托，他们顽强克服各种常人难以想象的困难，圆满完成任务。

中尼边界全长1414.88公里，是我国与邻国已定陆地边界中平均海拔最高、自然条件最恶劣的边界之一。中尼边界地处喜马拉雅山，那里气候变幻莫测，时而烈日灼人，时而大雪飞舞。大部分都以主山脊为界，海拔在5000米以上，雪山高耸，冰川遍布，人迹罕至，不少地段为生命禁区，交通、通信极为不便。

1961年10月，国家测绘局从国测一大队等队伍中抽调业务骨干，并借调总参测绘局一个区队，历经三个多月紧张、有序的作业，遵照国家的指令和要求，提前完成中尼边界测绘任务。

对中国与尼泊尔两国国界进行联合勘测，是我国外交部布置的艰巨任务。中尼边界当时尚未与国家级的大地控制网联网，历史遗留下来的零星测绘资料成果精度较差，无法使用。从某种角度来说，那里还是测绘的空白区。在那里进行国界测量，困难重重。经过近半年的前期准备，国家决定采取天文测量方法建立区域控制网。

天文测量是通过观测天体并进行相应的理论推算，确定观测地点的经、纬度以及某一方向的方位角。天文观测必须在夜间观测星星，在喜马拉雅山地区，每到夜晚，气温骤降二三十摄氏度，安置好的测量仪器镜头上已凝结一层冰花。队员们在仪器旁燃起几堆熊熊的牛粪火，用以升高温度，保证测量任务顺利进行。

当时，尼泊尔方面认为一座绵延数公里、海拔6280米的冰山的走向无法确定，加之测绘难度又很大，想打退堂鼓。中方对作业方案进行了研究，确定由思想过硬、身体过硬、技术过硬的党员带队。同时，请解放军战士大力配合，历经16个小时，终于完成了测量任务。

1988年5月，中尼在樟木口岸进行高程联测。樟木口岸位于西藏日喀则聂拉木县樟木镇的樟木沟底部，在喜马拉雅山中段南坡，东、南、西面与尼泊尔接壤，为中尼公路之咽喉，距拉萨736公里，距加德满都120公里，是中国和尼泊尔之间进行政治、经济、文化交流的主要通道。

接到任务后，一大队队员先在拉萨休息了几天，然后前往聂拉木县。在西安出发前，队员陈永胜腰椎间盘突出，十分严重，队友劝他先住院治疗，由于他负责前期的资料整理与项目对接，其他人都不了解具体情况，所以他坚持要进藏。前往聂拉木县的路上，他每天趴在车厢的行李上，一直趴到测区。他们乘坐的是东风大卡车，石子山路，坑坑洼洼，一路风沙弥漫，车子剧烈颠簸，陈永胜咬着牙，面如土色，大汗淋漓，衣服都湿透了。路上走了两天，下车时陈永胜已经不能站立，被抬下车来。

"陈永胜是河南人，也是我的师傅，对我的影响很大。后来我在工作中无论遇到多大的困难，想想陈师傅在那种情况下都能坚持完成任务，再大的困难也不算啥了。"采访徐崇利的时候，他感慨地说。

这个项目进行了一个半月，陈永胜直到7月才回到西安住院治疗。

中尼边界有60根界桩位于高高的山脊之上，维护界桩所需的工程材料、测绘仪器和生活物资全要靠人背马驮。大部分界桩或隐藏在浓密的原始森林，或矗立于险峻的雪山之巅，或位于深不见底的峡谷之中，步行前往需要走好几天，途中经常要翻越几座大雪山。

中尼边界联检测绘工作赢得各方的高度赞扬。时任外交部副部长的武大伟在表彰大会上说："中国—尼泊尔边界联检是一线作业人员汗水与心血的结晶。测绘队员以饱满的热情，凭着过人的意志和对国家的一片忠诚，圆满完成了此次联检野外作业任务。他们以自己的实际行动，弘扬了'爱祖国、爱事业、艰苦奋斗、无私奉献'的测绘精神，向党和人民交上了一份满意的答卷。"

生命禁区的西部测图

受自然环境、装备条件、技术水平等方面的限制，我国西部地区有200余万平方公里、约占陆地国土面积20%的国土没有1∶5万地形图。为填补空白，服务西部大开发战略实施，2006—2010年，国家测绘局组织实施国家西部1∶5万地形图空白区测图工程，测制了1∶5万地形图5032幅，实现了我国1∶5万国家基本比例尺地形图的全覆盖。

西部测图工程作业区主要在南疆沙漠、青藏高原和横断山脉等地区，有世界最高峰、举世闻名的大峡谷、可可西里无人区，特别是许多西部高寒地区被视为生命禁区。1971—1975年，我国曾在青藏高原组织1∶10万地形图测图大会战，有100多名测绘人员受伤致残，多人献出了生命。

青藏高原西部的 C1 测区，平均海拔 5000 米，天气诡谲多变；B12 测区位于昆仑山脚下，深入无人区域 500 多公里，到处是沼泽与草地；C2 测区位于川藏交界，包括当时全国唯一不通公路的墨脱县；塔里木西部 B 测区深入塔克拉玛干沙漠 200 多公里……这些最危险、最困难的约 20 万平方公里的测绘任务，交给了国测一大队。

2007—2009 年，国测一大队累计投入人员 90 名，车辆近 40 台，圆满完成了 46 个控制点、检查点，531 幅 1∶5 万地形图的测绘任务。

"零伤亡"是这次任务的目标之一。

在青藏高原，国测一大队为各作业小组配备了实用的小型越野车，应对困难路况；所有车辆装备了海事卫星通信系统，确保了队员们与外界联系畅通无阻；装备了北斗一号通信系统，方便和解决了作业组之间与作业组和指挥部之间的通信联络；配备了手持 PDA，可以随时定位。在此基础上，国测一大队专门为西部测图作业小组提供了车载电台和对讲机，而且这两者是同一频率，大大方便了人与人、人与车、组与组、组与指挥部之间在一定范围的联系。多重通信设备实现了无人区测绘作业的安全生产和相互协作，并确保了任务的进度。

当时，任秀波已经是第三次走进西藏了。测量组一个大车、一个小车，从新疆叶城把东西装好，向西藏阿里方向出发。叶城海拔只有 1000 多米，沿途一路上升，需要经过库地达坂、红柳滩、死人沟、甜水海等地，海拔达 5000 米以上。一般从高海拔往低海拔走没事，从低海拔往高海拔走就会有高原反应。任秀波带领的两个组负责甜水海点和阿里地区狮泉河点观测工作。界山达坂，北边是甜水海，海拔 5500 米；南边是狮泉河，海拔 5000 米。甜水海这个点是全国 56 个网络点中海拔最高、自然环境最差的一个点。这项国家重点工程因要与地震部门同时联测，工作时间一经确定，几乎是不可更改的，必须在规定的时间段进行观测。时间紧迫，任秀波带领小组从新疆叶城到甜水海测量点只用了两天的时间，而这两处的高差接近4000米。如此大的落差，对测量组来说无疑是一种严峻的考验。此地叫甜水海，却没有甜水可以饮用，一般都需要到20多公里的一处地下泉取水。甜水海测量点地处一个大风口地带，点位在一处伸出去的山头上，其他三面都是一望无际的平地，几十公里之外的雪山清晰可见，故而常年狂风肆虐，非常寒冷。队员们一下车就穿上了羽绒衣，任秀波因为在车上卸物资，跳上跳下，活动量很大，感觉不太冷，于是只穿了一件抓绒衣。晚饭时他感觉特别恶心，呕吐十分厉害，呼吸困难，四肢无力。后来开始吐绿色的苦胆汁，最后变成带血的粉红色，情况十分严重，吸氧也没用。按计划第二天要去阿里，队友柏华岗说："你这身体不能去！给你拦一辆车送你去叶城，哪怕到30里营房也好。"任秀波淡定地说："没事，到阿里就好了。"大家都很担心，怕他坚持不住。任秀波生性倔强，不服输，尽管头晕恶心，浑身发软，他还是强作镇静地说："我知道自己的身体情况，再坚持坚持吧，不能当逃兵。"队友给他熬了一碗稀饭，任秀波刚喝两口便吐出来了。在甜水海整整两天，任秀波无法进食，只喝了少量的水。在他的一再坚持下，柏华岗拗不过，只好带上他一起上路。卡车以四五十公里的时速前进着，一路颠簸，任秀波一直在吐，大家都担心他会出问题。坚持到距离阿里还有100多公里的日土县后，队员们找到一家饭馆吃面片，任秀波有了饥饿感，也要了一碗，没想到吃完之后居然不再吐了，精神状况也有所改善。随后，他们一路赶到阿里地区的狮泉河镇住了一夜，第二天到达测量点后，任秀波的身体有了明显好转。柏华岗让任秀波在帐篷里休息，但他坚持要上山测量，硬挺着爬上测量点，强忍着高原反应带来的不适感，连续工作了十天十夜。在结束狮泉河测量点的观测并返回甜水海的路上，小组又遇到了特大暴风雪，融化的雪水淹没了公路。为了能让汽车安全通过，任秀波不顾自己刚刚恢复的病体，一次次踏入冰凉刺骨的雪水中，为汽车探路。与其说他们战胜了大自然，不如说他们战胜了自己，凭借钢铁般的意志，小组圆满完成了西部基本网的观测任务。

"那次在甜水海的经历，真可谓死里逃生。之前一直觉得自己是铁打的身子，什么都不怕。可许多人把命丢在那里，看来我们对大自然还是需要敬畏的。"任秀波笑了笑说。

新疆玉龙喀什河上游地区，地势险峻、人迹罕至，测量队员到这里作业时就了解到刚有四名俄罗斯的漂流人员在这里遇难。通往测区的路仅容一头毛驴行走，翻山越岭需十余天。为确保作业人员人身安全，于田县人民政府明确表示，测绘队员在作业过程中一旦遇到危险，当地应急救援部门将果断采取有效的救援措施，确保测绘队员的生命安全。就这样，经西部测图工程项目部同意，四名测量队员、一名随队医生、四名向导，以及20头毛驴，冒雪向测区跋涉。十余天中他们全靠吃馕、喝河水为生，在当地群众的帮助下保质保量完成了任务。

在塔克拉玛干沙漠，国测一大队为各作业小组配备了手持GNSS接收机、卫星电话、发电机等装备。在石油系统工作者的帮助下，小组长周喜峰用沙漠摩托单人行进70公里，完成一个像控点的工作，并带领四人徒步深入沙漠20公里完成像控点测量。在测量队员眼里，"没有过不去的火焰山"，他们保质保量按时完成了工程，上交产品受到各方好评，并平安撤离所谓的"死亡之海"。

西部测图工程旨在造福西部，得到西部地方政府的有力支持，测量队员在作业中与各族人民结下了血浓于水的深厚情谊，这也是工程实现"零伤亡"的关键因素。

在塔克拉玛干沙漠作业时，测量队员住在于田县克孜勒克乡雅里古孜家。四周黄沙漫漫，雅里古孜家四口人的生活用水，以及牲畜的饮水，全来自村旁河边一个三米多深的水坑——每天可渗满大约三桶水。测量队员住进来后，他们把两桶水留给了测量队员，给自己只留一桶水。

在平均海拔5000米的可可西里测区，当地色务乡的藏族干部积极支持工作，派了一名藏族向导和一名藏族翻译与测量队员同吃同住，帮助开展工作。藏族翻译尼玛是色务乡小学的一名教师，一个非常精干的小伙子，在跟随测量队的日子里，他抢着干体力活累病了。队员们看在眼里，疼在心里。有一次，车队在向多格措仁进发的路上，遇上一户藏族人家。下车问路时得知女主人生病了，队长立刻吩咐队员，把随车带的常备药品和食品分一部分给他们，并详细告诉他们药品的用法，同时多方联系医生，直到确认医生能及时赶来，才道别离开。经过一段艰苦的历程，测量队终于返回色务乡。队员们把剩下的药品、食品都送给了乡政府和色务乡小学。在离开色务乡时，当地的藏族老乡跟队员们打着友好的手势，藏族同胞紧紧握着队员们的手不愿松开。尼玛更是动情地跑到测量队的货车上，用笔在车窗上写下："天下第一车队，扎西德勒！"

"藏族同胞都特别淳朴。开车路上，无论在哪遇到，他们都会主动打招呼。如果你摇下玻璃主动打招呼他们会更加高兴。记得2000年我们从拉孜往定日走的路上，云豹车胎不小心卡在大车压的棱子上了,四轮悬空,怎么也动不了。远远看见半坡上几个藏族同胞拉着牦牛过来了,虽然语言不通,但他们二话不说就帮忙推拖车,人多势众,一会儿车就出来了。给他们钱,他们摆摆手不要,我们只好拿出烟来,每人发一支,他们特别客气,说声'扎西德勒'便离开了。还有一次也是在西藏,我们的车坏了,前不着村后不着店,没办法就找到藏族同胞,用他们的牦牛把车拉出来。车拉出来后给钱,他们不要。虽然语言不通,但态度是十分积极的,特别热情。在藏区测量的时候,我们与老百姓相处非常融洽,山上器材上不去,找藏族同胞搬东西,给点劳务费就行了。野外工作,平日里我们吃的几乎都是方便食品,喝的瓶装水,中午时分有的老乡便把饭送到山上来,令人非常感动。有的老百姓把我们当成自己的孩子热情招待,吃完饭后给钱不要,最后只好买点东西送给他们。淳朴善良的老百姓经常能够让我们感觉到家的温暖。记得李保峰给我讲过,他有一个测量点距离一户藏族同胞家只有100多米,经常跟他们接触。那家有一个小女孩叫卓玛,大概七八岁,李保峰经常去给孩子拍照,第二次去的时候拿出照片,一家人特别高兴。因为在那个时候,他们都没有手机,也很少见到照片。就这样,李保峰连着拍了好几年,小卓玛也随着他的记录一年年地长大。"任秀波说。

正是由于测绘高新科技的护航和八方的关心与支持,国测一大队测量队员和兄弟单位同仁一起,在三江源、青藏铁路沿线、青藏高原东部、塔里木东部、塔里木西部、青藏高原西部、阿尔泰山、喀喇昆仑山、横断山脉等自然环境极其恶劣的地区长年鏖战,克服了各种令人难以想象的困难,圆满完成全部测图任务。同时,一个个测量队员平安归来,实现了工程之初确立的"零伤亡"预定目标。

2011年8月26日,国务院新闻办召开发布会,宣布历时五年多、覆盖我国全部陆地国土范围的24182幅最新的1∶5万地形图测绘及数据库建设全面完成。

卷四·云程万里

只要脚步不停,
前方就有风景。

第九章

穿越寒极

　　南极，人类最后发现的一块神秘大陆，无数探险家苦苦寻觅了它百余年。南极大陆的总面积约 1500 万平方公里，冰川下埋藏着可供全球人类消耗 200 多年的煤炭等资源。若南极冰川全部融化，全球海平面将上升 60 多米。1820 年 1 月 27 日，沙俄探险家法比安·冯·贝林斯豪森在茫茫大海航行数月后，遇到了一块大型冰块，贝林斯豪森兴奋万分，因这块冰块连接的就是南极洲。三天后，英国海军军官爱德华·布兰斯菲尔德首先看到了南极半岛的尖端。1821 年，美国海豹猎手约翰·戴维斯第一个登陆南极洲。1911 年，挪威探险家罗尔德·阿蒙森首次发现南极大陆。至此，人类才逐渐揭开了地球上这片冰封大地的神秘面纱。

　　近百年来，世界经济高速发展的同时，煤炭、石油、天然气等人类赖以生存的自然资源也在加速枯竭，暗藏于南极冰盖下丰富的资源无疑成为人类能源危机下的新希望。作为地球的重要组成部分，南极在全球环境与气候变化中同样举足轻重。南极科考已不仅仅是资源开发的新出路，更是一国在全球科学、政治、经济等领域中的权益象征。

在中国改革开放之初，全球已有18个国家在南极洲建立了40多个常年科学考察基地和100多座夏季站。而作为联合国安理会常任理事国的中国，南极科考起步较晚。

1983年，中国作为缔约国加入《南极条约》。1984年12月26日，中国首支南极科考队登上"向阳红10"号并顺利抵达南极洲乔治王岛；1985年2月15日，中国第一个南极考察站——长城站在南极洲乔治王岛建成，标志着我国在南极事务上取得了主动权。截至2024年4月，中国科考队已经先后40次进入南极大陆进行科考活动，先后建立了长城站、中山站、昆仑站、泰山站、秦岭站五处考察站，开展海洋、大气、地质、环境、冰川等多项科学考察项目。一代代科考队员前赴后继，克服极地酷寒等恶劣环境，以及暗礁、冰裂隙等因素带来的危险挑战，坚决完成科考任务，留下一个又一个感人至深的故事。

填补南极测绘的空白

我国在长城站建站初期，采用LCR型重力仪进行了长城站重力基准点国际联测。在南极地区进行重力测量是建立高程基准的基础，当前，世界上已有不少国家用重力测量技术在南极地区开展有关地壳垂直运动、海平面变化、气候变化与大地水准面变化等地球动力学的研究。我国南极长城站绝对重力测量的实施，对于提高全球重力场模型中南极地区的精度，对于新一代卫星重力计划，如CHAMP、GRACE和GOCE的地面校准及建立南极地区的高精度、高分辨率的大地水准面模型都具有重要意义。

1984年11月，中国政府派出南极考察队，首次在南极大陆开展科考、建站活动，时任国测一大队总工程师刘永诺参加了此次科考活动。

在国测一大队的队史上，刘永诺的名字格外引人注目。他1962年参加工作，曾担任大队总工程师、副大队长、大队长等职。20世纪70年代末期以后，刘永诺多次参加技术设计、科研和科学考察工作。1977年参加天山主峰托木尔峰登山考察，由于成绩突出受到登山队党委嘉奖；1984年参加我国首次南极考察，与其他同志一起获国家测绘局科技进步一等奖；1979年至1980年参加榆林—西安特级导线设计，获1986年国家测绘局科技进步三等奖。刘永诺担任大队总工程师期间，国测一大队承担了全国天文主点联测、一等重力网点联测、重力短基线布测、太原航摄机动态试验场布测、二等三角网改造等重大测绘生产和科研项目。1986年，刘永诺获得国家科委授予的"有突出贡献的中青年专家"称号，1987年获全国总工会颁发的"五一劳动奖章"，1989年被评为全国先进工作者，为年轻一代测绘队员树立了榜样。1991年，国务院授予国测一大队"功绩卓著、无私奉献的英雄测绘大队"荣誉称号后，作为大队长的刘永诺一夜之间成为全国关注的新闻人物，特别是在测绘、勘测、勘察等相关系统，可谓人皆尽知。

在一份自我介绍的材料中，刘永诺写道：

我是1962年从武汉测绘学院大地系毕业的，在大地队工作了40个年头。在这些年中，我由一个文弱书生变成了一个坚定的测绘工作者，成为一名做出一定成绩的测绘专家。大学刚毕业时，自己有一股热情要努力干好工作，但在实际生活中却要经受各种磨炼，过很多关。首先要过艰苦奋斗这一关。那时外业工作条件差、劳动强度大，要付出相当大的代价。高山缺氧、酷暑严寒、忍饥挨饿都不细说了，即使最平常的事，对一个初出茅庐的人来说都可能是个问题。我是南方人，为上学从广州到武汉,工作分配又从武汉到西安,第一次作业又从西安到了河西走廊的安西、敦煌,感觉一个地方比一个地方干燥,很不适应,嘴唇裂了,鼻子流血了。那时候大家都有奋发向上的精神,样样事情争着干。在繁重的体力劳动中,我腰累坏了,不能弯,要挖土就得跪着。白天劳动太累了,晚上睡觉时浑身酸痛。有一次晚上刮大风,我起来压帐篷,拿不住工具,才发现十个指头肿得像小萝卜一样,握不起来。刚参加工作时我胆子很小,在荒野走路不敢走在前头,也不敢走在最后。在野外辨别方向的能力也是慢慢练出来的。记得有一次在星星峡地区作业,那里方圆一二百里没有人烟。我一个人牵了三峰骆驼到15公里外的地方驮水,到了井边把100多斤的水桶一个个装满,又驮到骆驼背上,捆好。回来的路上天已黑,这时才想起来走得匆忙,手上没有拿什么家伙。二十世纪五六十年代,那里是狼群出没的地方。我心里越想越发毛,似乎觉得周围都有狼在盯着我,想到了死亡的威胁。脚下没有路,帐篷在何方全靠直觉去判断。半路上骆驼饿了,不听指挥,不走了,我只好下来步行牵着走。这时如果走错一条山沟,错一点方向就会迷路,回不到帐篷,幸亏我去的时候一路回头望,把地形记熟了。到了半夜1点多总算回到了帐篷,这才松了一口气,觉得一天之内似乎成熟了不少。我在外业小组学会了做各样工作,学到了外业队员那种吃苦耐劳、坚韧不拔的精神,什么困难都不怕。如果说我在戈壁滩闭上眼睛也能分清东南西北你可能会很惊讶。如果有人进西藏坐着汽车也过不了五道梁,那请你看看五道梁周围更高的山峰上的测量觇标。那些山峰空身徒手都难以到达,而测绘队员却在山顶上竖起了觇标,用仪器进行了测量。第二关是思想感情关。刚毕业的学生总是有点理想抱负的,而客观现实与主观理想的不一致,很容易产生某些情绪。

外业队员性格豪放，带点粗犷甚至有点野性，对此我开始是看不惯的。在外业，大家生活在一起，工作在一起，清高自傲就是孤立自己，唯一办法是放下架子。相处时间长了就发现他们有很多优点，有些工人虽文化程度不高，但操作技术和工作能力完全可以当我的老师，尤其在吃苦耐劳方面更是我学习的榜样。有一次抬标石上山，因山势险峻两人根本抬不上去，一位工人二话没说把近两百斤的标石捆好，一个人往上背，我见了真是吃惊。在他的影响下我也试着背，虽然战战兢兢，还是背了一段路。后来干多了，力气也就练出来了，与同志们的感情也更融洽了。第三关是操作技术关。在学校学的是理论知识，与实际工作相差很大，如何锻炼实际工作技能，如何理论联系实际，是每一个在基层工作的大学生都要遇到的问题。开始我都是干一些最简单的工作，别人怎么干，有什么窍门，只要多观察、多问还是可以学到一点的。我喜欢把过程和关键问题记下来，以后遇到类似的情况发生就可以参考了。这一点难不倒我，实践出真知，用心得本领。较难的是学习老同志严格细致的工作作风。大地测量既是繁重的体力劳动，又是一项精密细致的高技术工作，观测要快速、准确、真实；记录要整齐、清洁、美观，初学者都难以做到。有一次组长叫我检查手簿，也就是看看记录的数据有没有超限，运算是否有差错（外业成果要进行200%的自查自校以确保无误）。事情虽然简单，但干起来不容易。帐篷里很闷热，一看那么多阿拉伯数字我就打瞌睡，好不容易把手簿查完了，组长再查还发现不少问题，虽然没有批评我，但自己心里很不好受。后来在老同志的帮助下，我也注重实践，干一样精一样，本领就慢慢练出来了，第二年我也当了组长。在基层多年实践中，我增长了知识，锻炼了管理能力，为以后的工作打下了基础。

大雁塔是西安市的著名古迹和标志性建筑，被列为国家首批重点保护文物。然而，由于受过量开采地下水及地表水流失严重等综合因素影响，塔身开始出现倾斜。监测资料显示，到20世纪80年代，大雁塔塔顶向西北方向倾斜竟达到了0.998米，倾斜速率平均为1毫米/年，长此以往，大雁塔将成为第二座比萨斜塔，对它的形变情况进行测量并采取相应的治理措施刻不容缓。

1983年，国测一大队承担了大雁塔形变、沉降监测任务，并要求达到毫米级的精度。刘永诺打破常规，因地制宜，首创"微分法观测方案"，使"大雁塔形变测量工程"荣获西安市科委颁发的科技进步二等奖，刘永诺有关该工程的论文荣获陕西省测绘学会优秀论文一等奖。

"这些成绩不是我一个人的功劳，光荣属于大家。我只是代表测绘工作者走向领奖台而已。但作为个人还是有些体会的。例如大雁塔形变测量方案的基本思路早在20世纪60年代研究其他问题时就有了类似的设想，只是结合大雁塔的情况又赋予了新的内容。如果我不热爱本专业，不思考、不钻研的话，心里没底也就不可能接受这项任务。如果说登山科考是对意志、耐力、勇敢的考验的话，南极科考就是对我理论知识和操作技能的综合考试。在南极科考中，可以说测绘的十八般武艺全部都用上了，如卫星多普勒定位、天文测量、重力测量、水准测量、验潮、建立平面和高程控制、陀螺定向、工程放样、形变测量、地面摄影测量、测绘地图等。由于南极地理的特殊性，从方案设计、方法选择、计量公式都可能与常规不同，没有书本可参考，也没有老师可请教，这就需要理论联系实际，发挥个人的专长了。有时很简单的事也会把人难住，我们在长城站使用MX1502多普勒接收机时，机器老有警报声，嘟嘟嘟直响，不工作。是南极地区特殊反应，还是仪器坏了？究竟什么原因很难判断，真是急死人。最后查实是仪器在使用时要输入很多参数，其中有测站的概略经纬度，而我们在北半球、东半球工作惯了，经纬度总是正的。在西半球、南半球经纬度都是负的，输入时忘了负号，计算结果不收敛，所以发出警报声，仪器闹罢工了。再如南极离各天文授时台均很远，且南极地区无线电干扰很厉害，收讯机收不到无线电信号时，无法进行天文观测。类似问题还很多，如果没有经验，没有较好的理论基础，不排除故障就不能完成任务。用陀螺仪定向时，按书本常规要用逆转点跟踪法，这种方法要观测员手动跟踪。由于南极地区地球转动力矩小、陀螺摆动周期长，天气又冷风又大，手动跟踪观测起来既费力气，精度也不高。后来我们改用中天法，只在陀螺过中天时准确记录时间即可，一般人很难做好。我做过天文观测，对时间估读很准确，采用这种方法效果很好。在南极长城站的两栋大楼的施工中，我按实际情况采用了特殊的放样方法，既争取了时间，又保证了精度，大楼安装进行得很顺利，受到了考察队领导的好评。"刘永诺说。

　　1984年南极测量，刘永诺从上海到南极，考察队的轮船在海上整整航行了35个昼夜，航程达四万公里。科考队员在乔治王岛登陆后，天气十分恶劣，考察队的帐篷一次又一次被风雪压倒，海浪一次又一次把码头冲垮。风急浪大，小船不能下海，直升机无法出动。刘永诺独自承担长城站主体工程放样、变形观测、乔治王岛面积计算、重力和天文观测计算等工作。工作中，他的衣服常常被海水、雪水、汗水浸透，有时一天要烤几次、换几次。他废寝忘食，加班加点，最后出色地完成了任务。南极长城站的成功测绘，填补了我国极地测绘的空白，在中国测绘发展史上写下了新的篇章。

为南极测重力

2004年10月25日,我国第21次南极考察队从上海出发,又一次踏上了新征程。经过艰难的航行,11月15日,"雪龙号"开始进入西风带,在此后的三天时间里遭遇两个气旋的袭击。按照考察队"冲击弱气旋、躲避大风浪"的计划,"雪龙号"18日强行冲刺到南纬50度附近海域,但是情况发生了突变,南边一个巨大的强气旋一夜间改变方向,横在了"雪龙号"正前方,中心位置涌浪超过10米,风力超过12级。在"雪龙号"的东面和西面又有两个气旋顶了上来,考察队陷入了气旋的包围之中。根据最新的卫星云图情况,在紧急协商后,考察队为了保证安全,决定暂时放弃南下计划,调转航向向西边较弱的气旋冲击,尽快冲出包围圈,再寻找机会南下。

11月22日中午,在顶着风浪艰难航行四天之后,南下的机会终于出现,考察队当机立断,调转航向,以15节/时的最高速度全力向南冲刺。经过两天的快速航行,"雪龙号"终于冲出了西风带,到达了南纬60度海域。在航海家的眼里,西风带是一片魔鬼海域。西风带指的是南纬45度至60度之间的海域,因地球表面冷暖气流交替和地球自转作用,加上海域空旷,没有陆地阻挡,使这里成为了气旋的多发地带,平均三至四天就有一次极地气旋生成移动。不过就算没有气旋,这里的平均风力也在七八级。

本次南极考察,国测一大队队员何志堂、张世伟随队前往南极长城站和中山站,从事绝对重力测量和相对重力测量。

1998年,何志堂从武汉测绘科技大学大地测量专业毕业后,在国测一大队开始从事GNSS方面的工作,两个月后开始做重力测量。何志堂是全国能源化学地质系统2021年"大国工匠年度人物"、陕西省五一劳动奖章获得者，被称为"把握地球神秘力量的人"。

大学毕业之初，面对即将到来的工作挑战，何志堂很乐观，甚至踌躇满志，信心百倍。然而，现实和理想总有一定的距离。第一次出测的经历让他深切感受到这个距离的残酷，甚至差一点埋葬了他对测绘的所有热情。

1998年7月，何志堂去天山进行重力测量。从住的地方到测点要走很长的路，一个位置需要待三天三夜，司机把人拉到点上就走了，三天以后再来接。

独自一人看守一台GNSS接收机，环顾四周，不是茫茫戈壁，就是荒芜山野，无边的寂寞和孤独像一条毒蛇，一点一点地吞噬着他对未来浪漫的憧憬。晚上一个人住在帐篷里，能听见外面的狼嚎，何志堂内心十分恐惧。他开始怀疑，甚至后悔自己最初的选择。难道自己的青春、自己的人生要这样一分一秒地"浪费"掉吗？想立刻回家的念头就像一张无形的大网紧紧缠绕在何志堂心头，令他几乎窒息。可即便如此，后来他还是多次前往新疆、西藏进行重力测量，1998年至2013年，几乎每年都去西藏。

2004年底，何志堂跟随第21次南极科学考察队实施南极绝对重力测量，路上走了两个多月。整个科考船上各个行业的人都有，时间紧张，队员们只能边走边培训，包括航海知识、海盗实弹演习、逃生演练、南极环境保护及实地遇到的问题如何解决等，特别是环境保护是一个十分敏感问题，代表一个国家的整体形象。队员们每个人均需要按科考船的要求执行任务。开始航行的时候大家并不晕船，途经西风带时，风暴来袭，狂风怒号，大海咆哮，巨浪滔天。20多米高的巨浪一次次猛烈地拍打着200多米长、30多米宽的考察船,船身不停地剧烈摇晃。大家都开始晕船,恶心、呕吐,饭吃不下,水喝不进,头痛不已。穿越西风带的过程中,每个人几乎滴水未进,身体接近虚脱,连说话的力气都没有。那里平时风力8级左右,加之那段时间不停有台风,船绕过一个又遇到一个,万吨巨轮在惊涛骇浪中像一叶漂浮的小舟,随波逐流。船倾斜有5到10度,一个20多米高的大浪拍来,船体剧烈摇晃,晕得人一塌糊涂,刚吃下去就吐了。大家都不说话,感觉真的无法坚持下去了,盼着能快点到达。船员24小时值班,告诫大家必须吃,哪怕一吃下去就吐出来也得吃。午夜时船员要吃一顿面条,科考队员也可以吃一点,喝一些酸汤。整个西风带走了20多天,何志堂后来头疼得已经麻木了。

"过了西风带,突然有一天不晕了,感觉还不适应了。到了中山站,站在陆地上感觉大地还在摇晃呢。"2022年采访时谈起18年前的那次南极之旅,何志堂记忆犹新。

11月27日,考察船经过艰难跋涉,终于到达了距离中山站只有40多公里的冰面。这里的冰层厚度达1.5米,再也无法前行了。一大群可爱的企鹅仿佛是穿着黑色燕尾服的矮小绅士,挺着白肚皮,在冰面上摇头摆脑地迎接远道而来的客人。由于中山站没有码头,只能在南极夏季冰还未融化之前,将巨大的极地车卸在冰面上。中山站的科考队员和将要攀登南极之巅的冰盖队队员下船了,何志堂、张世伟与其他队员将大量的货物卸到冰面上,再转移到雪地车上运往中山站。

12月24日,考察船靠近长城站所在的乔治王岛,在长城湾外抛锚。长城站那些独特的红色高脚房映入队员们的眼帘。虽然何志堂与张世伟是第一次见到这些建筑,但他俩没有一点儿陌生的感觉,因为在"南极大学"的学习使他俩对长城站早已耳熟能详。登上陆地,想到自己是国测一大队继1984年刘永诺参加中国第一次南极科考后,踏上这片神奇土地的第二批队员,一种亲切和自豪的情感油然而生。

刚到南极大陆时,何志堂感觉特别冷,气温零下30多摄氏度,晚上穿鸭绒衣也冷得睡不着。12月的南极是极昼,太阳整天挂在天上,明晃晃的,刺得人睁不开眼睛。队员们所谓三班倒,实际上是一班倒,一干就是20个小时,实在困得不行了才睡一会儿。何志堂与张世伟在长城站测绝对重力点,周边测了一个相对重力网,由于长途运输,仪器的激光附件出现问题,紧急维修后接着测量。长城站在南极圈外,冰雪消融,风特别大,从别处吹来的雪很多,经常是大雪弥漫,遮天蔽日,什么也看不见,平均2000米厚度积雪覆盖下的南极大陆没有路,许多地方暗藏着深不可测的冰缝,不小心掉下去就会把自己永远地留在那里。

在长城站60多天的时间里,何志堂无暇顾及极地的奇峰异石,来不及欣赏南极独特的风景,每天不是背着相对重力仪,踏着齐腰深的积雪,顶着六七级的风,穿梭在点位之间,就是在绝对重力观测室操作仪器。在极寒之地,何志堂与张世伟身背15公斤重的重力仪,常常凌晨4点出发,踏着没膝的积雪,跋涉五六个小时,才找到测量点。待放下仪器,他们的内衣都湿透了,冷冰冰地贴在身上,脚下穿的里面是毛、外面是橡胶的特制长筒套鞋,也被汗水浸得湿漉漉的。为完成任务,他俩经常一天只吃一顿饭,测完后又背上仪器匆匆往回赶。

南极号称世界风库,大风刮个不停,像刀子一样刮得脸疼。两人虽然穿着厚厚的防寒服,还是难以抵挡寒风的袭击。有一个测量点在长城湾对面的韩国考察站,必须乘坐橡皮艇横穿14公里的海面才能到达。就在不久前，韩国队员从长城站返回时，小艇遇风浪翻船，三名韩国人爬上被称为企鹅岛的阿德雷岛避难。韩国前来救援的小艇也在此倾覆了，冰冷的海水无情地夺走了一位韩国年轻科学家的生命。

　　长城站绝对重力测量历时四个多月，首次建立了我国南极高精度重力基准，填补了我国在南极地区没有重力基准的历史空白，对南极地区重力场研究、精密全球重力场模型都具有重要的科学价值。在技术上，第一次通过联合重力垂直梯度与绝对重力测量数据，采用迭代逼近的计算方法，一次性求解重力基准成果和该地区相对重力仪一次项比例因子的算法，解决了二者相互影响的技术难题，提高了最终成果的准确度、稳定性。这次南极之行，是国测一大队现代高新测绘技术及科技创新成果在南极地区一次成功的应用和实践。

　　2005年2月8日，当全世界华人都沉浸在欢度春节的欢乐气氛中时，何志堂与张世伟也顺利完成了南极长城站的绝对重力测量。

第十章

鏖战北非

逆风飞扬

2006年，在合同金额约70亿美元的阿尔及利亚东西高速公路建设项目竞标中，中国企业力挫法、美、德等国实力强大的承包商，拿下这份令国际同行眼热的订单。阿尔及利亚东西高速公路约927公里，国测一大队承揽了其中560公里的高速公路测量任务。2006年第四季度至2007年初，70多名测量队员在非洲大陆的深山茂林、烂泥沼泽、荆棘丛中苦战了三个多月，圆满完成了全部任务。

2006年7月5日，尚小琦作为此次项目的"开路先锋"，与同济大学教授黄文元提前三个月出发，到达阿尔及利亚开展前期的基础工程。当时，阿尔及利亚局势很不稳定，测区的反政府武装猖獗，随处可见荷枪实弹的军警，形势比较严峻。当地翻译听说测量队员要去那里，对尚小琦说："千万别去，太危险了！"

可项目不能拖，有危险也得干。有一次，他们找来地图，多次寻找进山的路，决定自己行动。黄文元驾驶着越野车开过几个村庄，这些村庄因为战乱，人们已经逃离了，显得特别荒凉。越往山里走，人烟越稀少。快到测点时，路面开裂，车辆难行，车轮都陷进去了，尚小琦提议他下车步行去踏勘，黄总不放心，不让他去。此前，很多人告诉他们，不要轻易到没有人烟的地方，因为那些地方战乱时期埋下了大量的地雷，稍不小心，就可能雷爆身亡，危险极大。可是没办法，现在只能步行前往。当时他就想着怎样完成任务，自己的生死已置之度外。周边残垣断壁，特别荒凉，尚小琦一时十分紧张，心一阵怦怦乱跳。刚走几步，他感到腿有些沉，怕一不小心踩上地雷就回不去了！那些地雷是否有电源引线？如果引爆了，后果不堪设想……尚小琦每走一步都小心翼翼，仔细察看有没有铁丝。由于高度紧张，头上沁出密密麻麻的汗珠，想着家里上有老下有小，如果踩上地雷就完了，思想斗争特别激烈。人在那种场景会思考很多问题，各种在电影、电视上看过的爆炸情景不时浮上脑海，不觉惊出一身冷汗。这时，尚小琦听见后面汽车的轰鸣声，原来是黄总把车救出来并开过来了，他说："车有四个轮子，即使雷爆了，大家在车上应该会好点，不能让你一个人处在这么危险的境地。"

阿尔及利亚地处非洲西北部的地中海沿岸，大部分地区被沙漠、戈壁和细茎针茅植被覆盖，气候比较干燥。一天，尚小琦顺着山路找点，中午快到山顶时一转弯，突然见一铁栏栅门前有站岗的人，原来这里是军管区。站岗的人看见他们后把门打开，让他们进去，说是要汇报。翻译用法语沟通后说："你们闯到军事禁地了，要被扣留下来。"尚小琦当时也没带工作证明，只有护照，因私旅游签，已过期。通过翻译，尚小琦给他们解释说："我们是你们请来测项目的，不是非法测绘窃取情报。"对方看起来也十分友善,让他们坐下来喝着咖啡,吃着甜点,但就是不让离开。尚小琦他们如坐针毡,等了一个又一个小时,眼看已经下午5点了,测量小组计划当天要赶到奥兰,距离有200多公里,再晚就来不及了。快到6点时天已经黑了,来了几个军官模样的人,翻译沟通后说:"已经知道你们是做什么的人了——是为我们国家测高速公路的,虽然违规了,下不为例,你们赶快离开吧!"

当地人对中国人特别热情,提到中国人都竖大拇指点赞,说他们的高楼、大桥都是中国人建的,对遥远的中国十分向往,非常羡慕。由于战乱,有些地方需要宪兵队护卫,提前安排计划,比较麻烦。在东边的山区有个点,到处都是民兵,背着枪像游击队,随处可见小钢炮、机关枪等武器。见测量队员是中国人,也没人盘问。

直到国庆节后,国内大队人马才陆续到达,测量工作在500多公里的战线上全面铺开。从哈斯扎哈那小镇到特莱姆森,再到摩洛哥边境的50公里路段,按照设计需要埋标石近300个。这一地段基本上是起伏的山峦和雨水冲出的沟壑,地表为30多厘米厚的砂石层,当地人称为"盖板",这给即将开始的埋石工作造成了很大的困难。队员们雇的当地人出工不出力,干了一会儿就扔下工具跑了,说不干了、干不了。后来挖坑、埋石等活队员们只好自己干。

尚小琦与70多名测量队员在非洲大陆的深山丛林、荆棘灌木和水泽泥沼中执行充满艰辛的测绘任务。为了便于开展工作,阿尔及利亚东西高速公路被分为阿尔及尔、核利赞、思迪拜尔阿贝斯、特莱姆森四段,70多名测绘队员分组承担测量任务。此时非洲大陆还很热,白天的气温高达40多摄氏度,热浪滚滚。鏖战一个月后,进入观测阶段,特莱姆森测量站在一间80多平方米的房子里,19名队员挤在一起,因为床不多，有些队员就睡在地上，但没一个人有怨言。烈日暴晒、蚊虫叮咬、语言不通、地况不熟，特别是战乱的阴影平添了几分紧张情绪。在阿尔及利亚的最后一段时间，测量进入了攻坚阶段，要在十天内完成60公里复杂地段的埋石工作。这60公里地段里有茂密的橄榄林，还有大片的灌木丛和烂泥滩。队员们抬着重达70公斤的水泥标石，穿行在齐腰深的灌木丛中，稍有不慎就会被灌木刺伤。行进在烂泥滩，也格外吃力。

张建华是第二批到达阿尔及利亚的测绘队员。一天，他们要去一个山沟里测量，因为反政府武装在里边埋了地雷，一脚不慎踩上去就会爆炸，十分恐怖。队员们都不敢向里边走，当地人见状赶了一群牛，让牛先进去踩踏一遍，如果有地雷就让牛把地雷踩响。后来，阿尔及利亚军方拿着探雷器又测了一遍，探到哪个地方比较危险就用白石灰画个圈，旁边插面小旗，提醒人们这个地方疑似有地雷。张建华是测量组组长，他必须带头，身先士卒，背着仪器朝前走，阿尔及利亚的两个卫兵端着冲锋枪陪着他。走着走着，张建华心跳加速，忐忑不安。这种情况下人不紧张是假的。他们小心翼翼地来到测点，张建华架起仪器就开始测量，一开始工作他就全神贯注，忘掉了周围的一切。这时，山谷旁的山上隐隐约约出现了人影，保护他的一个士兵见状，迅速冲过去将他按倒在地。张建华正在聚精会神地测量，一下子来了个嘴啃泥，不知道是怎么回事，于是拼命挣扎。那个士兵一边把他头朝下压，一边指着山上的人比画着开枪的手势，张建华这才慌了。好在上面的人在那里站了一会儿就消失了——他们也许是老百姓，也许是恐怖分子。如果保护他们的士兵没有及时发现，后果很难设想。张建华有些后怕，说没想到来这里测量，还要经历这样惊心动魄的事情。测完回到驻地，张建华给家里打了个国际长途电话。他是甘肃人，家庭比较困难，平日十分节俭。测绘队员工资不高，轻易是不会打的。那时候家里没电话，张建华的父亲跑到村委会去接。电话接通后，张建华叫了一声爸爸，眼泪不觉便流了下来。他平静了一下心情，给父亲说，我这里一切都好，都平安，你放心吧！

"阿尔及利亚高速公路项目是中日两个国家分段合测的，测绘数据接边时出现问题，日方便指责是中方出了问题，非常自信。我与设计院总工程师核查了一遍，我方的数据都没有问题。阿尔及利亚公路局提供的坐标误差较大，有的甚至都在公里以上，成果非常粗糙。我们去当地公路局调出资料查看，阿尔及利亚方面承认是他们出错了。"谈起当年北非测量时的情景，尚小琦记忆犹新。

为了心中的梦想

王新光也参加了阿尔及利亚测量项目。他在一篇日记中写道：非洲在我的印象中，就是穿着草裙、肤色黝黑、狂放不羁、落后不文明的地区。可当我真正踏上非洲的国土时，我有了另外的感受。踏入非洲，更确切地说是踏入北非阿尔及利亚的土地只不过是十几分钟，异国他乡并未让我有拘谨的感觉，更多的是一种新鲜的感受，这种感受一改我对整个非洲的偏见。同时，这座城市显现的快速和现代给我们同是"发展中国家"的"老外"一种很深的启迪。

清晨，当第一抹曙光刚刚映照在特莱姆森的哈那雅小镇时，一队特殊的车队从小镇疾驶而过，走在车队最前边的是一辆警用大功率、白绿相间的宝马摩托车，头戴钢盔、身穿橄榄绿军装、防弹背心、长筒皮靴的宪兵，娴熟地驾驶着摩托车，以150公里的时速开道，紧随其后的是两辆雪铁龙面包车，"阿尔及利亚东西高速公路·中国测绘"的标牌醒目地贴在车身上，面包车后又是两辆警用宝马摩托车断后。特莱姆森是阿尔及利亚西北部的重镇，因整个城市都是依山麓阶地而建，又被称为西北部山城。从特莱姆森向西沿国道行驶79公里，便是阿尔及利亚与摩洛哥的边境，而阿尔及利亚东西高速公路的最西端就在两国的边境终止。

开始工作时，由于很多工具无法从国内带来，王新光他们只有从阿尔及尔临时购置了一些镐头和铁锹，但这些在泥土地上使用的劳动工具，根本无法在砂石地上施展。经常一个坑还没见轮廓，铁锹就被折断，镐头被磨平，有时甚至一镐下去镐把被震成四节。在这种情况下，队员们只有多方联系，寻找更适合的工具。最终在废品收购站找到了废旧钢棍，自己加工制成了不同规格的钢钎。就这样，队员们在100公里的测量线上，用一个月的时间一镐一镐、一锹一锹、一钎一钎地刨出了40厘米见方、60厘米深，总共296个标石坑，圆满完成了第一阶段的选点埋石工作。两个月的时间，工作顺利进行，队员们和小镇的居民也相处融洽。

"每天早出晚归，队员们耳边总有生硬的汉语'您好'的问候，这对我们背井离乡的'老外'是极大的安慰。"王新光每天有记日记的习惯，北非测量时的点点滴滴他都记忆犹新。

在西迪贝勒阿巴斯省，国测一大队有39名测量队员在这里驻留，是四个测量站中人数最多的。因为在阿尔及利亚东西高速公路项目设计中，奥兰到特莱姆森的设计路线中测量项目是最全的，高速公路控制测量、带状地形图测绘、公路中线放样和纵横断面测量等全部囊括其中，而西迪贝勒阿巴斯省正好就在整个西标段的最中间，该路线又是全线中地形变化最为复杂的。

为了便于管理和集中调配人员的需要，项目组将中国测量指挥部建立在西迪贝勒阿巴斯省的西迪普利斯，陈永军副大队长担任前线总指挥。其实那个指挥部除了有一支最大的测量队伍外，只是一个供队员工作、吃饭、休息的地方。因为从阿尔及尔到特莱姆森500多公里的测量路线上，74名测绘队员选点埋石、水准、GNSS、测图全面展开，每一个环节紧紧相扣，没有最佳的安排和合理的调配，难以正常运转。陈永军副大队长在安排好指挥部的一切后，立刻就赶到了阿尔及尔，从那里开始，一站一站地指导、安排工作，还要亲自到测区检查现场情况。39名测绘队员没有固定测量小组，也没有固定哪个队员必须干什么，所有测量工作都是随设计要求而动，变动中的组合使每个队员都有用武之地。大家齐心协力，共同奋斗，以精湛的技艺提交精确的数据。

进入12月，正是这里耕地播种的时候。大部分庄稼地都被拖拉机翻犁过一遍，几场大雨过后，庄稼地显得特别泥泞。测量点位基本上都埋设在庄稼地里，汽车无法到达点位，一天几十公里的路程，队员们全是凭着两条腿，身上还要背着30多公斤重的GNSS仪器和脚架，再加上脚底黏着厚厚的一层泥巴，行动起来真的很吃力。水准测量和地形图测量就更加艰难，几百米宽、上百公里长的带状，全部是队员们一个脚印一个脚印走出来的。地中海沿岸的雨季，风雨无常，队员们每天都要经受着晴转阴、风加雨的考验。

2007年1月1日，新年的第一天。过年、过节，对从事野外测量的人而言，在异地他乡度过已经习以为常。但在异国他乡过年，对参加阿尔及利亚东西高速公路测量项目的几十名队员来说，是平生的第一次。过去的两个月，队员们在几百公里的测量线上，经历了烈日炎炎、风吹雨淋。从进入阿尔及利亚以来，大部分队员在一个测量站一待就是两个月，跟别的测量站的队员根本就没有机会见面，问候的话语也只能通过短暂的电话互通。很多队员从阿尔及利亚一下飞机就直奔测区，来了两个月，连首都阿尔及尔和奥兰是什么样都不知道。

首都阿尔及尔向东20多公里，再向南20多公里进入M3地段。M3地段一直被认为是阿尔及利亚最不安全的区域。在国测一大队所承揽的项目中，这一段的工作也是最难开展的。因为进入这一地区必须要有阿尔及利亚政府的批准函，由地方政府还要提供保护。

在阿尔及尔测量站，进入阿尔及利亚的十几名测量队员，时间长的快三个月了，时间短的也来了两个月了。队员们早已把阿尔及尔周边的测量任务完成，剩下的时间只能修补测和无奈的等待。看着西部测区的队友进行大会战，他们心里十分着急。

2006年12月23日，队员们终于等到了好消息。阿尔及利亚政府的批准函下发，地方政府已确定派出警力护送测量队员，时间为五天。压抑多日的队员们就像突然充足了电，连夜开始准备。闲置院角的标石装满了车，备用的仪器设备规整完毕。队员们个个摩拳擦掌，蓄势待发。

"12月24日，早晨6点，队员们准时起床。可推窗一看后大家傻眼了：进入雨季的阿尔及利亚，阴霾的天空，飘着密集的雨线，雨中还夹杂着黄豆大小的冰雹。为什么早不下雨晚不下雨，偏偏此刻大雨倾盆？眼前的一切就像一盆冰水，从头到脚淋了大家一个透心凉。照常规，这样的天气，我们只有在家休息。可一切工作准备就绪，武装军警也在等待我们的消息。五天的时间稍纵即逝。五天，每一天都珍贵如金！考验，又是一次考验！但阴雨并没影响队员们的斗志，紧张短暂的协商后，阿尔及尔测量站张建华组长宣布工作正常进行。看得出，队员们无所畏惧，试与老天一比高低。7点整，我们的汽车在两辆警用越野车的护送下，离开了阿尔及尔。阴沉的乌云笼罩着，使得天色更加黑暗。湿滑的柏油路上四辆汽车一路纵队，同时闪着应急灯向M3测段驶去。远山近景，全部被烟雨包裹。队员们顶着寒风，冒着大雨，抡着镐头，挥着铁锨，一个点一个点地挖坑埋石。11名队员、17公里路线、50多个测量标石点、50多个点的控制测量，五天时间全部搞定。抖抖浑身的泥水，踹踹满脚的泥巴，队员们的脸上露出了自信的笑容。担任五天护送工作的武装军警，在最后一天和队员们分手时，主动提出要和队员们合影留念（在阿尔及利亚武装军警到处都有，但能和他们留影的可能性很小）。五天的时间，队员们和军警们相处得十分融洽，我们很钦佩他们对工作的认真负责，他们很敬佩我们对工作的忘我精神。分手道别时，尽管我们之间的语言不同，但看得出大家相互之间是真诚的。事后，我们的翻译告诉队员，军警们在说："从来没有见过在这种恶劣的雨天中，像你们这样不顾一切工作的。中国人，伟大！"谈起当年北非测量时的情景，王新光心潮澎湃。

2007年1月14日，W4测量项目正式启动。要求在10天内首先完成选点、埋石、控制测量等工作。

W4标段全长60公里。在这60公里的测量地段中，有茂密的橄榄树林，有大片的草原灌木丛、沼泽烂泥滩，有网状布局的大型排碱渠，是整个阿尔及利亚东西高速公路地段地形较为复杂的标段。这么短的时间，那么大的工作量，又要面对如此复杂的自然环境，显然这又是一场攻坚战。陈永军副大队长果断决定，亲自带领测量突击队速战W4。

14日清晨6点30分，当大地还是一片沉寂时，通往测区的公路上已疾驰着四辆雪铁龙六座面包车，八盏汽车大灯划过夜空，编织出一道"彩虹"。戚晓轩、赵祥江、江良、张志超四名司机全神贯注把持着方向盘，突击队队员雷鹏、商永杰、李明生、郭炜信、张忠辉、王西宁、菅永斌、田大川、郭庆生、张伟、霍申申、郭解飞、赵利兵，个个精神饱满，跃跃欲试，充满信心去迎接这场恶战。

　　揭幕战并不顺利，因为迎接队员们的是大片的灌木丛和成片的烂泥滩。这儿的灌木丛不像国内的灌木丛是由杂草、低矮的植物混合在一起，而是由成团成团相依生长的，非常坚硬、多刺的植物形成。汽车无法到达选好的点位，队员们只好抬着六七十公斤重的水泥预制的标石，穿行在齐膝深的灌木丛中，稍有不慎就会被灌木坚硬的刺刺伤。更麻烦的还是沼泽和烂泥滩。W4测段荒草丛生，少有人烟，也许正是这里的地理情况所致。因为这儿的土质特别黏硬，地表特别容易积水，无法渗透的积水，自然形成了大片的沼泽和烂泥滩。因为测量需要，队员们又必须踏过烂泥滩。在烂泥滩上行走，就像掉进了强磁场，每行走一步都要耗费很大的力气。每每此时，陈永军副大队长都会冲在最前面，选点、挖坑、埋石，他像上足了发条的机器，给大家树立了榜样。眼前大自然设置的障碍，什么灌木丛、烂泥滩，在测量队员的眼里，此刻都成了他们测量标石的点缀。三天半的时间，60公里，147块标石的选埋，第一阶段攻坚战提前圆满完成，并为随后的观测工作节约了大把的时间。18日，控制测量提前进行。经过三天半的苦战，队员们对W4标段的地形已经了如指掌，恶劣的自然环境已不再是绊脚石。小伙子们一鼓作气，在22日提前完成了W4标段设计要求的测量工作。连续作战使队员们越战越勇，速战W4给突击队的队员们更增添了战胜一切的信心。

"看着突击队的小伙子们个个浑身上下沾满了泥浆，而脸上洋溢着自信的笑容，你还会觉着这世上有什么困难可言吗？！随着 W4 标段各项测量任务的完成，我国承担的阿尔及利亚东西高速公路测量项目已近尾声。因为工作需要，我被安排和其他 11 名队员第二批回国。三个月的时间，第一次离开祖国这么长时间。队员们栉风沐雨，披星戴月……三个月的时间，在人生中是多么的微不足道，但这三个月的经历，可以成为我们每个队员的终身记忆！"王新光激动地说。

第十一章

长风破浪

施测热带雨林

1996年5月11日上午，时任国测一大队副大队长的苏凤岐和他的七名队友乘坐飞机，从北半球穿越赤道，在伊里安岛东部的巴布亚新几内亚首都莫尔斯比港降落。他们这次远涉重洋来到位于赤道附近的岛国，是为该国修建的一条沿海公路进行前期路线测量和放样的。这条公路选址在该国北部沿海附近的热带雨林、沼泽湿地范围内，从柏瑞那向西北至马拉拉维，总计80.596公里。

苏凤岐生于1951年，陕西澄城人，1975年10月招工进入陕西测绘局，分配至国测一大队工作。

1987年8月，苏凤岐带领一个小组向新疆北部额尔齐斯河畔的沙漠腹地进发。沙漠一望无际，沙丘绵绵不断，他们雇了一台卡车，但行驶没多久便陷进沙里了。太阳火辣辣地挂在天上，沙漠里仿佛升腾着一股烈焰，队员们的嘴里、鼻子里全是沙子，脸上被太阳晒得蜕了皮。

幸亏徐邦田师傅有经验，在一处民房旁草比较茂盛的地方挖下去，果然有一汪绿莹莹的水，上面漂着一层羊粪。他们把上面的羊粪撇开后，喝那里的水解渴。夜幕降临后气温陡降，苏凤岐和队员们找了半天，在一处破烂的羊圈里搭建起帐篷。队员们枕着30多厘米厚的羊粪，刺鼻的臭味令人阵阵作呕，难以入睡。第二天一早，苏凤岐带上几名测量队员背着几十公斤重的器材和水，离开宿营地深入沙漠作业。太阳出来后，地表温度很快上升到60多摄氏度，苏凤岐和队员们在滚烫的沙丘间上上下下，来回奔忙，找点、测量、记录，汗水哗啦哗啦地往下淌。一个队员由于太渴，很快便把水喝完了，苏凤岐便把自己的水让给他喝。测量工作完成时天已经快黑了，大家都十分疲惫，但不能在这里休息，否则就回不去了。那时候大家的水都喝完了，嗓子干得冒烟，十分难受。苏凤岐用对讲机和驻地联系，让赶快送水过来。这时，天上飘来一片云，大家都希望能下一点儿雨，然而并没有什么雨水。夜幕降临后大家更加口渴难耐，感觉浑身像着了火。他们脱掉衣服，把身体埋在凉沙中。大家都知道吴昭璞在沙漠里渴死的事情，在这种极度干燥的沙漠里人体水分蒸发很快，如果明天早晨水还不来，后果不堪设想。一个队员发出恐怖的嘶吼声，疯狂地用手在沙里刨着，希望能挖到水。挖了半天，手指流血了，一滴水都没见到。一股绝望的情绪在蔓延。苏凤岐强打起精神，大声说道："兄弟们，大家别怕。只要有一丝希望，我们也要互相搀扶着走出去，一个都不能少！"大家支撑着身体站起来，在朦胧的星光下互相搀扶着往前走……

原来送水的两个人迷路了，绕了很远的路，对讲机也没电了，无法联系。半夜3点，大家终于看到两个人影，那是赶来送水的工程师徐邦田等二人。大家全没力气说话了，七个人一口气灌下20公斤水，倒在沙丘上昏睡过去。第三天早晨，他们又步入沙漠，向更远的测量点走去。

1996年，巴布亚新几内亚施测的区域遍布热带雨林和沼泽。热带雨林内到处都是参天的乔木、茂密的灌丛、攀附的藤蔓、交错的荆棘、积水的沼泽、发酵的腐殖土，交织成一道幽暗而密不透风的屏障。树上长满一米多长的刺，像利剑一样纵横交错，根本无法通过。人在它们面前显得那样柔弱纤细，那样苍白无力。当测量队员披荆斩棘地突入其中时，只觉得胸闷气短。晴天，阳光透过遮天蔽日的林冠，投射在草甸和林下积水之上，斑斑驳驳，光怪陆离。蒸腾的水汽带着难闻的霉腐气味，先在低处飘忽，继而向高空弥漫，如雾如霭。森林里到处是蛇，有的缠在树上，乘其不备时突然袭击；有的藏在泥潭里，一不留神便会踩着，被咬一口后腿肿得像腰一样粗，弄不好就会丧命。有的水潭里还有鳄鱼，十分危险，只能坐着船从海面上绕过去。热带雨林的气候变化多端，正当晴空万里，不知从哪里飘来一团云就突然开始下雨了。下雨后丛林变成了迷宫，黑压压的，让人感到十分压抑，有些惶恐。

在巴布亚新几内亚，公路放样的第一件事便是清障，需要在密林中开出宽40米的通道。大家拿着油锯、斧头和砍刀，开始了艰难的前期工作。藤缠着树，树连着藤，密密麻麻，即使砍断了树，由于藤蔓牵连，巨大的树干也倒不下去，队员们只好再将所有支撑和牵连的植物一一斩断，才算完成了一棵树的砍伐工作。一整天下来，每个人都胳膊酸痛，精疲力竭。伐树时，队员们经常受到金黄色大蚂蚁的攻击，每只蚂蚁都有一厘米长。它们平常将树叶联结在一起做巢，稍遇碰撞，蚂蚁便主动飞来攻击人，落到队员们的身上，见肉便咬，被咬处奇痒无比，令人难以忍受。密林中的毒蚊子也很大，趴在胳膊上瞬间肚子就喝饱了，红色透明的肚子鼓胀着，比抽血针还快。

在伐树的同时，队员们从公路的两头开始放样，在开出的"树胡同"或"树隧道"中前行，汗就没停过，衣服湿了又晒干，干了又汗湿，大伙儿戏称为"三干三湿"。几天下来，许多人开始长湿疹，痒痛难熬。张亚东每次出工回来都像中暑一样，头昏脑胀。大家每前进一步，都要用棍子"打草惊蛇"，驱逐那些藏在草丛中的像狗一样大的黑色蜥蜴与又粗又短的毒节蛇。有时一不留意捅到蜂窝，蜂群倾巢而出，追得大伙儿四处奔逃。

捍卫海外声誉

柏瑞那至马拉拉维公路最初是日本人勘测的，他们早在1987年就在公路沿线布设了30个GNSS点。此次进行公路中线恢复测量，理应利用这些成果。但当远端苏凤岐小组从第一个点将导线闭合到第二个点上时，计算结果令人大吃一惊：横坐标值相差十米，纵坐标也相差八米！

怎么回事？大家讨论后决定，唯一的办法是再精心地重测一次。重测后，计算结果与第一次所得数据十分接近。再看水准测量成果，两点间的高差亦令人瞠目结舌，返工重测，结果依旧，继续从第二点向第三点测，还是无法闭合。通过无线电台与远在80公里以外的周晓钟联系，近端的测量也遇到了类似的问题，仅仅是数据差不如远端的那么大而已。技术人员经过认真核对后认为："日本人的GNSS测量有严重的系统误差！"

日本监理得知此事后暴跳如雷，一口咬定："我们日本人测定的GNSS点绝对不会有错！如果两种测量结果不符，只会是中国人的测量有问题！"

此时最有说服力的只有数据。在两方技术人员的共同监督下，在远端的第一点与第二点之间测了四五遍，结果均与我方的数据非常接近，甚至相同。谈判桌上日本副总监仍然蛮横地说："只要将公路从头至尾放通便行。"

陈延艺和陈渭据理力争："80公里的公路放样，不能只从这一端推向另一端，中间必须布置若干高等级控制点，目前由于GNSS点的数据错误，将导致工程无法进行，无谓地徒增土石方量。"双方唇枪舌剑，互不相让，翻译在双方之间尽量地找寻适当的词汇进行交流，气氛始终紧张而激烈。为了捍卫中国测绘在海外的声誉，他们和日方进行了一场特殊的较量。最后，巴布亚新几内亚国家工程部请来了澳大利亚测量工程师与英国测量工程师亲自测量并作出仲裁，终以中方的胜利而结束了这场"官司"。

日方非常尴尬，测量师在读承担责任和补救措施的文稿时满头大汗。此时的日方监理和副总监也失去了以前的威风，与当初相比，判若两人。他们只好再派测量师对30个GNSS点重新进行了测量，费时两个月零十天才宣告完成。

穿越丛林沼泽

穿出雨林便进入了湿地和沼泽，因为茅草和芦苇高1.7~1.8米，原来准备的橡皮船派不上用场。队员们穿的翻毛皮鞋都换成了雨靴，每天在水中蹚行，脚被汗水泡得发白起皱。几天工夫，苏凤岐便患上了脚气，痒得钻心，挠破后流出许多黏液，伤口遇水，疼得他直皱眉头，只好去治疗。大夫望着他抱歉地笑笑，说没法治，因为买不到药，人若生大病只能往澳大利亚送。苏凤岐只好用盐水擦擦患处，用意志战胜伤痛，继续扛着水准仪和当地的测量师一起工作，用两台仪器同时照准一副标尺，将测得的高程随时进行比较，检校成果的准确性。

一个月下来，大家的雨靴有的被磨烂，有的被扎透，无法再穿了，只好在当地购买。没想到一双普通的雨靴在这里要花210元人民币才能购得，队员们穿上如此昂贵的雨靴，倍加爱护，但用不了多久，鞋子又破了。

湿地的蚊子到处都是，大的、小的、黑的、花的，一齐向大家袭来。队员们笑着说这儿的蚊子是"多兵种协同作战"。他们领教过青海和新疆蚊子的厉害，但国内的蚊子和这里的蚊子相比真可谓小巫见大巫。周晓钟穿着的带夹层的工作服居然让蚊子的尖喙穿透，郭江海只好每次将灭害灵往身上喷，也仅顶用一会儿。过沼泽时，张亚东看到吴华为的后背爬满了蚊子，密密麻麻遮盖得连衣服颜色都看不见了。为了观测方便，张亚东干脆脱掉让人憋闷又阻碍视线的防蚊帽，结果每天都被叮得头肿、脸肿。葛咸安在裸露的皮肤上涂抹防蚊油，没想到嘴唇被叮得肿胀，先是痒，后感觉麻木，最后失去了知觉。张天双收工回来，坐在客货车上，车行驶很快，但迎面的风吹不走跟随他的蚊子，两公里路程，他不停地在身上拍打，有意数了一下，一共打死1008只！大家戴双层线手套操作仪器，还是抵挡不住蚊子，只好让人从国内带乳胶手套来，才挡住了叮咬，但每次脱下不透气的手套，都能倒出许多汗水来。后来，民工每到一处便升起一堆火来，用烟熏蚊子，但飘散的烟雾又严重妨碍了观测，只好每人身旁站一位民工，用树枝为测量队员们前后拍打，驱散蚊虫。

测量工作离营地越来越远，但离两个小组在公路中间相会的日子越来越近。苏凤岐根据工作需要，对人员进行了小小的调整，将周晓钟调到自己所在的小组，派工程师张天双去接替近端一标段组长的职务。

为了工作方便，远端二标段小组离开马拉拉维搬到一个村庄居住，村里的传教士和村民们非常热情地接待了这几位黄皮肤、黑头发的中国朋友，安排他们住在教堂里。好客的土著男子经常将他们猎获的野鸭、鳄鱼肉、袋鼠腿和捕到的热带鲫鱼、鳗鱼送给队员们改善生活；友善的当地妇女则送来她们最爱吃的树叶、香蕉、木瓜、椰子、槟榔和一种外形像菠萝、蒸熟后芯子如面包一样的面包果。他们还邀请队员们去听他们唱圣歌，参加他们的舞会，与他们站成一排跳当地模仿干活动作的刚劲的舞蹈，同他们进行篮球比赛。看到队员们盛水的器皿不够用，他们便主动地拿来几个巨大的塑料桶让大家用。望着这些质朴的人们，队员们倍感温暖，都全身心地投入工作中，希望这条公路早日建成，给这里的人们带来幸福和吉祥。

两个小组越靠越近，但后勤供应却愈来愈差。为了早日完成任务，大家咬紧牙关，进行突击。每天天不亮便吃早饭，一直工作到晚上6点天黑才收工，中午靠馒头、咸菜充饥。张天双胃病复发，再加上肩周炎的折磨，除了稀饭几乎吃不进什么东西。他知道大家的体力也到了极限，但合同很快就要到期，再苦再累，任务也非完成不可，不可能半途扔了工作回家，只有一个字：干！困难再大，也要克服。他强忍着疼痛，选点，找通视架棱镜，埋标石。在他的带领下，全组同志团结一致，有条不紊地工作着。

一天收工后，车开出树林，突然下起雨来，天黑路滑，皮卡车使出九牛二虎之力也开不上面前的陡坡，车轮甩起的泥浆溅得推车的同志们如泥人一般，大家饥寒交迫，疲惫不堪。忙用电台通知营地，找民工来帮忙，请当地保安来保护汽车，队员们决定徒步走回营地，然而电台寂静无声，得不到回音。张天双只好率领大家在林中再砍出一条车道，遇到上坡，则全体下车推车，一路披荆斩棘，连滚带爬，七公里的路，折腾了大半宿才到营地。望着满身泥水的队员们，张天双忍不住哭了。

菜断了三天了，张天双小组坚持着，车开不进去的地方，他们用摩托艇沿河而上，到了地方再弃艇上岸，徒步前往测区。收测时，大伙摸黑穿过树林，再蹚过沼泽，结果走散了，大家互相喊着，又退回来，重新集结在一起。陈渭在过一根用砍倒的大树做成的独木桥时，树身上的青苔使他滑入水中，陷进泥里，幸好大家用椰子树叶做成的火把照明，及时营救，才保住了他和仪器的安全，但一台对讲机却落入水里，再也找不到了。火把也熄灭了，大家摸索着前进，等找到摩托艇回到营地，天色已经发白，队员们又度过了一个不眠之夜。

祖国，我们为您争光了

"巴布亚新几内亚测量，是国测一大队第一次走出国门，代表着中国形象。因为当时那个项目日方也参与了，日方在测量技术方面一直比较先进，所以对于国测一大队来说，这是一次新的挑战。作为一名测量队员，能够参加那样的项目，我感到无上的荣光。"队员张文说。

张文参加工作 31 年来，曾先后 45 次进藏，有时一年能进好几次，是国测一大队进藏次数最多的队员。

采访张文的时候是 2022 年 7 月 26 日，他和队员孙磊正在西藏嘉黎县测重力。嘉黎县平均海拔 4500 米，两人 5 月进藏，在高海拔地区测量已经整整三个多月了。两人都穿着厚厚的羽绒服，胸前的党员徽章鲜红夺目。他们皮肤黝黑，脸腮呈典型的高原红，胡子拉碴，衣服好长时间没洗了。夜幕降临后，一股寒意袭来，冷得人瑟瑟发抖，晚上最低只有三四摄氏度。嘉黎县城不大，主要有两道街，特别干净。山上的植被却很茂密，绿茵茵的。我曾经两次进藏，都没有高原反应，没想到在这登记完房间后头开始疼起来。

张文参加工作后，先后干过许多工种，有水准、地形、重力测量等。1991 年开始学习汽车驾驶和修理，成为一名专职司机，车子在路上遇到各种故障，他都能自己处理。

巴布亚新几内亚的项目主要是测公路中线、边线控制网、埋石、水准、导线、放线，5 月开始，一直干到 12 月。去之前，张文参加过涉外测量培训，可以将当地的土语翻译过来。热带雨林里有许多原始部落，十分落后，许多人一年四季都不穿衣服，只在腰上围块布就行了。巴布亚新几内亚伊里安岛上要修八条公路，把许多地方连起来。由于到处都是茂密的原始森林，测量难度巨大，举步维艰。森林里险象环生，各种猛兽经常出没。有一次一个队员正在聚精会神地放线，冷不防惊动了树上的一条大蟒蛇，蟒蛇迅速将人缠了起来，张开血盆大口。幸亏周边队员及时营救，最终化险为夷。还有一次，一个年轻队员在一片沼泽地测量，好不容易找到一块"石头"，兴高采烈地发出感叹，没想到脚下的石头开始移动，才发现自己站在一条鳄鱼的脊背上，吓得一声惊叫，出了一身冷汗。随着时间的推移，渐渐地，当地居民对队员变得信任起来。一天夜里，当地一位妇女生小孩难产，情况十分危急，一家人手忙脚乱，束手无策。张文他们知道后连夜用车把她送到医院，大人和孩子都得救了，酋长非常感动，给孩子起了一个汉语名字，并任命张文和陈渭为部落的荣誉酋长，发了代表部落荣誉的帽子及戴在脖子上的一个挂串。当地原来没有蔬菜，人们吃的都是野果子，队员们从国内带了一些白菜、西红柿、黄瓜等种子，教会他们如何种菜。热带雨林地区气候湿润，这些蔬菜长得特别好，当地居民非常感激。后来测量队驻地的铁丝网完全敞开，当地居民也不轻易打扰，甚至热情地将自己的女儿或妹妹介绍给测量队员，希望嫁到中国去。队员们把国旗缝在衣服上，居民老远看见便大声地喊："China！China！天安门，天安门！Very good！"取得他们的信任后，大家和睦相处，测量工作开展得更加顺利。

"在巴布亚新几内亚测量，一去就是大半年，走的时候妻子正怀孕，远涉重洋，通信不方便。我给妻子寄了一封信，信封里一个字也没写，只装了六个红豆，妻子收到后就流泪了。"张文侃侃而谈，绘声绘色。不知不觉，我的头也不疼了，于是乘着夜色到外面走了走。嘉黎县人口不多，大街上行人稀少，小饭馆里坐满了人，一派热闹的景象。

队员们顺利完成中央省联结海湾省的 80 余公里三级公路的中线恢复测量任务，在公路的中段胜利会师了。红白两色的测旗在阳光下猎猎飘扬，几个月没见面的伙伴聚在一起，千言万语无从说起，只有一句话：可以回家了！苏凤岐回想起自己打过的几个硬仗：在甘南的 190 个日日夜夜，他指挥中队克服难以想象的困难，出色地完成了任务，他没有热泪盈眶；在新疆沙漠中的六天六夜，他带领队员死里逃生，创造奇迹，也从未流过泪。而此时，看着一个个又黑又瘦的战友，望着他们满身的伤痕，回想起这七个多月的风风雨雨，苦辣酸甜，这位铁骨铮铮的汉子眼眶湿润了。

陈延艺前来报告好消息："我们的测量成果全都达到优良。"由于当地采用格网坐标，与国内的坐标不一样，增加了测量的难度，但对于高标准严要求的国测一大队挑选出的精兵强将来说，每人测出的成果都满足甚至超出了当地使用的澳大利亚的技术规范要求。澳大利亚的测量精度标准是达到1/12000，而我们测得的精度最低也是1/14000。优良的成果不仅得到了客户的称赞，也得到了其政府国家工程部的肯定。

中国海外工程公司为了表彰这支测量小分队的突出贡献，每人奖励200美元，并对队员们任劳任怨、不计较个人得失的工作精神，表示了由衷的赞赏，他们还表达了与国测一大队继续合作的良好愿望。

在欢送晚会上，面对丰盛的珍馐佳肴，队员们拿出珍藏了半年多的五星红旗，心中默默地说：祖国，我们没有给您丢脸，我们圆满地完成了任务，我们这群海外赤子就要回到您的怀抱了！

卷五・神圣使命

人民的生命安全
高于一切。

第十二章

为了人民的安全

京、津、唐、张地震水准会战

1976年7月28日3点42分53秒,河北省唐山丰南一带发生了强度里氏7.8级的大地震,震中烈度11度,震源深度12公里,地震持续约23秒,百年工业城市几乎被夷为平地。地震造成24.2万人遇难,16.4万人重伤,7200多个家庭消失,4204人成为孤儿,直接经济损失达30亿元人民币以上。地震罹难场面极为惨烈,为世界罕见。

唐山地震后余震不断,距离震中100多公里外的北京、天津等地区都有明显震感,威胁着周围广大地区,尤其是首都北京的安全。为了监测和研究唐山地震变化的趋势,服务震后重建,国家测绘局下达了京、津、唐、张地震水准会战任务。这是一项旨在用精密水准测量手段监视大地细微变化,从而监视震情的重要任务。国测一大队接到任务后,迅速将刚从青海、川西、陕北等测区抽调回的人员编成十个新的精密水准测量组,共约130人。

周建勋当时正在青海玛多至玉树一带执行天文重力测量任务，担任国测一大队三中队三组副组长。自4月中旬离开西安出测，周建勋和他的队友们经过几个月的艰苦工作，到7月底，小组任务已近尾声。由于交通不便，消息闭塞，他们听到唐山大地震的消息时，已是8月初的事了。8月19日，小组接到中队的通知：9月5日撤离测区，国家局下达了新任务。这一通知使全组同志加快了工作进度。

9月5日，周建勋所在的小组乘火车返回西安。一下车，前来接站的大队、中队领导就告知了有关参加地震水准会战的消息，要求大家短时间休整，尽快赴京参战。

周建勋被编在第8组，组长是水准观测经验丰富的张志林，担任记簿的是张家良。组员有贾钦圣、王军营、黄建国、薛培根、吴英群等。由于地震的强度比较大，前往地震地区的铁路、公路都遭到了严重的破坏，路况较差，队员们经常被困在路上，进退两难。9月29日，周建勋所在的小组克服各种困难，进驻河北涞水县，到达指定测区。测区下着雨，大队十个组按计划在河北保定一线全部展开工作。与此同时，前来参加会战的北京、天津、黑龙江、四川、河北、广东等省市的上千名测绘工作者，也在京、津、唐、张广大地区展开了测量工作。

测区水准路线交织成网，工作量非常大。十个组的年轻队员均参加工作不久，多半没干过水准测量工作，而这次会战是一等精密水准测量，要求很高，每测一公里，一般要精确读出200组数据，进行175项误差检核，其往返观测误差不得超过两毫米。会战中，年轻人在老队员手把手的指导下，短时间便掌握了扶尺、打桩、量距乃至记簿、观测等技术。

工作非常紧张，每天都特别辛苦。当时他们的生活环境和当地老百姓一样，睡在简易帐篷里。厕所和所住的帐篷、厨房相距很近，加上天气炎热，蚊蝇乱飞，晚上睡不着觉。在这样艰苦的环境中，队员们并肩作战，不分彼此，为共同的目标，一起克服困难。每天，队员们天不亮就起床，匆匆吃过早饭便乘车出发，到达测区天才放亮。东方的鱼肚白一点点变淡，大地也变得光亮起来，一轮红日蓬勃而出，整个天空一瞬间便被染红了。朝霞辉映着队员们的脸庞，他们各就各位，观测员一声令下，便沿着公路开测，一站接一站，大家几乎都在小跑着干。午间干累了，就地吃午饭，然后接着干，直到日暮。回到驻地吃过晚饭，其他队员都可以自由活动或休息了，观测员和记簿员还需计算一天的观测结果。那时还没有计算器，全靠打算盘，一人报一人打，每日观测的上千组数据就这样计算。一遍不对，两遍，有时要三四遍。到计算完毕，检查无误时，常常已是深夜了。

　　大地震发生后，能量会积累起来，并不断出现余震。通常一有余震就会下雨，往往都是瓢泼大雨。因为他们住的是临时搭建的简易帐篷，只要下雨，雨水就会不断地积在帐篷顶，如果不及时排水，会有把帐篷压倒的可能性。第8组在涞水紫荆关山区测量时，预报地震的锣声天天晚上响起。为安全起见，小组只好住在白涧中学的操场上。透过帐篷的方窗，可以看见四面黑黢黢的大山，谁也睡不踏实。有时白天正在测量，路边的电杆便晃了起来，不用说又是一次余震。对此，小组同志早已习惯，只是看看周围，又埋头工作。在涿县测量时，有天夜里10点左右，周建勋和组长正在打算盘计算，其他同志刚睡下，地震又来了——防震棚咯吱咯吱乱响，小组那沉甸甸的资料箱在地上上下起伏。大家赶紧跑到帐篷外，只听得地震声隆隆，人立于地面，好像踩在大海波涛汹涌的小船上，左右摇晃，情形十分吓人。第二天，他们方知道是一场 7.2 级的大地震。

"11 月 7 日，第 8 组乘火车到达唐山市，开始在震中地区测量。火车将进唐山站时，速度极慢，唯恐刚修复的铁轨出毛病。一出唐山站，队员们看到了大地震的破坏力：整个城市房倒屋塌，废墟一片，像是刚刚经历过战争的浩劫。火车源源不断地将各省区救灾人员和物资运来，又载着灾区伤残者和失去亲人的孤儿离去，送往各地治疗安顿。第 8 组的驻地是一所中学，据说全校 800 余名学生中有 300 多人死于这场地震。大家的心里都十分难受，强忍着悲痛。测量队员住在利用校舍废墟搭起的简易棚中，进出都要小心翼翼地踩着瓦砾砖块，一不留神便会绊倒。在唐山，地震的惨景刺痛着每个队员的心，灾后重建大军充满活力的工作又在鼓舞着大家。观测时，常有唐山人围上来询问队员在做什么，大家回答说是测地图的，是为建设新唐山打基础的。震后，市区主要道路都被废墟堵塞，大量的车辆、自行车拥挤在仅有的几条道上。铁桩在坚硬的路面上很难砸下去，量距绳一拉直，哗啦啦挡倒一排自行车。民警见状主动前来帮忙，维持正常的测量工作。"几十年过去了，想起当年唐山震后测量时的情景，周建勋恍惚如昨，历历在目。

不觉已是 11 月中旬了。华北平原的冬季格外寒冷，气温已接近零下十摄氏度。早上作业时，扛标尺的队员跑了几公里还未出汗，记簿员的手冻得红肿，像个面包。观测员鼻子通红，鼻涕不断。晚上，他们睡在用木棍、草席搭就的防震棚里，呼啸的寒风从四面大大小小的孔洞吹进来，大家和衣而卧，紧紧地挤在一起相互取暖。

唐山地震后的几个月中，全国 17 个省、直辖市相继报警。西安有大地震的消息也不断通过家信、闲谈传到小组，一时人心惶惶。凑巧的是有几个青工寄出的家信杳无回音，甚至还有一封被注上"查无此人，退回"字样的信。当时的唐山到处一片废墟，无法打电话。大家纷纷猜测，西安一定是发生了地震，邮局连信都无法投递了。更有细心人工余跑到铁路边，一连看了两天的来往火车，想从中找到西安方向来的列车，可是也落空了。于是，大家对西安发生大地震的消息确信无疑了。因思念亲人，为亲人担忧，队员们人人脸上多了几分悲忧，但没有一个人闹着回西安。大家每天照常出工，照常生活，只是晚上无法入睡。是啊，队员们也有老母亲，也有骨肉情；也有离别苦，也有心上人……

不久，愁云就被一封西安来信驱散了，大家感觉一场虚惊，把心都放下了。

第8组在唐山市区整整工作了一个星期，这几天的经历让队员们终生难忘。

唐山任务结束后，第8组先后转战滦南、古冶、昌黎等地，直到渤海边。11月23日，会战任务胜利完成。11月25日，大队参加会战的十个组齐聚北京丰台。在这里，队员们每个人领到一份纪念品：一本盖有"京津唐张水准会战纪念"印章的《中国分省地图册》，一枚纪念章，纪念章背面刻有"1976.7.28"几个阿拉伯数字，这是唐山大地震的日子。

从10月1日到11月底，两个月的时间里，国测一大队十个小组共突击完成了800多公里的精密水准测量任务，成果良好，无一返工。这些测绘成果为监测和研究地震变化趋势，为赶测震后大比例尺地形图、重建唐山提供了重要的测绘保障。为表彰国测一大队在抗震救灾中的突出成绩，陕西省授予大队"抗震救灾先进单位"称号。

汶川震后监测

2008年5月12日下午2点28分，四川汶川发生里氏8.0级的特大地震。短短80秒，69227人遇难、17923人失踪，数百万生命被推到生死边缘。这是中华人民共和国成立以来破坏性最强、波及范围最广、救灾难度最大的一次地震。

灾情就是命令。地震发生后，国测一大队立即启动了突发事件应急处置预案，研究部署抗震救灾测绘保障应急服务工作，成立了由队领导、相关科室负责人组成的应急工作小组，加强各测区测绘生产、资料、人员、车辆的安全防范，及时与地震灾区职工联系，组织有关部门对办公区建筑物、水、电以及职工生活住宅楼的损失进行清理排查，保证各项工作的正常开展。

由于灾情主要发生在山区，加上地震造成交通、通信、电力中断，救援人员、物资、车辆和大型救援设备难以及时进入现场，救援工作非常困难。地震使四川测绘局于2008年初建设的金堂标准基线检定场也受到影响。地震的灾害监测及灾后重建，均需要测绘部门的技术保障和设备保障。而基线场的破坏，将直接影响测量仪器的检定工作。四川测绘局急请国测一大队入川，完成标准基线场的复测和监测工作。

时间紧、任务重。为圆满完成测绘应急服务工作，国测一大队接到任务后，连夜研究工作方案和实施计划，并从外地抽回了正在执行其他测量任务的技术人员及检定设备，派车迅速赶往四川，对标准基线场进行地震后的精密测量。由于测区位于地震灾区，余震频繁出现，测量人员们只能露宿野外，经历了江油6.0级、青川5.4级、平武5.0级等较大余震，工作开展异常艰辛和困难。大家团结协作，不顾疲劳，齐心协力，克服了各种困难和恐慌，昼夜奋战，圆满地完成了监测任务。

汶川地震后，西安大雁塔的塔体内部出现裂缝，局部墙皮脱落。5月12日下午6点，大雁塔保管所中止了游人的参观，并求助国测一大队迅速组织震后监测。5月13日至16日，国测一大队工程技术人员赶赴大雁塔，对塔身震后总体倾斜和塔身弯曲度实施精密监测。当时，大雁塔塔顶已偏移约一米，西安市政府对大雁塔变形监测提出了测量精度一毫米的严格要求。之前，从没有哪家单位在高层建筑物变形监测中突破三毫米的精度。一大队技术人员废寝忘食、经过一次又一次的实验，采用微分观测方案和全新数学模型。想在塔上安置测量觇标和棱镜，测绘队员需要像壁虎一样，身体紧贴塔身，踩着窄窄的砖檐，一点一点挪步，惊险的动作让人不禁发出惊呼。5月的西安阳光已经有些炽烈，特别是午后，太阳晒得人头皮发烫，而他们要在阳光直射下进行持续观测，往往一待就是一整天。测绘技术人员连续奋战四天，共完成49个沉降监测点和21个倾斜监测点的观测，在经过严密的科学计算、反复验证后发现：震后大雁塔总体存在地震造成的影响，塔顶的倾斜量较震前变化了，塔体各层出现了不均匀形变及沉降的现象，但大雁塔还未受到破坏性的损害。

西安电视塔塔高245米左右，属于超高建筑。为了及时了解地震对塔体造成的影响，国测一大队于5月23日，制订了针对西安电视塔严密而科学的形变监测技术方案；5月24日、25日两天进行实地测量，共计完成控制点8个、监测点12个；5月26日完成了内业计算及数据分析工作。监测结果表明，电视塔塔体在地震中受到了一定的影响，电视塔顶部在西南方向存在厘米级的偏斜量。国测一大队将该结果呈报省政府及其相关部门，受到高度重视。

5月下旬，国家测绘局、中国地震局决定，组织实施"汶川地震地形变化监测与分析"工作。根据国家测绘局的紧急通知，国测一大队排除一切困难，立即组织了六辆车、七个 GNSS 观测组，共计 23 人，分别从西安和格尔木出发，迅速投入青藏板块震后地壳形变的监测工作。仅仅一天时间，在西安的测量人员就做好了出测的前期准备，5月25日一早乘飞机出发，奔赴西藏日喀则、拉孜、定日、珠峰北等七个地壳运动监测点位。

与此同时，从格尔木出发的测量队员，紧急赶赴五道梁、安多、当雄三点，5月27日到达点位，5月28日顺利开始了 GNSS 数据采集。5月26日，按照国家测绘局的进一步监测计划，国测一大队于5月30日再次抽调重力中队两人携带高精度相对重力仪赶往西藏珠峰地区，对日喀则、拉孜、定日、珠峰北等点位实施精密重力观测，获取地震造成的重力场变化信息，以便全面地研究和分析此次地震后的地壳运动趋势和规律。此次监测为大地基准的稳定性及地震灾害的研究，提供了重要的科学数据。

为了玉树的涅槃

2010 年 4 月 14 日凌晨 5 点 39 分、9 点 25 分，青海省玉树藏族自治州玉树县发生两次地震，最高震级 7.1 级，造成 1744 人遇难，313 人失踪。玉树 7.1 级地震是发生于巴颜喀喇块体南边界——甘孜—玉树断裂带上的大地震，是继 1997 年玛尼 7.5 级地震以来，发生在巴颜喀喇地块边界活动断裂带上的第四次 7 级以上破坏性地震，另外两次分别为 2001 年昆仑山口西 8.1 级地震和 2008 年汶川 8.0 级地震。

据地震专家联合调查，青海玉树地震受灾区面积估计达到两万多平方公里，重灾区面积估计达到4000多平方公里。

玉树地震发生后，震后重力应急测量迫在眉睫，国测一大队重力中队暂缓所有实施中的任务，全面投入玉树地震重力应急观测中来。大队长肖学年要求各职能部门紧急为应急绝对重力测量小组解决一切生活、物资保障。

5月23日，所需仪器设备、人员及时到位，四名测量队员从西安启程，5月26日晚上9点整，经过三天的长途跋涉到达玉树。玉树位于青藏高原东部，是青海省玉树藏族自治州的地级行政区首府，地形以山地高原为主，气候寒冷，年温差小，日温差大，平均海拔4493.4米，许多地方超过5000米。陡然从海拔400米的西安来到海拔4000多米的青藏高原，队员们不顾旅途劳累、高原反应，立刻开始观测前的准备工作。康胜军一边喘气，一边抬仪器。张世伟顾不上高原反应立刻调试仪器。测量程序进入正轨后已经是晚上12点多了。这时队员们才想起还没有睡觉的地方，更没有合适的地方搭建帐篷。四名队员只好开始整理汽车车厢，在汽车里过夜。6月初的玉树早晚温差很大，白天十多摄氏度，晚上只有三四摄氏度，非常冷。大家睡在车里，半夜被冻醒，瑟瑟发抖。

6月初，玉树地震灾后重建测绘保障工作开始启动，要求在一个月内完成所有工作，其中包括建设15个应急连续运行基准站，解算灾区高精度似大地水准面，快速测制1：1万影像图，建设灾后重建地理信息服务平台和多尺度地理信息数据库等。

6月5日清晨6点，100多名测量队员带着15套仪器设备，由西宁向玉树进发，经过连续13个小时的奔波，下午7点大部分队员顺利到达称多县城。

由于玉树余震不断，到处是残垣断壁，测量队员只能在离河不远的地方安营扎寨，匆匆搭好帐篷，开始做饭。来自四川的测绘同行也刚刚赶来，带的帐篷不够，国测一大队队员立即让出两顶最好的帐篷，并且把本来就不多、刚刚做好的饭菜送去让他们先充饥。四川测绘同行百感交集，对英雄测绘大队的赞佩之情溢于言表。之前，中队长刘西宁在西宁带着队员用一下午时间做后勤准备，当时就考虑兄弟单位或许会准备不足，提前多预备了野外工具。刘西宁说："别人想不到的我们要想到，别人不愿做的我们做，这次灾后应急保障工作是共同作战，必须齐心协力，才能完成任务。"

由于不间断地赶路，队员们都有些不适应，不少人出现头晕呕吐等症状。还没来得及喘气，5日晚上8点接到紧急通知，要求在6日上午11点前建成首站——称多站，由国测一大队负责。原计划称多站要花费一整天的时间建造，因为这是第一站，所用的墩标也是第一次接触。时间要求的突然变化，对国测一大队是一种严峻的考验。此时，仪器设备还在运输车上，距县城还有至少300公里，最快到达称多的时间是凌晨12点。面对突如其来的变化，大家压力都很大。中队长刘西宁立即召集队员讨论称多站的建站方案，要求大家沉着冷静，安全第一，质量第一，进度第一，思想高度统一，一定要在6日早上10点前安全并高质量建成首站，为仪器厂商留足一个小时调试时间，并把建站的每个步骤、每个细节具体落实到个人，为建站的顺利进行做好准备。

6日凌晨5点，国测一大队队员们分头行动，各项工作同步进行，刘西宁第一个爬上楼顶带领大家开始建站。他们通过不懈努力，克服高原反应，调配安装程序，终于在10点前完成首站建设。11点，专家对称多站进行验收，认为选址、建设均达到设计要求，称赞国测一大队是一支"召之即来、来之能战、战之能胜"的队伍。

6日下午1点，所有建站人员分为三个作业组，奔赴玉树各县、乡镇，全面开展基准站建设。7日，治多、清水河两站分别由国测一大队两个小组同时开建。治多县城位于长江上游，海拔4200米，自然环境相当恶劣。早上，测绘队员选点的时候还风和日丽，中午建站时突然狂风肆虐，雷电交加，冰雹在狂风的影响下横向运动，打在脸上疼痛难忍，建站工作被迫暂停。下午，建站还未结束，又下起鹅毛大雪，能见度几乎为零。在一日四季的高原环境下，无论环境怎么恶劣，测量队员绝不言难，坚信只要齐心协力，任务一定能如期完成。11日，国测一大队派去的两个作业组仅用六天时间先后完成称多、治多、清水河、曲麻莱、巴干、玉树、玛多七个基准站的建设。隆宝镇因受地震影响极为严重，绝大多数房屋倒塌，仅有的几栋多层楼房也出现裂痕，不适合建基准站，经批准将隆宝基准站改为流动基准站。

6月11日至15日，国测一大队对治多、清水河、曲麻莱、巴干、玉树、玛多六个基准站进行了单基准站RTK（全站仪）覆盖范围测试。视野开阔、地势平坦、观测条件较好的基准站，测试距离最远达到20公里左右。针对四面环山、两山夹一沟、仰角过大的观测条件，因为电台信号较差，测试距离最近达到两公里左右。测试结果表明，单基准站基本能覆盖整个城区及周边，满足设计要求。

19日至20日，测绘队员精心整理了"点之记"、建造照片，撰写好工作报告，并上交项目组，圆满完成任务。

在玉树作业期间，随时可能发生余震，测绘人员基本已撤离到防震安置区。应急基准站要建在视野开阔的建筑物上，测量队员为了建设临时基准站，必须找到合适的建筑物，不断爬上楼顶进行选点，选好点后就开始建造、连接、调试。每天，他们天不亮就起床，吃碗方便面，急匆匆奔赴预选建造地点；中午就简单喝点水，吃点压缩饼干，一直工作到天黑，伴着浓浓的夜色返回驻地；晚上接着吃方便面，饭后还要继续听着发电机的嘈杂声整理资料，一直忙到深夜。

在野外作业中，困难很多，危险也很多——天气就是最大的敌人，阴晴冷暖，会影响到工作进程。在治多站的建造中，刚刚安装好观测墩，准备连接线路时，天空西边突然黑了，东边还亮着，隐隐感觉要刮大风。刘西宁赶紧命令大家收拾东西下楼。刚把东西收拾好，其他人员撤下，黑风已经狂卷入怀，刘西宁已经没法下楼了。当时，刘西宁脑海里一片空白，狂风就在耳畔、皮肤、毛发间肆虐，一个坚定的想法瞬间闪现在他的脑海，那就是保护好观测墩。狂风过后，刘西宁马上组织人员继续工作，这时才发现落在楼顶的活动扳手已经被风吹得不知去向了。过了一会儿，天空又飘起漫天大雪，这时已是下午6点多了。大家衣服单薄，饥肠辘辘，已经很难再继续工作了。就是在这样的环境中，刘西宁带领着队员们冲在最前，在最短的时间内完成了玉树地区七个应急基准站的建设任务，为重建美丽玉树贡献了测绘人的力量。

来之即战，战之能胜

近年来，国测一大队积极申请和开展科技创新项目，充分利用重点实验室产学研合作平台，着力拓展新型技术装备的引进、消化吸收和应用，大力提高科技创新能力，努力促进科技成果向社会效益的转化，服务经济社会发展。

在国测一大队一系列措施的鼓励下，一线技术人员积极开展技术革新和科技创新，勇攀科技高峰。技术人员围绕工作需要开发新软件，取得了很多成果，如多功能检测平台开发，基于城市 CORS 站信息的毫米、厘米级精密单点定位（PPP）技术及软件实现，跨河水准测量外业记簿和成果输出软件，水准测量外业观测成果质量检查软件，采用全站仪精确测定 CORS 基准站天线高的方法等。这些成果极大地提高了国测一大队测绘服务水平，使一大队的许多仪器装备、测绘服务和技术水平均领先于国内测绘行业，达到了世界先进水平。

应急测绘中心技术负责人张德成，山东科技大学大地测量专业研究生毕业，2014 年参加工作，先后从事 GNSS 测量、大地基准维护等工作，在青海、新疆、甘南等地作业。2015 年底，一大队迎来转型升级的关键一年，大队以无人机航摄为着力点成立应急测绘中心，负责开展应急测绘保障工作和无人机航摄业务。面对新部门人员选拔，张德成心动了，但他对无人机系统、摄影测量与遥感领域并不熟悉，是继续发挥自己的优势在大地测量方面更进一步，还是尝试开拓新方向？经过短暂的心理斗争后，张德成抱着"技多不压身"的态度，积极报名投入新领域的学习之中。面对部门人员对无人机和遥感测绘没有相关理论基础和实践经验的问题，张德成带领团队摸着石头过河，不懂就问，看资料、做实验，从最基础的无人机飞行训练开始，逐步掌握了影像获取、空三加密、正射纠正、镶嵌等关键技术方法，成长为影像处理方面的专业技术人员。应急测绘保障是部门的一项重要职责，张德成从建立规章制度、人员培养等多方面入手，发挥平战结合的优势，全程参与了应急测绘保障体系的建设和完善工作，打造了一支"来之即战，战之能胜"的先锋队伍。

"我们应急测绘中心现有 13 人，相当于一个中队。我平时的主要工作是内业，处理各类数据，检查应急测绘技术资料。目前，我们中心各类无人机设备齐全，小型无人机可持续飞行一小时，大型无人机的机翼展开有 18 米，可持续飞行 20 多个小时，载重 200 公斤，上面有航测摄像头及小型遥控装备。大型无人机起飞前必须设置好相应软件程序，包括悬停、任务编程等，回来后下载处理。应急测绘保障项目需具备在重特大突发事件发生后六小时内获取现场高清遥感影像，12 小时内提供第一批现场应急测绘影像资料的能力，满足突发事件应急和防灾减灾等工作的需要。项目成果在应急测绘保障、地质灾害勘查、森林防火、自然资源调查监测、督察执法、生态文明建设、基础测绘等领域得到广泛应用。"采访张德成的时候，他胸有成竹，侃侃而谈。

2017 年 4 月 17 日中午，陕西省安康市白河县突发山体滑坡，导致一栋居民楼垮塌，多人下落不明。滑坡地点位于白河县城西南方向的茅坪镇茅坪社区三组。应急测绘中心接到任务后，11 点连夜出发，赶往白河县。

"我们第二天早晨 6 点赶到，测量受灾范围，建立三维模型，避免二次灾害。当时共去了八个人，两台车，其中无人机一个组，全面监测一个组，三天时间一直守在那里，全方位监测，保障救援人员的安全。"张德成说。

2021 年 8 月，陕西省西安市蓝田县峪口暴发洪水，接到指令后应急测绘中心派队员立即出发。到那里后发现桥已被冲毁，依河而建的公路也被冲毁，救援人员过不去。他们开始用无人机测量，在路旁搭了一个方舱打印材料，及时处理无人机带回的各类数据，获取影像资料，统计分析受灾情况。

2021年10月10日，陕西省渭南市大荔县连续遭遇强降雨，黄河、渭河、洛河等河流水位急剧上涨，导致交通瘫痪、农田受灾，多名群众被困。当天一大队接陕西省测绘地理信息局应急指令后快速反应，派出五名应急测绘保障队员携带四套无人机系统等应急测绘装备，驰援大荔县。

"到达灾区后，应急保障队员使用垂直起降固定翼无人机，分别搭载航测相机及视频图传模块，两天内累计飞行七个架次，成功获取60平方公里精度优于0.15米的灾情影像以及受灾地区实时视频信息，并联合省局地信中心将大荔县赵渡镇灾后第一张图移交陕西省应急管理厅等部门，为相关部门研判灾情、抢通生命线与精准抗灾救灾提供了直观、科学、可靠的地理信息支撑，得到了应急前线相关部门的高度认可。"采访张德成的时候，他带着我去楼上参观了几种用于应急测绘的小飞机，详细介绍了设备的各种性能，令人大开眼界。

与大队许多人一样，张德成也有一张自己的轨迹图，一张记录了每一处野外工作地点的轨迹图。从美丽的海滨公路到云贵高原，从南疆浩瀚的塔克拉玛干沙漠到北疆如画的赛里木湖，经历过四天没有信号的"失联"，也经历过夜晚在帐篷睡袋里被电闪雷鸣惊醒的心有余悸，张德成在自己的工作岗位上一步一个脚印，阔步前行。

第十三章

踏浪而歌

逆水行舟，知难而上

采访陈景涛的时候，他刚从沿海测区回来，风尘仆仆，身上似乎还夹带着一股咸咸的海腥味。他是 90 后，戴着一副眼镜，看起来文质彬彬。陈景涛从山东科技大学大地测量专业研究生毕业，现任新技术应用部技术负责人。

"2017 年 8 月，我队水下测量组作为参与队伍之一，与合作单位一起开展了呼伦湖水下地形测量项目。在近三个月的时间里，我们吃住在湖边，与呼伦湖亲密接触，收获了难得的历练，也遇到了各种各样的困难和问题。其中一次经历，给我留下了最为深刻的印象。"陈景涛先是介绍了新技术应用部的一些情况，然后谈起了他们在呼伦湖水下地形测量时的工作情景。

8 月的呼伦贝尔大草原绿茵如毯，草甸丰盈，牛羊遍地，一派醉人的风光。蔚蓝的天空倒映在呼伦湖清澈的湖面上，远远望去，宛如镶嵌在草原深处的一块蓝宝石。

在呼伦湖测区，陈景涛和队员们每天早晨起来的第一件事，就是先观察天气和湖边风浪，看是否能出船，这几乎已经成了一种习惯。

这天早晨，湖边风力较大，波浪也比较明显，他们一直等到中午，发现风力减弱后，迅速收拾东西，准备出船测量。组里有一艘大船和一艘小船，由于停靠的湖边没有码头，平时船只能锚在距离岸边100多米的湖里，上下船时用小船临时靠岸接送。一切准备妥当后，两艘测船奔赴各自的测线进行测量。陈景涛坐在大船上，看着船头划开平静的水面，螺旋桨激起的白色浪花翻滚旋转，吸引了几只水鸟跟在船后。水鸟时而滑翔，时而俯冲，有时冲进水里又腾空而出，飘逸的身姿让人赞叹。七八月的呼伦湖正是旅游的好时候，这个季节，温度适宜，湖边植被繁茂，尤其是下过雨后，碧绿的草原像巨型地毯一般，羊群和牛群仿佛是地毯上的点缀。这两个月湖上风浪较小，有时甚至一点儿风浪也没有，整个湖面像一面巨大的镜子，倒映着蓝天和白云，远处的湖水则和蓝天接在一起，美得令人窒息。

那天的天气就很不错，刚过正午，阳光还很有威力，照进测船驾驶舱里，晒得皮肤都有一丝灼热。测量过程很顺利，三个多小时后，他们完成了既定任务，准备返航。就在这时，天边的云突然厚了起来，而且变得越来越密，越来越黑，船长说，肯定是要变天，要来大暴雨了。大家加大马力向驻地赶。黑云逐渐笼罩整个湖面，连光线都昏暗起来，这时湖面却愈发平静，仿佛在积蓄能量，等待着一场爆发。十几分钟后，他们终于抵达锚地，另一条测船也到了，队员们飞速收拾了仪器设备，登上小船。小船距岸边还有一半距离时，波浪骤起，伴随着黑云中爆发的阵阵响雷和闪电，大风也如期而至。

"小测船刚抵达岸边,豆大的雨滴被风裹挟着落了下来。湖里已经一浪高过一浪,小测船此时已经无法再回到湖中锚地,船长果断下令:把船拖上岸!我们听从船长指挥,紧紧拉住船的锚绳,防止船被大浪冲走,此时的浪花已经不复往日的温柔,每一次打到船上我都感到绳子传来一股巨大的力量,让人几乎站立不稳。同时风也越来越大,雨点横向飞舞,大风甚至还把沙滩上的沙子吹起来,和雨点一起打在身上,阵阵生疼。我们早已浑身湿透,在暴风雨中连开口说话都变得很困难,但始终死死抓着绳子,一直等到拖拉机赶到,顺利将船拖上岸。由于测深仪换能器还在船舷上装着,为了防止换能器拖地,保证仪器安全,我们又冒雨将换能器杆拆下。待一切处置完毕后,我的鞋子里灌满了沙子,双手由于拽锚绳已经被勒出几道红印,不过在当时那种紧急情况下已经毫无感觉了。半个小时后,风雨变小了,但浪还是一层接着一层,余威未减。我们回到驻地,回想起刚才那惊心动魄的场景,庆幸赶在风浪变大前及时回到了岸上,否则如此大的风浪,人和设备都在船里,后果难以想象。这次经历让我真切地感受到了呼伦湖狂野的一面,人在大自然面前仿佛巨浪中的一叶扁舟,毫无招架之力。与此同时,在面对风浪时,队员们表现出的团结协作、不畏艰险的精神,也为此次呼伦湖之行画上了浓重的一笔。"谈起几年前的那次水下测量,陈景涛仍心有余悸。

2019 年 8 月,陈景涛参加了安康瀛湖水上水下一体化测量项目。该项目是经国家测绘地理信息局审批的生产性实验项目,利用国测一大队引进的水上水下一体化测量系统,对内陆水体及周边区域进行高效、高精度的测绘。这是国内内陆水域测量的一次示范,展示了一大队开拓思路、勇于探索的精神面貌。在前期控制点布设完毕后,新技术应用部一行六人奔赴测区。

瀛湖位于安康市西南天柱山脚下，是西北地区最大的淡水人工湖，属于汉江支流的一部分，水域面积约 77 平方公里。进入瀛湖镇，远远便看见安康水电站大坝。大坝固若金汤，气势雄伟，仿佛一道高耸的城墙，屹立于两侧山体之间，令人望而生畏。

"初到测区，首要工作就是设备安装。多波束换能器与扫描仪必须固定安装到船上，因此雇佣当地工人根据测船外形和尺寸制作了换能器和扫描仪支架。焊接完成后，紧接着又进行设备的安装和连接，这也是一个繁杂的过程，要保证换能器安装牢固，横向纵向偏移不能太大，多波束测深仪、扫描仪等线缆繁多，需要认真连接，否则就会出现调试不通等问题。安装过程中果然遇到了无法连接 RTK 电台、无法连接扫描仪等问题，我们认真排查、不断尝试，终于调试成功。8 月下旬的陕南很热，整个安装过程下来，每个人都大汗淋漓，衣服都湿透了。"陈景涛说。

开始数据采集后，陈景涛和另外两名队员每天早晨 7 点多上船，傍晚 6 点左右返回码头，上船后给发电机加油、开启设备、监控采集过程、采集声速，船上的工作大家配合得愈发默契。有时中午离码头远了，就在湖边就地抛锚，烧水煮面，在测至最远区域无法赶回驻地时，队员们就轮流在船上过夜，看守设备。整个任务期间有中秋节、国庆节两个假期，队员们放弃了和家人团聚，依然坚守在自己的岗位上，节假日正常出测。有时下雨不能出测，就在房间处理数据、整理手簿。为了任务的顺利完成，每个人都尽心尽力地做好自己的工作。在执行任务期间，设备出现了各种各样的问题，并且很多都是以前从来没遇到过的，小组成员加班加点翻阅设备说明、用户手册，咨询技术专家，大部分问题都得到解决。经过两个月的紧张工作，小组终于顺利完成了对瀛湖库区的全部数据采集工作，并对数据进行了预处理，采集的数据经过内业加工即可成图。

在返回的路途上，看着车窗外闪过的瀛湖风景，陈景涛的心情比来时更增添了一丝成就感。通过对这片土地和湖水的测量，不仅绘制了成果图，更让他们对水上水下一体化测量系统充满了信心。

"2020年9月初，我在青海刚察县参加某煤矿水坑地下地形测量项目。当地海拔4000多米，早晚特别冷。水坑是非法采矿积水而成，最深处86米，对当地草原生态环境破坏十分严重。我们接到任务后连夜出发，一去就投入工作，测量水坑容积，以便后期开展生态修复。当时利用无人船单波束进行测量。无人船一米多长，有十多公斤重。矿坑边缘有大斜坡，需要人下去把船放进水里，船头距水面有20多米高的落差，斜坡上都是碎石，一不留神便会滑进水里，特别危险。我们每次小心翼翼地把船放进去，测完后再把船拖上来，在那里整整干了九天时间。"陈景涛说。

扬帆起航，劈波斩浪

海岛礁测绘工程也称927工程，是经国务院、中央军委批准实施的国家海岛礁测绘专项，该专项由国家测绘地理信息局会同总参测绘导航局、国家海洋局、海军航保部共同组织实施。

多快好省地实施好该项目有着重要的政治意义。自2009年10月开始，国测一大队便承担了该工程的卫星大地控制点选建、观测，跨海高程传递，重力测量等分项目，测区涉及山东、江苏、浙江、福建、上海等沿海区域。项目涉及工种多，测区分布广，作业难度极大。一大队抽调了五个生产中队，编成25个作业组共同承担该项任务，参与作业的160余名人员全部由各中队具有丰富外业作业经验和生产组织经验的技术骨干组成。

常军是昆明理工大学大地测量与测量工程专业硕士，他于2008年9月开始从事海岛礁测量。他和队友先是在浙江温州、台州、宁波一带测量，两个月后到达广东江门一带，与新技术应用部的高付才一起做跨海高程传递项目，这也是海岛礁测量的一个子项目。

"海岛礁测量十分辛苦，我们白天在海上作业，晚上住在岛上的村委会会议室，用汽油炉子做饭。2010年底，我们在距离广东江门东坪镇30公里的一个海岛礁上进行跨海高程测量，岛礁上有一个钢标，是用膨胀螺丝固定在上面的，礁石有十多米高，钢标有一米多高，涨潮后礁石几乎被海水淹没。我们坐着渔船来到礁石边，无法靠岸，于是用绳子把泡沫捆起来，人坐在上面划过去。海浪拍打着礁石，溅起四五米高的浪花，泡沫搭建的'小船'颠簸得十分厉害，被海水一拍，随时都有可能倾覆。第一次在海上坐船就晕，吐得一塌糊涂。特别是船靠近岛礁时被海浪冲得上下跳跃，摇晃得特别厉害，我头晕恶心呕吐，感觉快要坚持不住了。按照要求，需要在一个点测三天。一般情况下，我们上礁前都会通过当地渔民了解海浪情况，把握测量时间。近海一般浪小，靠近岛礁时如果浪特别大，无法上去，只能原路返回，有时一天能跑好几趟。上岛后如果天气不好，也无法测量。礁石在巨浪的拍击下长满了海藻，十分湿滑，好不容易爬上去，把仪器架在钢标上需要一个多小时。当时我和高付才、李明生一组。韩超斌、王占胜、程璐在大竹洲那边的海岛礁上同时进行测量。那是一个长约一公里的无人岛，距离大陆约十公里，周围的海水十分清澈，人可以住在上面做饭。有时白天天气不好，晚上如果天气晴朗也可以测量，通过仪器看觇灯，利用光返照进行测量。晚上测量占了1/3，效率很高。冬天岛上特别阴冷，海风像刀子一样割得脸生疼，衣服经常会被海水溅湿。有些岛比较大，上面有渔村，但没有电，靠发电机发电。我们给渔民交些伙食费，可以吃到新鲜的鱼。那年冬天，我们从12月开始，一直测到第二年4月。"采访常军的时候，他也是刚从外地回来，脸晒得黑乎乎的，一身一看就是穿了很久的衣服都没来得及换。

走在人生的经纬线上

潮汐观测通常称为水位观测，又称验潮。其目的是了解当地的潮汐性质，用所获得的潮汐观测资料来计算该地区的潮汐调和常数、平均海平面、深度基准面、潮汐预报以及提供不同时刻的水位改正数等，供给军事、交通、水产、盐业等部门使用。潮汐观测是海洋工程测量、航道测量等工作的重要组成部分。

我国沿海劳动人民很早就利用海中自然的标志做过观测。唐代的窦叔蒙、封演，北宋的燕肃、余靖等人都对潮汐现象做过认真的观测。北宋建成的福建木兰陂，设有许多水则（立于水中测量水位的标尺），以便观察水位的高低。在明代《吴江水考》中，刻有水则碑的图案。随着生产的不断发展，海洋潮汐的观测方法也不断发展，海洋潮汐观测精度日益提高，自动记录的仪器代替了人工目测的方法。测量方法更加科学，数据更加准确，应用范围也更加广阔。

高付才参加工作以来，先后从事过水准测量、地形测图、重力测量、GNSS测量、天文测量等。他善于钻研，曾经在设备科干过，对各类测绘仪器设备十分熟悉。在水准测量方面，特别对于精密水准测量而言，高付才根据多年的观测经验，仔细对外业成果进行分析，总结出了一套减弱水准路线所经过道路土质、周围地貌、水准路线走向等影响测量成果的作业方法，并将其应用于实际作业中，提高了外业工作质量。另外在跨河水准测量方面，除了严格按照规范操作外，他还摸索出一套在河流下游、沿海地区进行跨河、跨海水准测量时减弱潮汐、风向等影响的处理方法。高付才对于选择有利的观测时间也有一套切实可行的方法，大大减少返工量，提高了工作效率。

2004年，高付才的女儿出生不久就被确诊为"脑瘫"。他对妻子王锦说，也许康复的机会很渺茫，但是只要有万分之一的希望，我们就不放弃！从此，这对普通的夫妻患难与共，各自承担起超出常人几倍的重任。女儿一岁前天天打吊瓶，幼小的身体上布满了针眼。就在这个时候，高付才接到了出测任务。两难之际，王锦坚定地对丈夫说："孩子不是一天两天就能好的，工作却不能等，家里有我呢，组织上也一直在照顾我们，你就放心走吧。"就这样，高付才强忍心痛奔赴测绘一线。2009年冬天，由于孩子的病情严重，王锦每天夜里两三点就要去医院挂专家号，再回家和70多岁的老父亲一起，带着孩子去看病。那段时间，高付才在执行港珠澳大桥施工测量任务，一直坚守在作业现场、无法离开，连春节都没能回家。在给妻子的电话中，高付才的话语满是愧疚、满是感激、满是爱意。他强忍着心底深深的伤痛，把全部身心投入工作中。这些年，在妻子的全力支持下，高付才出色地完成了各项任务，2011年荣获全国测绘职业技能大赛第四名，并被人力资源社会保障部授予"全国技术能手"的光荣称号。谈起国测一大队,王锦说:"测绘队员虽然大多数时间在野外作业,但他们责任心强,诚实可靠。嫁给他们,再苦再累也心甘。"

"这些年在外测量,印象最深刻的事情是什么?"笔者问。

"我现在在新技术应用部工作,之前曾从事过许多工种,最难忘的是跨海验潮测量。验潮测量通过潮水涨落计算高程,根据海水的压力水下传感器传递数据,观测数公里外海岛的高程。不同地点的海平面是不一样的,比如青岛的大地基准点是72.260。青岛地处黄海,青岛的验潮站早在1900年就开始验潮,到了1904年正式建立。1954年的时候,又在青岛建成'中华人民共和国水准原点'作为中国海拔的起算点,这里也是国内唯一的水准零点。通过海平面验潮测出海平面与水准零点之间的固定差值,以这个高程为准备点,传递到全国各地。"高付才说。

2011年7月,高付才和队友们从广东阳江到福建漳州,用测距三角高程法进行跨海测量,主要是高程传递(从陆地传到岛上)。钓鱼爱好者经常会乘船去海里钓鱼,他们有一个钓鱼网站,随时会发布许多潮汐方面的信息,高付才就通过钓鱼网了解潮位的信息。观潮的程序是先连水准,把水准数据传递到验潮仪的顶端,然后检测一下架子是否移动,要求十分严谨。

"一般我们都会在测前测一次,测后再测一次,如果数据没有问题,就可以继续下一程。在南碇岛(火山岩岛)上干活,能看见东碇岛(属于台湾省)。南碇岛南北长300~400米,东西宽100多米,下面有一个灯塔,四周是悬崖峭壁,爬不上去,上面也无人居住。我们一个组六个人,租了一条渔船,在海上住了13天。船上有淡水、蔬菜等生活必需品。有浪船就晃，队员们开始都晕船，吃的东西全吐了。晚上船依然在晃，队员们恶心呕吐，怎么也睡不着。中午海上太阳火辣辣的，晒得皮肤都爆皮了。大家想尽办法，克服各种困难，按时完成了各项测量任务。"高付才娓娓道来，脸上散发着自信的光芒。

第十四章

经天纬地

鹰击长空

近十年来,我国测绘地理信息的触角从陆地向海洋、深空全面拓展,测绘地理信息服务快速融入经济建设主战场,测绘科技创新在其中发挥了重要作用。

国测一大队几届领导班子深知"科技是第一生产力",光有艰苦奋斗的精神还不够,要使自己跟上时代的发展,立于不败之地,就要突出一个"精"字,就是队伍结构要精,仪器设备要精,业务能力要精,技术含量要精。他们适时提出了"科技兴队"的战略口号,转变观念,深挖自身潜力,在装备建设和技术研发上加大力度,先后引进了A10型绝对重力仪、GT-2A航空重力测量系统、IBIS-FL微形变监测系统和SeaBat 7125高精度多波束回声测深仪等一批具有国际领先水平的高新仪器装备。2012年7月,大队引进了徕卡公司的ALS70-HP机载LiDAR系统。为加快技术转化,领导班子迅速筹建了技术研发部,展开了一系列技术规范及软硬件设备的操作培训学习，并加强实践，在短期内完成了研究学习阶段到实际生产阶段的转化，并且具备了一定的机载 LiDAR 内外业生产能力。自 2012 年 11 月底机载 LiDAR 系统在三亚圆满完成首飞试验以来，该套系统又先后实施了云南、福建、浙江、山东、陕西等多地的航飞任务，航摄面积累计数十万平方公里，为公路规划、环境保护、资源普查等获取了大量的三维地形数据，为国家和省级重大测绘项目、地理国情监测和应急测绘保障工作奠定了坚实的基础。

2013 年，根据陕西省测绘地理信息局的统一部署，国测一大队承担了秦岭地区 1 ∶ 10000 地形图空白区测图工程。12 月 5 日，通过机载雷达技术获取旬阳—白河区域 1 ∶ 10000 数字高程模型（DEM）实验生产任务开始实施。任务历时八天，飞行六架次，飞行时间 32 小时，飞行里程 2500 多公里，为秦岭测图工程约 2000 平方公里区域以机载雷达方式制作 DEM 及精度验证研究提供了技术方案和源数据。

航空重力测量具有测量速度快、覆盖范围大等优点，可用于大范围重力普查、无人区重力测量以及一些难以开展地面重力测量的特殊区域如沙漠、冰川，是在区域范围内获取高精度、中高分辨率重力场信息的有效手段。国测一大队于 2012 年底引进了俄罗斯 GT-2A 型航空重力仪，成为国内为数不多的具备开展航空重力测量能力的单位之一。

2013 年 12 月中旬，国测一大队 GT-2A 型航空重力测量系统测试实验在辽宁朝阳市顺利完成，并取得了圆满成功。实验飞行里程 1680 多公里，对 GT-2A 航空重力测量系统硬件的稳定性、系统精度等诸多科目进行了全面的实验测试，实验结果完全满足相关规定与技术要求。2015年4月24日下午，载着GT-2A航空重力仪的飞机顺利完成了首飞并成功获取了精度达标的相关数据，这标志着由国测一大队承担的2015年测绘地理信息公益性行业科研专项项目"全国开展基础性航空重力测量技术体系研究及业务化应用示范"正式开始实施。

曾参加2020年珠峰高程测量的王伟于2016年1月进入应急测绘中心，从事无人机航测工作。

"对无人机航测从开始一无所知到最终能熟练操作，经历了一段艰苦的训练过程。刚接触航测时，我从网上买了一些航模，反复琢磨，摔坏过好几架。航模摔下来后修复一下可以再飞，所以没有心理压力。经过一段时间的实践，我开始操作一些带发动机的无人机，机翼展开来有两米多，空中飞行时速可达上百公里。到应急测绘中心后，与张德成一起参加白河、蓝田峪口、大荔等应急测绘项目。现代测绘技术日新月异，只有创新才能发展。无人机的普及很大程度上代替了传统地形测量，做传统测量做不了的一些事情，因此一定要用发展的眼光和创新的思维去工作。工作之余，我选择了一些课题进行研究，开发了一些软件，发表了不少论文。我们部门人员平均年龄只有30岁，大家意气风发，朝气蓬勃，致力于研究开发新技术，提升一大队的核心竞争力。"王伟介绍说。

2012年12月17日至18日，程璐和队友们在内蒙古参加资源3号卫星在轨检校工作，以获取卫星轨道姿态、相机精确参数等相关指标，修正数据处理模型。影像校对主要是防止卫星照片发生畸变，帮助卫星调整角度，以获取质量更高的照片。检校的时候在地上铺一块400平方米的目标板作为靶标，根据靶标不断修正相机的参数，相机拍照姿态核正（正侧影像及垂直影像）、卫星激光测高仪测距，都要通过地面把高程引到检校场，利用反射计算高度。检校的时候云层及地面反光都会产生影响，还有山地、森林、草原等不同地理条件拍出来的照片都不一样。

自然资源部卫星应用中心的一个卫星在轨检校项目选在内蒙古锡林郭勒盟的一块草原上，一般间隔五天测一次，用探测器布点，覆盖范围几千平方米，几百个探测器可接收到卫星信号，卫星通过时向地面打激光，卫星相机每秒会打许多点，两个点之间相距 3.5 公里左右，需要提前几天预报纬度，提前 8 小时预报相对准确的位置，以便集中人员选择布点。有时因为有厚云层，卫星无法扫描到地面的校测目标，检测便会失败。

"调试很麻烦，有时需要整整一夜，因为卫星在发射过程中有剧烈的震动，相机会发生偏移，因此需要反复调试角度。有时因为乌云或地面下雨，检测失败；有时忙到凌晨 3 点，地面没有接收到激光信号，测试也会失败。有时高程测量激光扫描在玉米上，照片出来后玉米已经收割了，实际测量的高度差了两米。现在激光可以直接扫描到地面，包括森林、地貌都可以精准测量。2016 年 6 月，我在包头干卫星在轨检校项目时，突然接到家里电话，说父亲病重，得赶快回去。回去后，父亲已经不在了，去世时才 59 岁。"程璐说着说着，眼眶湿润起来。

让青春在蓝天上飞扬

2014 年初，国测一大队王宏宇开始负责机载三维激光扫描系统（LiDAR）外业数据获取和内业数据处理工作。在攻读硕士期间，王宏宇主要从事合成孔径雷达干涉测量（InSAR）数据处理研究方向，对LiDAR的认识仅仅停留在一个基本的概念上，对其核心技术几乎一无所知，接到任务时，大脑一片空白。

机载LiDAR激光扫描系统涉及的专业软件就有五个，而硬件设备安装的资料仅仅是一张组装好的照片。一项技术的成熟应用需要软硬件结合，然而项目没有给他学习时间。在携带LiDAR设备前往测区时，王宏宇一路上都在自学全英文软件数据处理说明书和硬件上机操作指南，每天学到凌晨两点多。设备的安装需要将铝制的过接板用螺丝等固定在飞行平台内部，再将设备固定在过接板上。王宏宇此前没想过，他需要重复搬运近百公斤重的设备箱，需要在30多摄氏度像蒸笼一样的机舱内汗流浃背，需要手持电钻在铝板上艰难地打孔，需要躺在地上精细地组装各种连接线和螺丝，然而，这仅仅是航摄的第一步工作而已。最终，王宏宇依靠一张数码照片完成了整个设备的安装和接线工作，在同事的远程协助下顺利完成了飞行设计工作，这些让他觉得再苦再累都值得。

鉴于工作的特殊需要，飞行平台与外界是连通的，测量队员的工作环境没有任何的增压减压装置，没有任何保护听力的耳机，没有给氧装置。而飞机在很短时间内即可升到几千米高空，人体内部和外界巨大的压力差变化让人痛苦不堪，耳边发动机震耳欲聋的轰鸣声，加之高空缺氧，让王宏宇和同事都出现了头痛、胸闷、恶心等症状。就是在这样的工作环境下，他们还需要集中注意力操作激光控制终端。飞机几次遭遇强气流变化，让自以为身体素质出众的王宏宇吐得昏天黑地。最痛苦的莫过于飞机急速下降，外界气压陡然增大让他的耳鼓膜钻心地痛……飞机落地后，王宏宇仍感觉头晕目眩，但依然坚持连夜处理激光数据。

"我于2011年毕业于长安大学，专业是大地测量。在学校读书的时候，就听到过很多国测一大队野外出测的故事，那茫茫无际的戈壁沙漠，那广袤无垠的雪域高原，那些充满传奇色彩的测绘经历，还有艰苦工作中的兄弟情深，都令我心驰神往，因此在找工作的时候，这支测绘人心中的尖兵铁旅，就成为我义无反顾的选择。直到今天，我仍然清晰地记得入职培训的第一课——走进国测一大队精神展示室，了解国测一大队的光辉历史。看着一面面锦旗、一幅幅照片、一件件实物，听着一段段震撼心灵的测绘故事，让我对即将从事的工作有了一份敬畏之情。在此之前，珠穆朗玛峰高程测量工作我只在新闻媒体的报道中了解过，当亲眼见到当年测量使用的仪器装备与模型的时候，我更真实地感受到测量队员在测量珠峰过程中所经历的重重困难以及前辈们不畏艰险、忠诚事业的奋斗精神。"王宏宇现在是一大队精神展示室的解说员，也是国测一大队先进事迹报告团的宣讲员。

第一个航摄任务在紧张中圆满完成了，王宏宇连续飞了八个满架次，数据质量优良，受到了甲方的肯定和高度赞扬，而他也在短短十天之内瘦了两公斤。随着负责的航摄项目增多，王宏宇在飞行设计、数据处理等方面都积累了不少经验，硬件设备安装也得心应手，并总结出一些技巧以减轻飞行给身体带来的痛苦，已经可以轻松胜任这项工作了。然而，当他以为任何情况都能从容面对，任何问题都可迎刃而解的时候，现实却很快给他上了重要的一课。

那是一个风和日丽、万里无云的好天气，王宏宇像往常一样擦拭激光窗口、影像镜头，设备调试正常后飞机获批起飞。由于点云密度需求的原因，此次飞行航高仅1000多米，飞机很快进入航摄区并按照提前设计好的航线进行航摄作业，一切都和往常的工作一样平稳进行。

然而，意外就在毫无征兆的情况下发生了：他们遭遇了传说中的"风切变"，飞机被垂直向下的气流陡然"拍"下数十米，王宏宇和飞行员们猝不及防，头部都瞬间撞在机舱顶部上，飞机安全系统瞬间发出刺耳的警报！幸亏机长是部队退役的资深飞行员，注意力集中且沉着冷静，在濒临坠机的危急时刻用尽全力将几近失控的飞机拉了起来。飞机落地后，过了许久大家仍惊魂未定。机长给队员科普了"风切变"的严重性，它是低空飞行的大敌，由于毫无征兆，因此极易导致坠机事件的发生。

"现在回想起来仍然心有余悸，若不是机长关键时刻沉着冷静、力挽狂澜，后果不堪设想。"采访王宏宇的时候，他感慨地说。

航摄工作几乎一年四季都能进行，炎炎夏日里，王宏宇和队友在酷暑中安装设备。机场内可谓是"一马平川"，毫无遮挡，凡是阳光能直射到的地方都被晒得发烫，而机舱内更是像一个大蒸笼，所有人都汗如雨下，有的队员甚至因为机舱内持续的高温导致中暑，但那都不是他们最困难的飞行。

北方的冬天格外寒冷，晚上地面最低气温达零下18摄氏度。准备起飞前，由于地域的特殊性，北京测区的航摄机场位于河北唐山市。鉴于白天空域限制等原因，航摄小组被迫开始夜航工作。设备因为低温已经无法正常工作，只能通过地面供电使设备通过电路供电发热升温，滚轴线已经因低温冻得发硬了，测量队员艰难地连接到百米以外的地面电源。原本凌晨的飞行计划久久未得到批复，整个机场寒风刺骨、滴水成冰。

队员们在瑟瑟寒风中等到凌晨3点才获得批复，当时大家早已四肢冰凉，强撑着惺忪睡眼开始工作。当飞机升到4000米高空后，整个机翼瞬间结满了厚厚的冰。由于机舱与外界连通，刺骨的寒风顺着机舱底部的孔洞肆意袭来，队员们的眉毛、睫毛很快便被寒霜染成了白色，手脚也仿佛在一瞬间失去了知觉。王宏宇蜷缩成一团却依然觉得寒冷刺骨，他眼睛紧盯着操作终端，生怕出现一点儿失误。

就在这样的极寒条件下，王宏宇和队友在空中飞行了五个小时后才落地。如果按照高度每上升 100 米温度下降 0.6 摄氏度来算，4000 米高空的气温已经低于零下 30 摄氏度。就在那个严冬，国测一大队航飞小组夜航达 13 架次，整个项目历时 8 个月，而王宏宇直到妻子临产前一周才回到西安。

观星测地

大地天文测量是通过观测天上恒星来测定地面点的天文经度、天文纬度和天文方位角的测量方法，是大地测量的重要方法之一。许多人可能会好奇，测绘工作者通过"观星"是如何来"测地"的呢？

"天文测量是导航定位的一种古老方法，在晴朗的夜空，根据全球天体测量机构发布的恒星坐标以及我国北斗卫星导航系统提供的时间基准，通过地面观测，反向确定地面的位置和时间信息。"国测一大队天文测量组组长李飞战介绍说。

天文测量主要应用于在测绘较大地区的地形图时，尤其适宜在交通困难的地区测图。如在青藏高原等地区建立天文控制网，可用来进行十万分之一比例尺地形测图。1949 年以来，天文测量广泛运用于在铁路公路选线、矿区、森林区和河流的勘测，以及极地探险、大规模的地理考察等领域，在航空、航海等领域天文测量的用途更加广泛。

国测一大队参与并完成了国家天文大地网布测，为我国经济建设作出重大贡献。

2017年2月至4月，李飞战参与乌力吉、阿瓦提大地控制网建设。此时他已进入新技术应用部，研习天文测量技术。正月初六，他们便来到内蒙古测区。此时内蒙古晚上的温度已低至零下20多摄氏度，而天文测量都是白天进行资料整理，晚上开展外业观测，每天睡眠时间不超过四个小时，李飞战坚持一边干项目一边学习天文测量知识。功夫不负有心人，经过三个月的不懈努力，他初步掌握了天文测量基本理论和计算模型。

在2020珠峰高程测量中，李飞战承担天文测量分项的方案设计、外业测量、内业计算、质量检查、技术总结等一系列任务。同时，还在该项目中完成两个首次：首次采用国产电子仪器在超低温低压环境完成天文测量，首次在高海拔超低压环境中使用国产天顶仪，并为该型号仪器改良和革新提供意见。

"天文测量需要手眼协调，稍微迟钝一下，数据就会不合格。在整个观测过程中，测量人员会佩戴露指手套，手指冻得没有知觉的时候，就只能搓搓手暖一暖。为保证整个观测过程中仪器的稳定性，队员们用大石块压住三脚架，夜里10点半左右，天空彻底放晴，天文观测正式开始。工作一直持续到次日凌晨4点，此时温度计上显示温度为零下30摄氏度。"采访李飞战的时候，他激动地说。

第十五章

情系港珠澳大桥

方案先行

基础建设，测绘先行，每一个伟大的工程背后，都少不了测绘人的身影。

2018年10月23日上午，中共中央总书记、国家主席、中央军委主席习近平正式宣布——超级跨海工程、世界最长的跨海大桥港珠澳大桥开通！习近平指出，港珠澳大桥是国家工程、国之重器。他强调，港珠澳大桥的建设创下多项世界之最，非常了不起，体现了一个国家逢山开路、遇水架桥的奋斗精神，体现了我国综合国力、自主创新能力，体现了勇创世界一流的民族志气。

当人们欣喜地注视着这颗伶仃洋上的明珠时，曾经为大桥规划建设提供了坚实测绘保障的国测一大队队员们也难掩心中的喜悦。作为这一超级工程的重要建设者，他们深感骄傲和自豪。

港珠澳大桥跨越伶仃洋，东接香港特别行政区，西接广东省珠海市和澳门特别行政区，是"一国两制"下粤港澳三地首次合作共建的超大型跨海交通工程，大桥开通对推进粤港澳大湾区建设具有重大意义。

港珠澳大桥创造了多个"第一"——总体跨度最长，钢结构桥体最长，海底沉管隧道最长，施工难度比目前世界上已建的最长跨海大桥——杭州湾跨海大桥还要大。为确保大桥工程质量，必须建立高精度的大桥首级控制网。国测一大队凭借领先的技术、精良的装备、高素质的队伍和攻坚克难的精神，以及在苏通长江大桥首级控制网建立和深圳湾大桥首级控制网监理测量积累的丰富经验，被大桥主体工程设计勘察单位中交公路规划设计院选为合作伙伴，与测绘高等学府武汉大学测绘学院一道，共同承担起了大桥首级控制网布测任务。

"搞工程建设，第一个进场的就是测绘人。大桥还在设计图纸上的时候，我们已经进场了。每一个桥墩放在哪个位置，桥的走向是个什么样子，这些都是在我们提供的测量控制点成果基础上来实现的。这个工程施工难度巨大，要实现大桥的合龙，确保工程质量，必须建立高精度的大桥首级控制网，而这正是我们的强项。当时这个项目我们投入将近30人，有测卫星大地控制点的，有进行高程联测的，香港、澳门、珠海，我们都要安排人过去。"对于在国测一大队工作已25年的张庆涛而言，能参与到港珠澳大桥建设的测绘工作中，是最令他难忘的经历之一。

2008年9月初，国测一大队任命薛贵东为该项目技术负责人，全面负责项目技术工作。

"首要任务是编写技术方案，而这时，距方案评审时间（2008年9月18日）不足10天。"薛贵东说。

接到任务后，薛贵东立即着手收集港珠澳大桥相关资料以及之前已完成的其他大桥首级控制网项目技术资料。在编写方案期间，他经常加班至深夜，甚至几个晚上通宵。编写技术方案过程中有一个关键环节，要根据大桥登陆地点设计控制网点的位置。若收集测区范围内的地形图，并在图上设计控制点位置，时间根本来不及，并且粤、港、澳三地的坐标系也不统一。薛贵东利用测区范围内的影像作为设计底图，根据大桥登陆地点，顾及网型结构强度，初步确定了控制点的位置，节约了编写方案的时间。

2008年9月23日，承担控制网选建任务的技术人员进入测区。在驻地，薛贵东组织所有人员进行培训，明确工作内容和技术要求，并对人员进行分组、分工，开始对珠海、东莞、深圳等地及香港、澳门特别行政区进行实地踏勘。

9月的粤港澳地区骄阳似火，白天最高气温达40摄氏度以上，给踏勘选点工作增添了很大的难度。9月30日，薛贵东和同事郭江海到横琴岛洋环村附近的山上选点。当地村民告知，有一条小路可以到达山顶，但近10年来几乎没人上山，路已被乔木和灌木覆盖。他们用砍刀开路、做标记，在乔木和灌木丛中艰难行进，跋涉了两个多小时才到达约200米高的山顶。站在山顶上，他们发现，山顶茂密的植被，对GNSS信号有严重影响，不便于基建施工，必须另外勘选。当他们沿着上山时留下的路标原路返回时，郁郁葱葱的乔木和灌木竟将路标掩藏得无影无踪。队员们只得再次挥起砍刀，开路下山。天逐渐黑了，下山越来越难。好不容易走到离山脚还有70米高的一个废弃采石场，他们就踩着松动的石头，滑跑下山。等他们回到驻地时，已是深夜。第二天一早，在当地老乡的指引下，他们终于找到了一块很大的基岩空地，与澳门隔江相望。这里观测条件较好，基础稳固，是比较理想的选点位置。

经过一个多月的奋战，10月31日，珠海、东莞、深圳地区踏勘选点工作结束。

11月6日，国测一大队与港珠澳大桥前期工作协调小组办公室、中交公路规划设计院组成踏勘小组，进入香港特区踏勘。11月13日，香港境内控制网选建工作告捷，踏勘小组到达澳门。在澳门建设发展办公室和澳门地图绘制暨地籍局的配合下，澳门控制网选建工作顺利进行。11月15日，澳门地区控制网选建工作完成。

从9月23日至11月15日，国测一大队技术人员仅用54天时间，就完成了粤、港、澳测区的踏勘和项目设计，为快速推进大桥首级控制网布测打下了坚实的基础。

港珠澳大桥设计寿命是120年，是"世纪工程"。大桥首级控制网不仅为施工建设提供测量基准，而且在大桥开通后，也为其安全运营监测提供监测基准。因此，在踏勘选点时，尽量选取观测条件良好、地质基础稳定的基岩作为建点位置。个别首级平面控制点受条件所限，无法选择基岩的，则每点打入四根8米长、直径为108毫米的钢管，管内浇筑混凝土，作为点位的基础，以保证点位的稳定。

数年后，薛贵东遇到一位中铁大桥局（港珠澳大桥测控中心主体单位）的同仁跟他说："你们建立的首级控制网很稳定，经过几年复测，基本没什么变化。"薛贵东听到这句话，感觉当年选建控制点时所经历的种种磨难也值了！

争分夺秒

港珠澳大桥首级控制网共布设观测墩 16 个，其中珠海区域八个，澳门区域两个，香港区域六个；一等水准路线 250 公里，桥位区二等水准路线 100 公里；一、二等高精度跨江（海）高程传递 12 处。

2008 年 11 月中旬，国测一大队选派精兵强将，进驻港珠澳大桥测区作业，夜以继日地实施大桥首级控制网观测工作。

香港、澳门特别行政区的社会体制与内地不同，工作程序、习惯等也存在很大差别。按照香港的法律，办理 GNSS 观测墩的用地审批手续在正常情况下需要三个月时间，还有施工许可等多项手续需要办理，否则政府不允许施工，市民也会投诉。如果按这个时间计算，测量工作肯定无法按期完成，大桥总体工程进展也会受到很大影响。经过反复协商，香港地政总署等部门克服困难，做了大量工作，最终把用地审批手续办理时间缩短为一个月。2008 年 12 月 19 日，所有用地审批手续都办理完毕。

2009 年 1 月 22 日，在澳门进行水准观测时，队员们遇到一个很大的难题。进行澳门与氹仔两岛水准观测时，相关作业必须在嘉乐庇总督大桥上进行。这座大桥长约 2.7 公里，来往车辆繁多，车流导致的桥体震动会对数据精确度造成很大影响。指挥部紧急联系澳门的协作单位，寻求解决办法。很快，经过澳门建设发展办公室大力协调，决定采取夜间封桥的方案，以保证观测工作顺利进行。

1 月 24 日凌晨 1 点至 6 点，澳门交通事务局对嘉乐庇总督大桥实施了交通封闭。为保证观测工作万无一失，国测一大队迅速从香港、珠海等地抽调精兵强将，赶赴澳门进行夜间观测。作业人员经过近五个小时的紧张施测，澳门半岛、氹仔岛两岛水准路线胜利贯通，观测成果优良，确保了港珠澳大桥工程首级控制网的各项工作顺利推进。

其实，1月24日不是一个普通的日子，那天是大年三十，在香港、珠海、澳门作业的队员们依然拼搏在生产一线。大年初一，在项目指挥部的统一组织下，28名队员分别从香港、珠海、澳门赶到深圳，参加春节团圆宴。1月26日，大年初二，队员们又全都回到各自的岗位，继续紧张有序地开展各项工作。

2009年2月10日，港珠澳大桥首级控制网测量项目提前完成外业工作，进入数据处理及资料整理、汇编阶段。

匠心独运

港珠澳大桥首级平面GNSS控制网采用了科学先进的数据处理方案，获得了高精度的坐标成果，其基线精度优于0.5ppm，相对点位精度优于2毫米。首级高程控制网采用一、二等精密水准联测，实施了多处跨江跨海高程传递测量，获得了平差后每公里中误差仅0.3毫米的精密高程成果。通过三地联测，还分别确定了国家坐标系、香港与澳门坐标系之间的转换参数，并建立了大桥工程建设所需的高程基准和相应的独立坐标系。同时，依据最新的地球重力场理论和方法，建立了高精度的港珠澳大桥地区局部重力似大地水准面，与GNSS水准联合求解后，精度达到6毫米。

2009年2月10日，中交公路规划设计院在珠海召开港珠澳大桥首级控制网测量项目外业验收会，审议《港珠澳大桥首级控制网测量外业工作报告》。与会代表及专家一致认为，港珠澳大桥首级控制网测量外业数据资料翔实、可靠，测量成果优良，精度指标达到相关规范和项目技术设计书要求。

2009年3月8日，港珠澳大桥建设筹备办公室在西安主持召开港珠澳大桥首级控制网测量成果评审验收会。中国科学院院士陈俊勇，中国工程院院士宁津生、刘经南以及香港路政署、同济大学、武汉大学、西南交通大学、中山大学等多家单位的知名专家出席会议。会上，专家一致认为：港珠澳大桥首级控制网综合利用GNSS、水准、重力场的理论与方法，建立了港珠澳大桥首级三维控制网和相应的高精度似大地水准面。布设方案科学合理，施测质量控制严谨，精度优良，平面控制网相对点位精度优于2毫米，高程控制网平差后中误差达到了0.3毫米的精密精度，局部重力似大地水准面拟合精度达到6毫米，是我国目前最精确的局部似大地水准面之一。项目成果理论严密、技术先进、创新性强，总体成果达到了国际先进水平。该项目的总体方案和成果，为港珠澳大桥工程建设提供了精确可靠的现代测绘基准，对我国大桥首级控制网的建立具有重要的指导意义。

"这个工程圆满地结束了，心里头是很有成就感的。"如今，港珠澳大桥已正式开通近六年，张庆涛回忆起往事仍激动不已。

卷六·感动中国

六十多年了，吃苦一直是传家宝，奉献还是家常饭。人们都在向着幸福奔跑，你们偏向艰苦挑战。为国家苦行，为科学先行。穿山跨海，经天纬地。你们的身影，是插在大地上的猎猎风旗。
——2020年度感动中国颁奖词

第十六章

精神力量

殊勋茂绩，功标青史

国测一大队建队以来，七测珠峰、两下南极、45次进驻内蒙古荒原、55次踏入高原无人区、55次深入沙漠腹地，足迹遍布全国除台湾省以外的所有省、自治区、直辖市和香港、澳门特别行政区，为国家各项建设提供了有力的支撑。作为国家测绘地理事业的一支尖兵铁旅，国测一大队一直活跃在国家建设主战场，在城市建设、灾后重建、工业安监、文物保护、桥梁建设、油田开发等领域，到处可见他们苦战拼搏的矫健身影。

1990年4月26日，《经济日报》记者毛铁无意中在列车上遇到国测一大队队员，闲聊中才知道竟然有这样感人的一个集体，决定去一大队看看。毛铁原计划采访半天时间，结果整整采访了四天！他被国测一大队的英雄事迹深深地感动了，含泪写了万字超长篇通讯《大地之魂》。《经济日报》刊发后，中央电视台记者徐永清撰写的《测绘英雄》在《新闻和报纸摘要》栏目播出，一时轰动全国，影响巨大，使得一直默默无闻的测绘工作者为国人所关注，人们称赞他们是新时代的英雄。

建队70年来，党和国家领导人对国测一大队的突出贡献高度肯定。朱德、周恩来、邓小平亲切接见测绘队员，对他们的工作表示关心和支持。

1991年4月17日，时任国务院总理李鹏签发《国务院关于表彰国家测绘局第一大地测量队的决定》。党和国家领导人先后为一大队题词。江泽民的题词是："爱祖国，爱事业，艰苦奋斗，无私奉献。"李鹏的题词是："学习国家测绘局第一大地测量队艰苦奋斗、无私奉献的爱国主义精神。"李先念的题词是："经天纬地，开路先锋。"

1991年4月26日下午，国务院命名表彰国家测绘局第一大地测量队大会在中南海国务院礼堂隆重举行。4月27日，《人民日报》头版头条发出国务院命名表彰国测一大队决定的重大新闻、会议消息及李鹏总理接见国测一大队队员及其家属代表的照片，并配发了评论和先进事迹，全国各地新闻媒体通通用新华社通稿发头版头条并配照片、评论。

2015年5月25日，邵世坤、薛璋、梁保根、张志林、郁期青、陆福仁六名老队员老党员写信向习近平总书记汇报了国测一大队的光辉历程和年轻一代薪火相传的奋斗足迹。信中写道："今年5月27日是我国首次精确测定珠穆朗玛峰海拔高度40周年的日子。当年我们光荣地参加了珠峰测量，为中国人测量出世界最高峰的高度而自豪。40年来我们心系珠峰，近日更是心情激动，那些惊心动魄的景象历历在目，禁不住给您写下这封信。""国测一大队建队61年来锻炼成就的优良传统正薪火相传。如今，年轻的测绘队员正沿着老一辈测绘人的足迹，继续奔波在崇山峻岭、大漠戈壁、原始森林、江河湖海。""在纪念我国自主科学测量珠峰高程40周年之际，我们以耄耋之躯向您保证，我们一定牢记党员使命，保持勇攀高峰的精神，为国家富强、民族复兴贡献余热，为传承爱国精神、敬业精神，发挥测绘工作对经济社会的重大作用尽绵薄之力！"

同年7月1日，习近平总书记给老队员老党员回信，充分肯定他们爱国报国、勇攀高峰的感人事迹和崇高精神，对全国测绘工作者和广大共产党员提出殷切希望。《人民日报》、新华社、《光明日报》、《经济日报》、中央广播电视台等媒体连续进行报道。六名老队员老党员收到习近平总书记的回信后非常激动，他们表示7月1日党的生日这一天，习近平总书记给我们回信了！回信语重心长，情真意切，字字千钧，让我们深深感受到了习近平总书记对老同志的亲切关怀，对测绘工作的高度评价。我们将继续传承和发扬"热爱祖国、忠诚事业、艰苦奋斗、无私奉献"的测绘精神，在党爱党，在党为党，忠诚一辈子，奉献一辈子，在为人民服务的新征途上，续写新的辉煌。

70年是时间的刻度，更是奋斗的标尺。长期以来，因为突出贡献和卓越成就，国测一大队先后60多次受到国家、省部级表彰，有80多人次获得国家、省部级荣誉称号。2005年珠峰测量中有4人荣立一等功，12人荣立二等功，9人荣立三等功；2016年7月，中共中央授予国测一大队党委"全国先进基层党组织"称号；2018年11月，国测一大队老中青三代队员代表及队员家属亮相《榜样3》专题节目，在全国电视观众面前彰显了共产党人信仰坚定、甘于奉献的精神风貌；2019年"国庆"前夕，中宣部、中组部等九部委联合授予国测一大队

"最美奋斗者"荣誉称号；2021年"七一"前夕，中宣部印发《"三个100杰出人物"名单》，一大队入选建党百年以来"杰出建设楷模"。

测绘如盐，精神不死

2022年4月7日，在国测一大队精神研讨会上，陕西测绘地理信息局工会委员会原主席路冠陆认为，测绘如盐，精神不死。他说："测绘精神是一面旗帜，也有一个溯源的问题。我认为它的来源就是南泥湾精神。南泥湾精神是以八路军第三五九旅为代表的抗日军民在南泥湾大生产运动中创造的，是中国共产党及其领导下的人民军队在困境中奋起、在艰苦中发展的强大精神力量。自力更生、艰苦奋斗的南泥湾精神，不只是一种迎难而上、勇往直前、以苦为乐、埋头苦干的奋斗精神，更是一种勇于创造、敢为人先的拼搏进取精神，激励着一代又一代中华儿女战胜困难，夺取胜利。"

1956年，曾任三五九旅副旅长的陈外欧将军担任国家测绘总局首任局长，他把"自力更生、艰苦奋斗"的南泥湾精神在测绘局发扬光大，形成"热爱祖国、忠诚事业、艰苦奋斗、无私奉献"的测绘精神。其精神内核都是"艰苦奋斗、无私奉献"，薪火相传，一脉相承。

在陕西测绘地理信息局大院，有一棵大叶早樱每年春天都会先于城里的其他樱花树绽放，满树花团锦簇，纷纷扬扬。这株樱花树见证着测绘工作者们筚路蓝缕、默默奉献、投身国家建设的光荣历程。

1956年初，原国家测绘总局西安分局筹备时，陈外欧将军将朱德元帅赠送的一盆樱花盆栽转赠给了国家测绘总局原副局长白敏，这株饱含着老一辈革命家对测绘事业的期待和关怀的树苗，被隆重地栽种在陕西测绘局大院的操场上。然而，由于气候、土壤等多种原因，移栽到大地上的樱花树枝却逐渐枯萎，仅留下砧木。但第二年春天，人们惊喜地发现，在那灰秃秃的砧木侧下方，钻出了一叶黄茸茸的嫩芽。这枝嫩芽一天天地长成了一株小树，60多年后，长成了一棵大树，枝繁叶茂，生机勃勃。70年来，国测一大队几代人为了祖国的测绘事业接力奋斗，勇往直前，测绘事业发展的种子也如这株樱花树一样，在全国遍地开花，生生不息。就像每年初春，沿着前辈们的足迹，第二代、第三代测绘人一往无前，前赴后继……

他们是这个和平时代的英雄——平凡英雄、真心英雄。

2022年12月15日于闲云阁第一稿

2023年5月8日于闲云阁第二稿

2024年4月26日于闲云阁第三稿

后记

每一位英雄，都是人间的奇迹

"当岁月从时代的指缝划过，那些虚华的、名噪一时的人与事，都烟消云散了。那些默默的、勤奋的劳动者，却沉淀下来，成为开创伟大时代的奠基石。"这是《解放军报》记者杨祖荣在描写测绘大军文章中的一段话。我认为，国测一大队的测绘英雄就是我们这个时代的奠基者。

知道国测一大队是2005年及2020年珠峰测量，看到电视上的相关报道，我心中很是激动。不过我当时认为他们是一群聚集在镁光灯下的明星团队，除了心中敬佩，别无他意。2021年秋，西安地图出版社向我约稿，希望写一部关于国测一大队的报告文学，并赠阅《陕西测绘60年记事》《不忘初心——国测一大队艰苦奋斗无私奉献的故事》《国测英雄——国测一大队艰苦奋斗无私奉献的故事》《我为珠峰量身高——2020珠峰高程测量亲历记》等书籍。当时，我手头正在写一部长篇小说，抽空翻阅了一下这些书籍，被国测一大队的英雄事迹深深感动，决定接下这项任务。2021年冬，我开始接触国测一大队相关人员，发现他们并非高高在上，而是一群有血有肉、有情有义的铮铮铁汉，耀眼光环的背面，是一颗平常心。他们是隽拔的，轰轰烈烈，令人仰望；他们是平凡的，亦如生活中的我们。

在西安地图出版社及国测一大队领导的大力支持下，我先后前往新疆、西藏、江苏、海南等地，采访测绘队员100余人。他们之中有已退休近30年的耄耋老者，有50、60后，更多的是70、80和90后，他们是这支铁军的中坚力量。通过深入采访，特别是在新疆、西藏等地实地体验他们的艰苦工作环境，与他们夜雨对床，促膝相谈，心中的钦佩之情与日俱增。采访中，我一次次被他们的英雄事迹所感动，与他们一起流泪，一起欢笑，一起骄傲和自豪，感觉自己的灵魂深处也受到了洗礼。

爱国是每个人的责任，然而对于老一辈的测绘队员来说，他们的爱国之情是融入血脉中的坚定信念。邵世坤在《大地之子》中写道："战胜苦的法则我认为有两条：一是感恩于伟大的中国共产党；二是热爱并忠于伟大的祖国。做到了这两条，工作起来，就会像儿子给妈妈干活一样，干什么活你都不感到苦。"郁期青说："党把我培养成为一名大学生，我心怀感激，愿意以毕生努力报效祖国。"队员王文胜说："我们最大的幸福，是能顺利完成测量任务，辛苦没有白搭，汗水没有白流，心血没有白费。一想到在祖国版图上有我测量的数据，就只有自豪和骄傲了。"正是这种信守不渝的爱国之情，让他们几十年如一日，无论在工作中遇到多么难以逾越的困难，都会逆流而上，努力攻破。

他们是这个时代当之无愧的英雄。

多年来，国测一大队队员的许多任务都是在西藏完成的，他们的工作离不开当地政府及藏族同胞的大力支持。在网上，我看到测绘队员李保峰写的一篇《又进西藏》的文章，见证了测绘队员与当地藏族同胞的深厚友谊：

进入国测一大队12年来，高原成了我的第二故乡，记不清多少次在这条天路上来回穿梭。12年的历程，见证了多少翻天覆地，看着那雪山上的冰雪融化了又堆积，看着那天空晴朗了又阴郁，我们的容颜伴随着西藏日新月异的变化而银丝满鬓。但藏族同胞的淳朴善良和热情好客依然未减。记得2007年，我们的车辆陷在沼泽地，是他们二话不说召集全村人帮我们从泥潭中把车辆拉出；记得2009年，当我们迷路在茫茫雪域中，是两位骑马的藏族汉子冒着风雪严寒把我们从无人区带到了光明大道上；记得2011年，因为我把一张两年前拍的普姆的照片送给了她父母，他们一家专门宰杀了一只羊款待我们，让我热泪盈眶；记得2013年，一条河流挡住了我们前进的道路，藏族工人普琼硬要背我过河，尽管我拒绝了，但我依然心存感激；记得2015年，在藏北无人区，几天没见着人的我们遇到了赶草场放牧的几个小伙和姑娘，我们围坐一起喝着格瓦斯，尽管语言不通，但聊得畅快至极，临走我们互换了礼物。朋友无须常见，但必一生惦念！太多太多让我难忘的事情，让我学会了感恩，学会了乐于助人，学会了厚待他人。

2022年4月，在新疆采访的时候，任秀波每到一处，都会给队员送水送烟，关怀备至，因为他知道队员们很辛苦，很不易。昌吉地区分布的测绘队员都在测国家二等水准。二等水准视距不能超过50米，观测员通过仪器看对面标尺中间的黄光带，用蓝牙收集数据，回去后下载计算，有误差需及时校正。据队员介绍，国家一等水准每公里误差不超过±0.45毫米，用环闭合差计算的每公里全中误差不大于±1.0毫米；国家二等水准每公里误差不超过±1.0毫米，用环闭合差计算的每公里全中误差不大于 ±2.0 毫米；国家三等、四等水准每公里误差不超过 ±3.0 毫米和 ±5.0 毫米，用环闭合差计算的每公里全中误差不大于 ±6 毫米和 ±10 毫米。每隔四五公里，有一个固定的基准点，根据周边参照物及经纬度标注详细位置。由于新疆地处冻土带，一般基准点打下去有的两米多深，有的四五米深。每隔十几公里有一个更大的基准点，相距上百公里有一个固定的永久性的基准点。这些点分布在祖国的大江南北，都是测量队员用脚步丈量出来的。

在昌吉，我见到了正在测量水准的张博，胡子拉碴，头发蓬乱，脚步匆匆，感觉有 50 多岁。聊了一会儿，才知道他是个 85 后，已经出来好几个月了。张博有空会写一些诗，发表在《大地简讯》上。

"我们每天测 7 公里，来回就是 14 公里，数据要求严丝合缝。通过这些数据计算出这一区域的等高线，区域连拼，形成一张大网。有时候，几个区域的数据如果拼不齐，必须找出出现问题的区域进行复测。因此必须小心谨慎，不能出半点差错。日复一日重复这样的工作，从开始的枯燥无味，到爱上这一行，兢兢业业完成任务，经历了一段思想斗争的过程。"张博说。他记录的数据精确到小数点后几位，记录数据的阿拉伯数字很特别，小、扁平、无法改动，即使"0"也不能轻易改成"8"，要求十分严格。从老一辈测绘队员开始，测绘人就秉承一丝不苟、精益求精的工匠精神，续写劳动华章。

工匠精神，匠心为本。"非良工无以筑大城，非匠心无以成经典。"有没有工匠精神，关键是看有没有一颗安于默默无闻、执着于追求卓越的匠心。匠心是一种态度，一种能力，也是一种创新。

采访宋兆斌的时候是在克拉玛依。5 月的北疆还有些凉，道路两旁生长着大片的芦苇荡，在干旱无水的盐碱地顽强地装扮着这一片荒漠。

"疫情期间，到处都不让住，各类检查十分严格，手续繁多，能住下已是万幸，房间好坏都无所谓了。早晨需要走很远的路才能找到吃的东西，中午没办法回来，回来时已是深夜，累得不想吃饭。每天干的都是同样的工作，日复一日测量不同的路段。这工作看似十分枯燥，却不能有半点马虎。有的人干了一段时间就离开了，这么多年能坚持下来的人，凭的是对这份事业的执着和热爱。"宋兆斌1980年生于西安，1999年12月参军，2003年从部队回来后在郑州测绘学校学习工程测量，2005年开始在国测一大队上班。2020年珠峰高程测量，宋兆斌与李锋在海拔5400米的中绒点上值守。他俩从中绒测到西绒用了三天时间，然后下撤到大本营，等到冲顶的那天又上去了，一直坚持到最后。

"在中绒点，早晨起来雪把帐篷埋了，只露个顶子在外面，我和李锋赶快动手刨出一个洞来，然后把积雪清理掉。山上没有水，每天把雪融了煮方便面。两个人一开始还挺兴奋的，有说有笑，后来就没话说了，手机也没电了。两个人挤在一个帐篷里，一个斜着、一个躬身窝着才能躺下。天黑后就靠在一起，不敢多喝水，怕夜里上厕所。外面是满天的星斗，'星河欲转千帆舞'，十分壮观。我们在那里随时待命，坚守了九天九夜。"在新疆，宋兆斌他们晚上回来的时候已经11点多了，吃完饭已是12点。早晨6点天还没有大亮，他们就起来了，有些冷。因为要赶100多公里的路程，8点之前必须到测量点。早上测量数据比较稳定，因为路面还没有膨胀，但太阳出来后就会受到影响，特别是迎着太阳很难测。

在玛纳斯县西营镇，我们见到了陈新超，一个90后，参加过2020年珠峰高程测量。陈新超毕业于北京科技职业技术学院地理信息与制图技术专业，高大帅气，特别阳光。他是这个项目组的组长。我们跟随他的脚步走了一段，准备等他们测完回到旅馆好好聊聊。陈新超说他一年休息的时间不到 20 天，其余时间都在跑外业。他的师傅是赵伟，对年轻人要求很严格。开始时师傅说，你每天跟着看，看上两个月再上手。第一次测水准的时候数据不合，陈新超不知所措，四公里的距离，来回测了九遍，急得满头大汗，反复查找原因。原来那段沥青路面有些下沉，每段都会误差几毫米，四公里就差了很多。找到原因后，陈新超把尺垫先敲实再测，结果数据就合上了。2020 年珠峰高程测量，因为是家中独生子，开始父母不同意，妻子也反对他去，陈新超耐心地做通了他们的工作。他从大本营负重攀上 6500 米的魔鬼营地，最高到达 7400 米的高度。

对于测绘队员来说，每天早晨 8 点是个非常关键的时间点，到达测点后先把机器启动，然后关掉再重启，看看与昨天测的数据是否闭合，如果闭合就接着测，不闭合的话找到附近的基准点，重新测量。测试完毕后，8 点 15 分开始工作，一直干到 12 点，然后原路返回复测一遍，数据合上后接着测下一段。一群朝气蓬勃的年轻人对事业如此执着，令人十分钦佩。同老一辈测绘队员一样，他们长年在艰苦的地方搞外业，完全不能像一般人一样陪妻子、孩子和老人。

在新疆，我们还遇到了张百隆、王美军、毕厚山等测量队员，他们都是从南疆过来的，出来已经好几个月了。张百隆和王美军 2022 年初在陕西宁强测水准，转场的时候因为疫情无法回家，直接到新疆哈密。张百隆说他去过全国许多地方。到新疆都十多次了，旅游景点一个都没去过。许多测量队员都曾在景区附近测量过，由于时间紧迫，他们往往一测完就走。毕厚山在一大队搞测量已经 28 年，先后从事地形测量、GNSS 测量和水准测量，具有丰富的工作经验。测量的时候，毕厚山快步如飞，后面的人要一路小跑才能追上。他给测量仪装了个厚纸筒，遮阳避光，简单实用。

夜里9点，新疆的太阳依然没有下山，但气温已经下降到5摄氏度，感觉有些冷，这个时候，队员们开始收测了。我们回到克拉玛依已是夜里11点30分，匆匆地吃了些东西，到酒店已经12点多了，与几个测绘队员一直聊到凌晨3点。第二天天不亮他们又得出发，开始新的工作。

那天正好是五一劳动节，全国人民都休息的日子，他们一大早就扛着测量仪器，迎着朝阳出发了。对测量队员来说，没有节假日，没有双休日，只有刮风下雨才能休息一下。每年的节假日，当你沉浸在和亲人一起享受团聚时光的时候，测量队员却背井离乡，在戈壁荒漠继续工作着。

他们用脚步丈量大地，用生命书写无悔的人生。

采访完成后，准备动笔的时候，面对几十万字的采访笔记、100多小时的录音及数百万字的文字资料，心中除了感动，一时有些迷茫，不知该如何取舍。经过一番思考，我决定以时间为轴线，前半部分突出老队员爱国敬业、艰苦奋斗的英雄事迹，后半部分以国测一大队发展创新的典型事例为脉络，分章叙述。这是一部描写人类不断向高远延伸、攀登的伟大进程的书，英雄的国测一大队队员们给我们树立了榜样。榜样的力量是无穷的，希望通过这部报告文学，让大家敬仰我们的大地、敬仰我们的高原、敬仰我们的英雄！

感谢西安地图出版社毛腊梅社长、韩小武总编的支持，特别是编辑陈菊菊一直陪同采访；感谢国测一大队李国鹏大队长的大力支持，感谢任秀波、徐伟航、贺小明协调安排各类采访；感谢党晓绒老师的协调，李炳银老师、朱媛美老师的悉心指导！

本书在撰写过程中，参考借鉴了西安地图出版社出版的《陕西测绘60年记事》《不忘初心——国测一大队艰苦奋斗无私奉献的故事》《国测英雄——国测一大队艰苦奋斗无私奉献的故事》《我为珠峰量身高——2020珠峰高程测量亲历记》等书，其中一些文章为喻贵银、尚小琦、张朝晖、邵世坤、尚尔广、王新光、周建勋、薛贵东等人执笔，在此一并表示深深的感谢！

附录

国测一大队简介

　　自然资源部第一大地测量队（自然资源部精密工程测量院、陕西省第一测绘工程院）（简称国测一大队）始建于1954年，前身是总参测绘局第二大地测量队及地质部大地测量队，先后更名为陕西省革命委员会测绘局大地测量队、陕西省第一测绘大队、国家测绘局第一大地测量队、陕西省第一测绘工程院（国家测绘局第一大地测量队）[①]、国家测绘地理信息局第一大地测量队（国家测绘地理信息局精密工程测量院、陕西省第一测绘工程院），2018年更名为自然资源部第一大地测量队（自然资源部精密工程测量院、陕西省第一测绘工程院）。负责国家测绘基准体系的建设与维护，包括国家和省级大地控制网、高程控制网、重力控制网的布设等，是我国基础测绘的主力军，多年来为国家经济社会发展提供了坚强的测绘保障。

　　自建队以来，国测一大队承担了几乎所有国家重大测绘任务的实施，曾两下南极，七测珠峰，45次进驻内蒙古荒原，55次踏入高原无人区，55次深入沙漠腹地，徒步行程超过6000万公里，相当于绕地球1500多圈，测出了近半个中国的大地测量控制成果，为国家经济建设和社会发展作出重要贡献。曾先后60次受到国家、省部级表彰，有80人次获得国家、省部级荣誉称号。

[①] 1999年6月7日，国家测绘局批复，同意陕西省第一测绘工程院加挂"国家测绘局精密工程测量院"牌子。至此，同时使用"陕西省第一测绘工程院""国家测绘局第一大地测量队""国家测绘局精密工程测量院"3个名称。

热爱祖国，忠诚事业。坚持把党和国家利益放在第一位，信念坚定、履职尽责。中华人民共和国成立之初，珠峰相关数据被外国"测量权威"垄断。在这个背景下，中央人民政府提出"精确测量珠峰高程，绘制珠峰地区地形图"。为完成党和国家重托，国测一大队的测绘队员们在生命禁区勇斗风雪，在高寒缺氧、极端艰苦的条件下连续奋战。1966年和1968年，先后两次参与珠穆朗玛峰科考活动，在珠峰地区建立了高质量的平面坐标和高程控制网。1975年，我国首次开展珠峰高程测量，测绘队员们在生命禁区奋战80多天，精确测定珠峰高程为8848.13米，这个"中国高度"迅速得到全世界认可。2005年，我国决定对珠峰开展高程复测，测绘队员们完成超过7000公里的观测路线，大规模布测了高精度控制网，最终精确测得珠峰峰顶岩石面高程8844.43米，再次彰显了中国测绘力量。

2020年，国测一大队再次承担了珠峰高程测量任务。珠峰高程测量队克服大风、暴雪、高寒缺氧等极端天气影响，在历经两次冲顶、两次下撤后，第三次向峰顶发起冲击，最终登顶珠峰，测得珠穆朗玛峰新高程。2020年12月8日，国家主席习近平同尼泊尔总统班达里互致信函，共同宣布珠穆朗玛峰高程8848.86米。

1984年，国测一大队派队员参加我国首次南极科学考察，绘制出首张南极地形图，填补了我国极地测绘的空白；2004年，国测一大队队员再下南极进行绝对重力测量和相对重力测量，第一次成功建立重力测量基准，为我国南极科考事业作出重要贡献。

近年来，国测一大队紧紧围绕党和国家中心工作，主动服务经济社会发展大局，服务西部大开发战略和抗震救灾，完成西部1：5万地形图空白区测图工程（简称西部测图工程）、汶川地震灾后重建测绘保障及西藏、新疆测绘基准建设等任务，展现出测绘人听党指挥、服务人民、为国争光的责任和情怀。

艰苦奋斗，无私奉献。国测一大队承担的大地控制测量任务，大多位于高寒缺氧、物资匮乏，交通通信条件极差的"生命禁区"。在这样的艰苦环境中，他们不怕牺牲、迎难而上，以"不要命"的劲头，测出了近半个中国的大地测量控制成果。

建队以来，国测一大队累计完成国家各等级三角测量1万余点。建造测量觇标10万余座，提供各种测量数据5000余万组，曾承担和参与完成了全国大地测量控制网布测，出色完成了中蒙、中苏、中尼边境联测，京津唐张地震水准会战，2000国家重力基本网布测，全国天文主点联测，7次珠穆朗玛峰高程测量，南极中山站建站和第21次南极科考测量，国家全球导航卫星系统（GNSS）A、B级网和国家高程控制网建立，中国公路网GNSS测绘工程，中华人民共和国大地原点的建设和管理，海岛礁测绘，第一次全国地理国情普查，港珠澳大桥首级控制网建设等一系列重大测绘项目，创造了一个又一个"测绘奇迹"，在城市规划、自然资源、水利、电力、交通、国防等领域作出卓越贡献。

为了完成国家测绘任务，国测一大队的队员们付出了宝贵的青春乃至生命。建队以来，先后有46名队员在野外作业时因遭遇雪崩、雷击、坠江、坠崖、饥饿、冰冻等，为国家建设献出了宝贵的生命。但是，一代代国测一大队干部职工把个人利益置之度外，在他们看来，"国家把我放在这个岗位上，我就要把事情做好"，披荆斩棘、风餐露宿、以苦为乐，没有一丝抱怨和后悔。

精神财富，久久传承。"只步为尺测乾坤，丹心一片绘社稷。"建队以来，以吴昭璞、宋泽盛、钟亮其等英雄模范为代表的几代测绘队员，用理想凝聚力量，用信念铸就坚强，代代传承了"热爱祖国、忠诚事业、艰苦奋斗、无私奉献"的精神,展现了共产党员忠于党、忠于人民、无私奉献的优秀品质。不管外界环境如何变化,国测一大队艰苦奋斗的精神没有变,忠诚奉献的品格没有变,严谨踏实的作风没有变,党员干部冲在前面、干在前头的传统没有变。

1960年在新疆南湖戈壁作业时,队员吴昭璞遭遇断水断粮而不幸遇难。

1984年在参加南极科学考察时,老队员刘永诺航程4万公里,第一次把测绘点布设到2万公里之外的南极,填补了我国极地测绘空白,为全队做出了榜样。

2005年在珠峰进行高程复测时,年轻队员任秀波冒着失去双手的危险,在零下20多摄氏度极度缺氧的环境中脱掉手套,把重力测量推进到7790米的高度。

如今,一批批新一代国测一大队人继续奔波在崇山峻岭、大漠戈壁、原始森林,丈量着祖国的壮美河山。

2015年7月1日,在我国首次成功精确测量珠峰高程40周年、珠峰高程复测10周年之际,习近平总书记给国测一大队老队员老党员回信,充分肯定国测一大队爱国报国、勇攀高峰的感人事迹和崇高精神,并向全国共产党员提出"在党爱党、在党为党,心系人民、情系人民,忠诚一辈子,奉献一辈子"的殷切希望。

新时代开启新征程,新使命呼唤新作为。国测一大队正以习近平新时代中国特色社会主义思想和习近平总书记回信指示精神为指导,继续传承和发扬测绘精神,不忘初心、砥砺奋进,为国家重点战略实施、自然资源管理监测和社会各个领域提供强有力的测绘保障服务,为实现中华民族伟大复兴的中国梦而努力奋斗!

荣 誉 录

1975 年

国测一大队 8 人参加珠峰科考，因参与精确测定珠峰的高程和平面控制，受中国登山队嘉奖，并受到党和国家领导人的两次接见。

1977 年

国测一大队 37 人参加天山主峰托木尔峰登山科考，受到党和国家领导人接见。中国登山队给 7 人记三等功，9 人记嘉奖。

1985 年

被中共陕西省委授予"端正党风先进集体"称号。

1986 年

被国家测绘局授予"全国测绘系统先进集体"称号。

1987 年

被中共陕西省委、省政府授予"陕西省先进集体"称号。

1988 年

被中共陕西省委授予1987 年度"党风建设先进集体"称号。

1991 年

中共中央总书记江泽民为国测一大队题词："爱祖国、爱事业、艰苦奋斗、无私奉献"。国务院总理李鹏题词："学习国家测绘局第一大地测量队艰苦奋斗、无私奉献的爱国主义精神"。

国务院表彰国测一大队，授予"功绩卓著、无私奉献的英雄测绘大队"称号。

被中共陕西省委、省政府授予"陕西省党风廉政先进集体"称号。

1992 年

被中共陕西省委、省政府授予"陕西省先进集体"称号。

1994 年

被国务院授予"全国民族团结进步模范单位"称号。

1996 年

国测一大队党委被中共中央组织部授予"全国先进基层党组织"称号。

2001 年

国测一大队党委被中共中央组织部授予"全国先进基层党组织"称号。

2006 年

国测一大队2005珠峰高程测量分队荣获中华全国总工会颁发的"全国五一劳动奖状"。

2009 年

被国家测绘局记"特等功"。

2010 年

被人力资源和社会保障部、国家测绘局授予"全国测绘系统先进集体"称号。

2012 年

被中共陕西省委、省政府授予省级"文明单位"称号。

2015 年

7月1日，中共中央总书记、国家主席、中央军委主席习近平给国测一大队6位老队员、老党员回信，充分肯定国测一大队爱国报国、勇攀高峰的感人事迹和崇高精神，并对全国测绘工作者和广大共产党员提出殷切希望。

被陕西省总工会授予"陕西省五一劳动奖状"。

2016年

国测一大队党委被中共中央授予"全国先进基层党组织"称号。

被中共陕西省委授予"三秦楷模"荣誉称号。

被国家测绘地理信息局授予"全国测绘地理信息系统先进集体"称号。

2019年

被中宣部等九部委授予新中国成立70周年"最美奋斗者"集体称号。

2020年

被中央广播电视总台评为"感动中国2020年度人物"。

2021年

被中宣部评为建党百年"三个100杰出人物 杰出建设楷模"。